U0895502

你这根本是在毁了你自己——你太容易绝望，没有耐心，也缺少勇气。

他们一旦爱上谁，便会全然、专一地爱着那一个人。

对我来说，如果不无条件地爱他、安慰他、亲近他、竭尽所能帮助他，简直是一件可怕，甚至不近人情的事。

我突然意识到，他并不心疼我，他不爱我。

她性格中所有的小小缺点，都不是与生俱来的，而是后天被加到她身上的；而她自己，也始终在与这些缺点抗争。

如今贫困对他而言几乎成了一种幸福，因为那是他最方便的借口。他可以随时向所有人辩解：他之所以一事无成，都是因为贫穷。

我仿佛看见那个为爱奉献一切的人，正被人轻蔑地嘲弄、冷漠地拒斥。

你本该爱护她，而不是和她争高低。

涅朵奇卡：
一个女人的一生

Netochka Nezvanova

〔俄〕陀思妥耶夫斯基　著

阳悦　译

四川文艺出版社

图书在版编目（CIP）数据

涅朵奇卡：一个女人的一生 / (俄罗斯) 陀思妥耶夫斯基著；阳悦译. -- 成都：四川文艺出版社, 2025. 8. (2025. 10重印)-- ISBN 978-7-5411-7365-3

Ⅰ. I512.44

中国国家版本馆CIP数据核字第20257RA072号

NIEDUOQIKA：YI GE NÜREN DE YISHENG

涅朵奇卡：一个女人的一生

[俄] 陀思妥耶夫斯基 著　阳悦 译

出 品 人　冯　静
策划编辑　石　婷
出版统筹　罗婷婷　庄本婷
责任编辑　陈雪媛
封面设计　蒋　晴
内文设计　杨　鑫
责任校对　段　敏

出版发行　四川文艺出版社（成都市锦江区三色路 238 号）
网　　址　www.scwys.com
电　　话　028-86361802（发行部）　028-86361781（编辑部）

排　　版　翰视教育
印　　刷　河北鹏润印刷有限公司
成品尺寸　145mm × 210mm　　开　　本　32 开
印　　张　9.75　　彩　　插　8P
字　　数　160 千
版　　次　2025 年 8 月第一版
印　　次　2025 年 10 月第二次印刷
书　　号　ISBN 978-7-5411-7365-3
定　　价　49.80 元

在世界文学的璀璨星河中，费奥多尔·米哈伊洛维奇·陀思妥耶夫斯基以其对人性的深刻洞察，而大放异彩。这位 1821 年出身于莫斯科医生家庭的文学巨匠，自幼便浸润在文学与哲思的氛围中。尽管在彼得堡军事工程学院接受教育，他却始终一往情深，心系文学创作。1849 年，因参与彼得拉舍夫斯基小组的政治活动被捕，在经历假死刑的惊魂时刻后，他最终被流放西伯利亚。这段与死神擦肩而过的苦难经历，成为其文学创作的重要转折点，最终成功塑造了这位探索人类灵魂的文学大师。

与《罪与罚》《卡拉马佐夫兄弟》等后期鸿篇巨制相比，《涅朵奇卡：一个女人的一生》显得尤为独特。这部创作于 1849 年之前的作品，不仅是作家首次尝试的长篇小说，更是其创作生涯中唯一一部以女性视角展开的自传体小说。可惜随着作者的突然被捕，创作中断，让这部作品永远停留在了未完成的状态，成为文学史上一颗令人叹惋的遗珠。

小说以少女涅朵奇卡为主角，讲述了她坎坷多舛的成长历程。这个不同寻常的女孩经历了父亲精神崩溃、母亲离世，以及在贵族家庭中的屈辱岁月，却始终保持着对真善美与艺术的执着追求。透过她清澈而敏锐的视角，陀思妥耶夫斯基不仅展现了社会的不公与家庭的残酷，更深入剖析了人际关系中微妙的心理动态。这部作品既是一部孤女的成长史诗，也为作家日后探索“受难者”主题的写作，埋下了重要伏笔。

尽管未能完成，《涅朵奇卡：一个女人的一生》已清晰地展现了陀思妥耶夫斯基文学世界的雏形：对家庭与社会结构的犀利观察，细腻入微的心理刻画，以及对艺术与生命意义的永恒追问。作品中既有对苦难的直面，也彰显着对人性尊严的坚守。特别是涅朵奇卡对音乐的痴迷与感悟，生动体现了作家对“灵魂之美”的虔诚信仰、不懈追求。

阅读这部作品，我们会发现陀思妥耶夫斯基讲述的不仅是一个少女的苦难史，更是一部精神成长的启示录——一个孤独灵魂如何在黑暗中寻找光明，最终实现自我救赎的动人历程。他笔下的涅朵奇卡绝非被动承受命运的弱者，而是一个在困境中依然保持思考、不断自我超越的独立个体。

时至今日，《涅朵奇卡：一个女人的一生》依然散发着震撼人心的艺术魅力。这不仅是一部情感与艺术交织的成长小说，更是一曲灵魂觉醒的颂歌。在这个浮躁喧嚣的时代，这部作品以其深邃的笔触提醒我们：真正的成长往往诞生于苦难的淬炼，而终极的自由永远来自灵魂的觉醒。

虽然这部作品永远停留在了未完成的状态，但它所展现的精神图景已足够令人回味无穷。《涅朵奇卡：一个女人的一生》犹如一扇半开的窗，让我们得以窥见陀思妥耶夫斯基文学宇宙的源头活水，也照见了人性中那份脆弱却永不熄灭的光芒。

目录

CONTENTS

第一部分

童　年

The Childhood

一

我不记得父亲。他在我两岁的时候就离开了。后来妈妈又结了婚，他是个音乐家。虽然妈妈很爱他，但这段婚姻让她很伤心。我的继父是一个特别有趣的人，他是我所认识的所有人中最奇特、最不可思议的一个！他在我童年的最初印象中留下了深深的烙印，深到足以影响我一生。为了让你们更了解他，我要先讲讲他的故事。这些都是小提琴家 B 叔叔告诉我的，他是我继父年轻时最好的朋友。

我的继父姓叶菲莫夫，他出生在一个超级有钱的地主的庄园里。他的父亲是个穷音乐家，在各地漂泊多年后，终于在这个地主的庄园里安定下来，加入了地主的管弦乐队。这个地主过着奢侈的生活，特别喜欢音乐。据说他这辈子都没离开过自己的庄园，连莫斯科都没去过，因为他特别恋家。不过有一次，他居然破天荒地出国去泡温泉，就为了听一位著名小提琴家的三场音乐会！地主养了一支很不错的管弦乐队，几乎把所有的钱都花在了这上面。

继父长大后在这个乐队里吹单簧管。二十二岁那年，继父遇到了一位特别的意大利老人。这位老人可不简单，他曾经是伯爵乐团的指挥家呢！可惜因为总爱喝酒闹事，被伯爵赶出了乐团。从那以后，这位曾经的音乐家就经常去小酒馆，有时候穷得连饭都吃不上，要靠乞讨度日。渐渐地，整个省城都没人敢请他工作了。但奇怪的是，继父却和这个老人成了好朋友。更奇怪的是，继父一点都没受到他的坏影响。就连原本禁止继父和这个意大利老人来往的地主，后来也不管他们来往了。后来有一天，这个意大利老人突然去世了。农民们早上在水坝边的沟渠里发现了他的尸体。

经过调查，确认是脑出血去世的。他留下的东西都归继父所有，因为老人早就写好了字条，指定继父是他的继承人。这份遗产包括一件黑色燕尾服——死者一直小心保存着，因为他还希望有朝一日能再找到工作——以及一把看起来很普通的小提琴。没有人对这些遗产提出异议。但没过多久，伯爵乐队的首席小提琴手带着伯爵的亲笔信来找地主。伯爵在信里恳请继父把那把意大利老人留下的小提琴卖给他，他愿意出三千卢布，还补充说，自己已经多次派人找继父想亲自与他商谈，但继父始终拒绝会面。伯爵还说这个价格很实在，他没做任何压价，他也不想占不懂行的继父的便宜，所以特地请地主帮忙劝说。

地主马上派人把我继父叫了过去。

“你为什么不愿意卖那把琴？”地主问道，“你又不会拉琴，留着也没用。三千卢布这个价钱很公道了，你可别想着能卖更高价。伯爵这人我了解，他不会骗你的。”

叶菲莫夫回答说，他自己是不会去见伯爵的；但如果是主人派他去，那就是主人的意思了。他不会把小提琴卖给伯爵；可如果他们想强行夺走，那也只能随主人的意了。

这样的回答显然触到了地主性格中最敏感的一根弦。事实是，地主一向以自己的音乐家队伍为傲，常常自豪地说他懂得如何与手下的音乐家相处，因为他们个个都是真正的艺术家。也正因为如此，他的管弦乐队不仅优于伯爵的，甚至不逊于首都的乐队。

“好吧！”地主说，“我会把情况如实告诉伯爵，你不愿意卖这把小提琴，因为你不想卖，因为你完全有权利决定卖还是不卖——你懂我的意思吗？不过我还是想亲口问你：你要这把小提琴干什么？你使的乐器是单簧管，尽管你吹得并不好。把它让给我吧，我愿意出三千卢布（谁能想到那竟然是一把了不起的琴）。”

叶菲莫夫冷冷一笑。

“不，先生，我不会把它卖给您，”他回答说，“当然，您想怎样，是您的自由……”

“我逼你了吗？啊？我强迫你了吗？”地主吼道，情绪彻底失控，尤其是伯爵的乐手就在场的情况下，更让他火冒三丈——他很清楚，这一幕要是被那位乐手传出去，外人肯定会对他乐队里音乐家的待遇做出极其不利的判断。“给我滚出去，你这个白眼狼！从今往后别让我再看见你！要不是我收留你，就凭你那根破单簧管能混出什么名堂？你会的这些本事，还不都是在我这儿学的？在我这儿，你吃得饱、穿得暖、按月领工资；你活得像个体面人，是个‘艺术家’——可你根本不懂得这一切，也从不感激！滚！滚出去，立刻从我眼前消失！”

地主一向是这样，一旦发火，就会把惹他生气的人统统赶走。倒不是他有多仁慈，主要是因为他怕自己一时冲动之下，会做出什么不可挽回的事来。不过说到底，他从来不会真的对这些“艺术家”下狠手——他一直都是这么称呼自己乐队的乐手们的。

买卖最终没谈成，事情看起来就此结束了。可没想到，一个月后，伯爵的那位小提琴手竟做出了一件可怕的事：他擅自以个人名义向警察局举报我继父，指控他谋杀了那位意大利老人，是为了贪图遗产才下的毒手。他还声称能找到证人来佐证这一指控。

无论伯爵如何劝说，地主又如何出面为我继父辩护，都没能动摇他的决心。大家反复提醒他，官方的医学尸检已经做得非常正规，证明死因确系脑出血；他这是在无视明显的事实，或许是因为个人的恶意，也可能是因为没能抢到那把他梦寐以求的小提琴而心生怨恨。可那名乐手依旧坚持己见，还发誓说自己说的是实话。他一再强调，那位乐队指挥并不是醉酒猝死，而是被人下毒害死的，并坚决要求重新立案调查。事情当然闹大了。

于是，继父被逮捕，押往市里的监狱，案件也正式被受理。这桩风波顿时成了整个省城的热议话题。调查进展得很快，结果也很快揭晓：那名乐手被揭发是诬告，他被判处应得的惩罚。但即便如此，他仍旧不认错，始终坚持自己是对的。直到最后，他才承认：他其实根本没有任何证据，那些“证词”全都是他自己编造出来的。他说自己之所以这么做，是出于一种“合理推测”和“直觉判断”；即便在第二次调查已经彻底澄清叶菲莫夫无罪之后，他仍然坚信那位可怜的意大利老头是被继父害死的——虽然不是用毒药，也许是用了别的方法。不过，判决还没来得及执行，那名乐手就突然病倒了。他得了脑炎，很快就疯了，最后死在了监狱的病房里。

整件事情的后续发展中，地主的表现可以说是无比“高尚”。

他对待我继父就像对待自己的亲生儿子一样。他多次亲自前往监狱探望继父，安慰他，给他送钱，得知叶菲莫夫爱抽烟，还特地带去最好的雪茄。等到继父被证明清白并无罪释放后，地主更是大摆宴席，款待整个管弦乐队。在他心里，叶菲莫夫的案子不仅仅是他一个人的事，而是整个乐队的事。他一直认为，乐手的品行和才华同样重要，甚至有时候他看重前者更多。一年过去了，某天一个消息传遍了整个省城：一位著名的小提琴家要来省城——而且还是法国人！他是路过此地，计划顺道举办几场音乐会。地主一听，立刻动身，想尽办法把这位法国人请到庄园来做客。一切进展顺利，法国人答应前来，迎接的准备也做得妥妥当当，几乎整个县的上流人物都被请了个遍。但突然之间，事情出现了意想不到的变化。

一天早晨，有人来报告说，叶菲莫夫不知所终，神秘失踪了。随即展开了搜寻，但一无所获，叶菲莫夫仿佛人间蒸发了一样。整个乐队顿时陷入混乱——少了单簧管手，排练根本无法正常进行。就在叶菲莫夫失踪后的第三天，地主收到了那位法国小提琴家的来信。

信写得高傲得很，小提琴家傲慢地拒绝了地主的邀请，并补了一句——今后他将格外谨慎，避免和那些“私人乐队的先生们”打交道。他写道，看到真正的天才被一个根本不懂得艺术价值的人掌控，是极其不美，也不高雅的事。最后，他写道：“叶菲莫夫的遭遇，足以证明我说的都是真理。他是真正的艺术家，是我在俄罗斯见过的最优秀的小提琴手。”

读完这封信，地主感到极度震惊。他的内心受到了深深的打击。怎么会这样？叶菲莫夫，那个他如此关心、如此照顾、给过无数恩惠的叶菲莫夫，居然如此无情、如此无耻地诬陷了他！还当着一个欧洲艺术家的面抹黑他——而这个法国人，正是他极为看重、极为尊敬的那类人！而且，这封信还有另一点让人无法理解：信中说叶菲莫夫是个真正有天赋的艺术家，是个小提琴手，可他们却从未看出他的天赋，反而逼他去吹什么单簧管！地主越想越不得劲，内心简直五味杂陈。他震惊得不行，当即决定亲自进城，去见那位法国人，当面问个清楚。就在他准备动身的时候，伯爵的信送到了。

信中伯爵邀请他立刻前来，并告知说他已经得知整件事的来龙去脉：那位法国小提琴家现在就在他府上，和叶菲莫夫一起！伯爵还写道，他对叶菲莫夫的厚颜无耻与诽谤之言感到极其震怒，已经下令将叶菲莫夫扣留下来。而且，这封信特别强调，地主必须尽快赶到，因为叶菲莫夫的指控已经牵涉到了伯爵本人。这是一件极为严重的事情，必须尽快澄清真相。

地主立刻动身前往伯爵府，一到那儿便见到了那位法国小提琴家。地主马上讲述了我继父的全部经历，并补充说，他从来没想到叶菲莫夫竟有了不起的才华；在他看来，叶菲莫夫只是个很糟糕的单簧管手，压根没听说过这人还能拉小提琴！地主还特意强调，叶菲莫夫在庄园里一直是自由之身，想走随时可以走，从没人强迫过他。如果叶菲莫夫真的受到了什么“压迫”，早就可以一走了之了。法国人听完这些，显得十分惊讶。随后，他们叫来了叶菲莫夫，可刚一见面，大家几乎认不出他了——他变得傲慢无礼，说话带着讥讽，依旧坚持自己先前对法国人说的一切全是真的。这一切让伯爵愤怒到了极点。他当场对我继父说：“你简直是个无耻之徒！满口谎言的诽谤者，理应受到最严厉的惩罚！”

“阁下何必惺惺作态？您的把戏，我早就一清二楚了。”我继父冷冷地回答，“多亏了您，我差点就吃了官司。至于您的老乐手阿列克谢·尼基福里奇究竟受何人指使前来诬告我，想必您比我更清楚。”

伯爵听到这番恶毒的指控，顿时怒不可遏，简直气得发狂。他几乎压抑不住自己的怒火。就在这时，厅里一位正好因公务拜访伯爵的官员站了出来，宣布他不能对眼前发生的事置之不理。他说叶菲莫夫刚才的言辞是公然的侮辱，是恶意的中伤和诽谤，请求立刻批准将其逮捕，就在伯爵府内实施拘留。那位法国小提琴家也表示极度愤慨，说他无法理解这种忘恩负义。这时，我的继父却愤愤不平地回道："与其过那种日子，不如接受惩罚、接受审判，哪怕是再一次刑事调查。我在地主的乐队里过的日子……你们根本无法想象。我那时一贫如洗，根本没有能力离开，哪怕我想走。"说完这话，他头也不回地跟着前来拘捕他的人员离开了大厅。他们将他关进了府邸最偏远的一间屋子，打算第二天一早就把他送往城里。

大约在半夜时分，囚禁继父的那间房门悄然打开。走进来的人竟是地主。他穿着睡袍，脚踏拖鞋，手里提着一盏点亮的油灯。看起来他根本无法入眠，似乎是被某种沉重的忧虑折磨得辗转反侧，才在这个时辰披衣而来。叶菲莫夫也没睡着，看到他进来，满脸惊讶地看着他。地主将灯放下，神情极其激动，缓缓在他对面的椅子上坐下。

"叶戈尔，"他说道，"你为什么要这么伤害我？"

叶菲莫夫沉默不语。地主又重复了一遍这个问题，他的声音中带着一种深切的情感，一种难以言说的哀伤与失落，仿佛藏着某种说不出口的痛苦。

“天知道我为什么要这么对您，老爷！”我继父终于开口，挥了挥手，“也许是被魔鬼迷了心窍！我自己都不知道，是谁在背后驱使我做这些事！我……我在您那儿就是活不下去，活不下去……简直是有个魔鬼缠上我了！”

“叶戈尔！”地主再次开口，“回来吧，回到我身边。我可以忘掉一切，全部原谅你。听我说：我会让你成为我手下的首席乐手，给你比其他人都高的薪水……”

“不，先生，不，不要再说了。我真不是能留在您身边的人！我说了，有魔鬼缠上我了！只要我还在您那儿，我迟早会放火烧了房子！有时候发作起来，那种痛苦……我真希望我从来没出生过！现在我自己都控制不了自己了，您还是放我走吧。都是从那时候开始的——从那个魔鬼成了我的兄弟之后……”

“谁？”地主问道。

“就是那个像条狗一样死去、被全世界遗弃的意大利人。”

“是他教你拉琴的，叶戈尔？”

“是的！他教了我很多东西，最后也把我引上了绝路。我真希望……我从来没有遇见过他。”

“难道……他拉琴真的那么厉害吗，叶戈尔？”地主低声问道。

“不，他自己其实也不怎么会拉琴，可确实教得很好。我是自己学会的，他只是指给我看而已……可说真的，我宁愿那时候手就废了，也不愿学会这一身本事。现在的我，自己都不知道到底想要什么。老爷，您可以这样问我：‘叶戈尔，你到底想要什么？你说吧，我什么都可以给你。’可我呢？我却一句话也回答不上来——因为我自己也不知道我到底想要什么。不，老爷，您还是放我走吧。我求您了，就当我再说一遍：放我走。要不然，我迟早会对自己做点什么事……即使你们把我送得远远的，那这事也就算完了！”

“叶戈尔！”沉默片刻后，地主低声说道，“我不会就这样放你走的。你要是真不愿意再在我这儿做事，那你就走吧——你是自由人，我不能强留你……可我现在，不能就这么走开。拉一曲吧，叶戈尔，用你的小提琴，拉一段给我听吧！看在上帝的分上，拉给我听吧！我不是命令你——你要明白，我不是在命令你，我是在求你，我在流着泪求你，叶戈尔，就拉那一段——你拉给法国人听的那一段！让你的心也释放一下吧！你固执，我也固执，看来我也有副倔脾气啊，叶戈尔！我能感受到你，希望你也能感受到我。我真的活不下去了——除非你愿意，心甘情愿地拉一次，像你拉给法国人听的那样。”

“好吧，就依你。”叶菲莫夫说道，“我曾经发过誓，决不在您面前演奏——就是专门不在您面前——可现在，我这颗心……松动了。我会为您拉这一曲，但这将是第一次，也是最后一次。以后，无论何时何地，您都再也听不到我演奏——哪怕有人许我一千卢布，我也不会再拉给您听。”

这时，他拿起小提琴，开始演奏他自己创作的《俄国民歌变奏曲》。

——B 叔叔曾说，这首变奏曲是继父拉得最早也最好的一首作品。继父从来没有像那一次那样充满灵感地演奏过任何一首曲子。地主原本就对音乐极为敏感，那天更是听得泪流满面，哭得不能自已。曲终时，他从椅子上站起来，从口袋里拿出三百卢布，递给了我继父，说道：

“现在走吧，叶戈尔。我放你出去，和伯爵那边的事我会亲自去处理。但听好了：以后你别再来找我，我们也别再见面了。这世上的路你走你的，我走我的。要是哪天在路上碰了面，只会叫你难受，我也难过。好吧，走你的吧……等一下！让我给你最后一个忠告，就一个——别喝酒，好好学习，不管是拉琴也好，做人也好，都要学着点、积累点。别自以为是！我这话是像亲爹对你说的。听清楚，再说一遍：学着点、别沾酒！哪天你真喝上了，一口闷着眼前的苦——而你的人生里，苦头可不会少！——那你这一生就算完了，一切都得完蛋。到时候，你可能也会像你那意大利兄弟一样，死在哪条臭水沟里，无人问津。好了，现在，真的该走了……等等，再亲我一下！”

他们拥抱亲吻了一下，随即，我的继父便走出了那扇门，重获自由。

他刚一获得自由，立刻就把那三百卢布在最近的县城挥霍一空，还结识了一群最下等、最肮脏的酒肉朋友。最后，他孤身一人，身无分文，无人援手，只好勉强加入了一支穷困潦倒的巡回地方剧团的小乐队，担任第一小提琴手——或者说，是乐队里唯一的小提琴手。这一切都与他最初的打算背道而驰。他原本的计划是尽快前往彼得堡，在那里求学深造，谋得一份体面的职位，把自己打造成一名真正的艺术家。然而，小剧团的生活并不顺遂。

我继父很快便与剧团经理吵了起来，愤而离开。此后，他的心彻底垮了，甚至做出了一个极为伤尊严的决定——他给那位我们都认识的地主写信，讲述了自己的困境，请求资助。那封信写得还算体面，但石沉大海，没有回音。于是他又写了第二封，这次用词极其卑微，称地主为“恩主”，赞其为“真正的艺术赞助人”，再次请求援助。最终，收到了回信——地主让他的贴身仆人写了几句话，随信寄来一百卢布，并告知以后别再写信来求助。继父拿到这笔钱后，原本想立刻动身去彼得堡，可一还完欠债，手上几乎所剩无几，连路费都不够。于是，他又滞留在省里，再次加入了一支地方乐队。没多久，又因为不合而离开。就这样，他四处漂泊，一直怀着“很快就要去彼得堡”的梦想，在各地乐队和庄园间辗转流浪，一待就是六年。

直到有一天，一种恐惧忽然袭上心头。他痛苦地意识到，这些年间，自己的才华已被穷困潦倒、杂乱无序的生活彻底消磨。于是他一咬牙，抛下最后一个剧团，带着小提琴，几乎像乞丐一样来到了彼得堡。他住在一处阁楼里，也就是在那里，他第一次遇见了 B 先生——那时 B 刚从德国回来，也希望在这里闯出一番事业。他们很快成为朋友。即使现在，B 回忆起那段友情时，仍怀有深深的情感。他们都年轻，怀着同样的梦想，奔赴同一个目标。只不过，B 还处在人生的初始阶段，尚未真正尝过贫困和苦难；而且，他是德国人，性格坚定而有条理，有着清晰的自我认知，早早就知道自己能成为什么。而他的朋友——也就是我的继父——那时已经快三十岁了，早已疲惫不堪，筋疲力尽，丧失了耐心与意志。

七年来，他为了一口饭四处奔波，在庄园的乐队、乡镇剧团之间颠沛流离，把原本旺盛的生命力耗得干干净净。他唯一用以支撑自己的，是一个固执而模糊的念头：总有一天，要逃离这种生活，攒够钱，去彼得堡。但这个念头早已变得模糊不清，不再像最初那样闪耀着希望的光。那更像是一种内在的本能冲动，是一种早已根植心底的旧习。等到他真的来到彼得堡时，几乎是无意识地踏上这条路——就像惯性使然，仿佛忘了自己到底为什么而来。他的“激情”变得歇斯底里、尖刻、毫无定向。他仿佛在拿这种激情欺骗自己，用它来相信，自己还保有那一份力量、热情和灵感。这种狂热感染了性格冷静、行事有度的 B。他起初被彻底打动，把我继父当成未来的音乐天才来看待。他甚至无法想象，朋友的命运会走向别的方向。

可没过多久，B 便看清了一切。他明白了——这所有的激烈、焦躁和急切，不过是对失去才华的绝望回响。甚至，连那所谓的“才华”，也许从一开始就没那么伟大。许多东西，不过是盲目的自信、自我陶醉和不断做梦而已。“但——”B 后来回忆时说，“我依然无法不为他的性格感到震惊。在我面前，活生生上演着一场惊人的内心战争：一个用尽力气挣扎的灵魂，与他深层的无能感之间的搏斗。这可怜人整整七年，只靠幻想未来的荣耀来麻痹自己，竟没有意识到，他已经丧失了作为艺术家的基本功，连最初的技艺都已经忘光。可与此同时，他那错乱的想象中，却不断涌现出各种宏大的计划。他不仅幻想成为一流的天才、世界顶尖的小提琴手，甚至还想当作曲家——可他对对位法[①]一无所知！但最让我震惊的，”B补充说，“是这个人在几乎一无所知、技巧极度贫瘠的情况下，却拥有一种异常深刻、几乎是本能性的艺术理解。他感知得如此敏锐、如此精准，以至于很容易误以为自己是个天才——其实，他不过是个天生的艺术批评家罢了，只是他把自己错当成了艺术的天才。他有时会用那粗陋、毫无学术背景的语言，说出让我震惊不已的深刻真理，我甚至都不明白他是怎么猜出来的——毕竟他没读过什么书，也从未受过系统训练。而我后来在技艺上的精进，说实话，也有不少是受了他的影响和指点。至于我自己——”

B接着说：“我从来不担心自己的方向。我也深爱艺术，尽管从一开始我就明白，我成不了什么‘大师’，我注定只是艺术的一个工匠。但我引以为傲的是——我没有懒惰，没有浪费上天赐予我的哪怕一点点才能。恰恰相反，我让它百倍增长。人们称赞我演奏清晰、技巧成熟，这些全都归功于我持续不断的

①一种复调音乐的创作技法。

努力、对自身能力的清醒认知，以及我始终保持的谦逊和对那种早熟的自我陶醉的警惕——因为那种陶醉，最终只会通向懒惰和堕落。”

在这里，我得偷偷地说明一句：如果我在前面写了整整两页关于“艺术”的内容，还打着B先生这样一位大行家的旗号，那可绝不是为了炫耀我对艺术有多深的理解，也不是想让人把我当成什么“俄国的蓝袜子[①]”——只不过，是想让我的叙述更清晰易懂些，仅此而已。好啦，我继续说下去。

B先生也试着向他这位昔日极为尊敬的朋友提出一些建议，但结果只是徒然地惹恼了他。从此，两人之间的关系逐渐冷淡下来。不久之后，B便察觉到他的朋友正越来越频繁地被冷漠、忧郁与倦怠所吞噬，那些时而爆发的激情变得越来越稀薄，最终只剩下一种阴沉、狂躁的绝望。后来，叶菲莫夫开始疏远自己的小提琴，甚至有时整整几周都不碰一下。距离彻底的堕落已经不远了。

再后来，这位可怜人陷入了各种恶习——正如地主曾苦口婆心警告他的那样——他沦为了酒鬼，酗酒成性。B带着恐惧的眼神看着他堕落下去，劝说无效，就渐渐不敢再劝。叶菲莫夫很快变得厚颜无耻，甚至发展到了理直气壮地依赖B生活的地步，

①“蓝袜子”在俄语中有“女学究”的意思。

仿佛这本就是他的权利。而与此同时，B 也越来越拮据，只能靠零星地给商人、德国人甚至贫困公务员上课，在晚会上拉琴勉强糊口——这些人虽付得不多，却好歹还能给点报酬。可叶菲莫夫对朋友的窘境仿佛视而不见，对他态度粗暴，整周整周一句话也不搭。一次，B 用极其温和的语气提醒他："也许你该偶尔练练琴，免得完全把手感丢了。"没想到叶菲莫夫顿时勃然大怒，怒吼着说，他从此再也不会碰小提琴了，就像要向所有人证明——谁都别想求他演奏！还有一次，B 需要搭档一起参加一场晚会演出，便邀请了叶菲莫夫。结果这番邀请惹得对方暴跳如雷。叶菲莫夫冲他吼道："我不是街头小丑！我才不会像你一样卑贱地出卖我的艺术，去给那些肮脏的手艺人拉琴——他们根本听不懂我音乐里的天赋！"B 没有反驳一句话。然而，叶菲莫夫在 B 出门演奏期间越想越气，最终在心里认定：这一切都是 B 的暗示，是故意提醒他"你住在我这里，也该想办法挣钱养活自己"。

B 一回来，他就扑上去控诉，说他太卑鄙、太侮辱人，自己再也不会和他共处一刻钟！说完，他摔门而去，整整消失了两天。可第三天，他又若无其事地回来了，一切照旧，又继续开始他那混乱、懒散的生活。

主要是念旧情，加上 B 对这个毁了的人有点可怜，才没让他放弃痛苦的生活、彻底离开他的朋友。不过他们最终还是分开了。B运气变好了——他找到一个靠山，成功办了一场很棒的演奏会。这时他已经是个优秀的音乐家了，名气越来越大，很快就在歌剧院乐队找到了位置，干得非常出色。分手时，B给了叶菲莫夫一些钱，流着泪劝他改邪归正。现在B想起叶菲莫夫，也没什么特别的感觉了。认识叶菲莫夫，是B年轻时最难忘的事之一。他们一起开始音乐生涯，曾经那么要好。叶菲莫夫脾气怪、人粗鲁、毛病多，这些反而让B更放不下他。B很懂他，看透了他，也早料到他会是什么结局。分别时两人抱头痛哭。叶菲莫夫当时哭着说，自己是个毁了的人，命不好，早就知道会这样，但现在才彻底看清自己完了。

“我根本没有天赋！”他最后说道，脸色苍白得像张白布。

B深深地被触动了。

“叶戈尔·叶菲莫夫，”B对他说，“你这是在对自己做什么？你这根本是在毁了你自己——你太容易绝望，没有耐心，也缺少勇气。你现在是在忧郁发作的时候说自己没有天赋。这不是真的！你有天赋，我向你保证。你真的有。光是你对艺术的感受力和理解力，就足以证明这一点。你自己的人生也能证明这一点。你不是曾经给我讲过你过去的事吗？那时你也曾陷入无意识的绝望。你的第一个老师——就是你多次和我谈起的那位奇人——是他第一次在你心中唤醒了对艺术的热爱，并且看出了你有天赋。你当时的感受和现在一样强烈、一样冲动，但你那时根本不知道自己身上发生了什么。你在地主家活得不舒心，却又不知道自己真正想要什么。你的老师去世太早了，只留给你一腔模糊的冲动，最重要的是，他并没有帮你真正认识你自己。你感受到你需要另一条更广阔的道路，注定有着不一样的目标，但你不知道该如何去实现，于是在痛苦中恨起了当时你身边的一切。你那六年贫困潦倒的日子并没有白费——你一直在学习、在思考、在体会你自己和你的能力。你现在真正理解了艺术，也明白了自己的使命。我的朋友，要有耐心，要有勇气。你的命运会比我好得多。你比我更像一个真正的艺术家——一百倍都不止。

“但愿上帝能给你哪怕十分之一我所拥有的耐性。去学习吧，不要酗酒——就像那个善良的地主曾告诫你的那样。最重要的是，从头来，重新开始，回到最基础的练习。你现在在痛苦什么？是贫穷，是窘迫？但正是贫穷和困顿，塑造了艺术家。这是每个开始都无法避免的东西。你现在还不被人需要，没有人认识你。这就是这个世界的常态。等到有一天，人们开始知道你有天赋的时候，才是真正艰难的时刻。那时，妒忌、低俗的算计，最主要的是愚蠢，会比贫穷更加无情地压在你头上。天赋需要共鸣，需要被理解。而你会看到，当你哪怕稍微有点成就的时候，围在你身边的，会是些什么人。他们不会欣赏你，更不会安慰你。他们不会告诉你，你做得好在哪里，而只会逮住你所有的错误，一个不漏地指出来。他们会假装冷静、鄙夷地看你，但私底下却会像过节一样庆祝你的每一个失误——仿佛这个世界上还有谁不犯错似的！你太傲气，时常在不该骄傲的时候表现出骄傲，很容易得罪那些自负却平庸的人。而那样的话，你就麻烦了。他们是一群人，而你只有一个，他们会像针一样慢慢地折磨你。就连我现在，也已经开始尝到这种滋味了。所以现在就打起精神来！你并没有那么一无所有。你还有能力生活下去。不要轻视基础的工作。哪怕是劈柴，也劈吧——就像我以前去穷手艺人家的晚会上拉琴一样。但你太急躁了。你病在你的急躁上。你不够坦率，你有太多心思，脑子太重，你话说得狠，可真要拿起琴弓时你却退缩了。你有自尊，却缺乏真正的勇气。鼓起勇气来，给自己一点时间，好好学习。如果你实在没法相信自己，那就赌一把，靠命运走下去。你有热情、有感觉，那就去博一博。就算你达不到目标，也没什么可失去的——因为那份可能的收获实在太大了。兄弟，在这件事上，我们俄国人最有力的，就是这‘一博’——

‘赌一把’，这也许，就是我们最后的信仰了！”

叶菲莫夫静静地聆听着这位老友的劝告，内心翻涌着复杂的情感。B 先生的话语像是一缕春风，渐渐地融化了叶菲莫夫心头的坚冰。只见他原本苍白的脸色慢慢有了血色，黯淡的双眼重新焕发出光彩——那是历经沧桑后重拾希望的光芒，是决心重新站起来的勇气在闪耀。很快，这份高尚的勇气转变为自信，随之演变为他一贯的傲气与轻狂。等到 B 说完最后一句劝告时，叶菲莫夫已然变得心不在焉，神情急躁。不过，他还是热烈地握住了 B 的手，向他道谢。而那一贯的性格使他如往常一样迅速从极度的自我否定与忧郁中反弹，直至走向极端的自负与傲慢。

他满怀自信地宣布：“你不用替我担心，我知道该怎么安排自己的命运。很快我也会找到靠山，办一场音乐会，到那时，名声与金钱都会一并而来！”B 耸了耸肩，没有反驳这位老朋友。他们就这样告别了——当然，并非真正的永别。叶菲莫夫很快又来找 B 要钱，把上次给他的那点钱花得一干二净。第二次来了，第三次来了，第四次、第五次……第十次。他一次又一次地回来。终于，B 再也忍无可忍，不再开门相见。从那以后，他便彻底从 B 的生活中消失了。

几年过去了。有一天，B先生在排练结束后回家的路上，在一条偏僻的小巷里，在一家肮脏小酒馆的门口，偶然遇到了一个衣衫褴褛、醉醺醺的人。那人叫出了他的名字——原来是叶菲莫夫。他变了，变得几乎认不出来了。面色发黄，脸部浮肿，一眼就能看出，长期放荡不羁的生活已经在他身上留下了无法抹去的痕迹。B见到他，异常惊喜，还没来得及说上几句话，叶菲莫夫便拉着他进了那家酒馆。在一间偏僻的小屋里，昏暗、乌烟瘴气的角落里，B终于仔细看清了他这位昔日朋友的模样。他几乎穿着破布，脚上是一双破旧的靴子，胸前的衬领凌乱不堪，沾满了酒渍。他的头发开始花白，还脱落得厉害。

“你这是怎么了？你现在在哪里混日子？”B问他。

叶菲莫夫一时语塞，甚至显得有些发怵。他开始语无伦次地答话，断断续续，说得颠三倒四，以至于B一度以为自己面前站着的是个疯子。最后，叶菲莫夫承认，他现在什么也说不出来，除非先喝点伏特加。他还补充说，这家酒馆的人早就不肯再赊酒给他了。

说这些话时，他脸涨得通红，虽然还试图摆出一副轻松自如的样子，做了个挺“自信”的手势，结果却显得既可笑又刺眼——那种故作姿态、硬挤出来的轻佻感，让他整个人看起来分外可怜，也激起了 B 心中的深切怜悯。他明白，自己曾经担忧的一切，如今都一一变成了现实。不过，B 还是吩咐人送上一些伏特加。叶菲莫夫脸色一变，满是感激，几乎激动得不知所措，眼里噙着泪，差点就要吻 B 的手了。吃饭时，B 意外地得知——这位可怜人，居然结婚了。更令他震惊的是，这段婚姻正是叶菲莫夫一切不幸与痛苦的源头；可以说，结婚彻底杀死了他残存的全部才华。

“怎么回事？”B 问他。

“兄弟，我这都两年没碰过小提琴了。”叶菲莫夫答道，“娶了个婆娘，厨娘出身，没文化，粗里粗气的。该死的玩意儿！我们现在就剩下吵架了，啥也干不了。”

“那你既然早知道这样，干吗还娶她？”B 惊讶地问。

“那时候吃都吃不饱啊！我认识她的时候，她手里还有几千卢布。我一冲动就跟她结了婚。她对我一见钟情，死活赖着我。不知道谁怂恿她的！可那些钱，早就花光喝光了，兄弟——你说我还能有什么才华？全完了，全都完蛋了！”

B 一听，顿时明白了——叶菲莫夫这副模样，是急着想在他面前为自己辩解。

“全丢了，全都扔了！”他又补充道。

接着，他又开始吹嘘，说自己最近其实已经把小提琴拉得炉火纯青，几乎达到了登峰造极的地步。甚至还说，虽然 B 在城里是顶尖的小提琴手，但只要他想，B 连给他提鞋都不配。

“那你干吗不去找份像样的工作？”B 语气中满是疑惑。

“没意思！”叶菲莫夫挥了挥手说，“你们那些人，哪一个懂得什么？你们知道个鬼啊！啥也不懂，一点也不懂！你们那点事儿啊，也就会在芭蕾舞剧里拉拉什么小跳舞曲。真正的小提琴手，你们见都没见过，听也没听过。懒得搭理你们——你们爱怎么待着就怎么待着吧！”

这时，叶菲莫夫又挥了挥手，身子一晃，在椅子上摇摇欲坠——他已经醉得不轻了。接着，他又开始叫 B 去他那儿，但 B 婉拒了，只是记下了他的住址，并向他保证，明天一定去找他。叶菲莫夫这时已经吃饱喝足，整个人变得讥讽而傲慢。他用一种嘲弄的目光看着这位昔日的朋友，竭力想要用言语或举止刺伤他。他们离开时，他抓起 B 那件昂贵的皮大衣，用一种仿佛下人伺候主人的姿态递给他。路过前厅时，他还停下脚步，满嘴讥笑地把 B 介绍给酒馆老板和在场的顾客：“这位呀，是咱们全城最棒、最独一无二的小提琴手呢！”总之，那一刻，他的样子非常不体面，甚至可以说，是无比肮脏的。

第二天早上，B 真的找到了他——就在那个阁楼上，我们一家人当时就挤在那儿，过着极度贫苦的生活。那时我才四岁，而我的母亲已经改嫁给叶菲莫夫两年了。她是个可怜的女人。从前，她做家庭女教师，受过良好的教育，年轻时容貌姣好，嫁给了一位年迈的官员——也就是我的生父。但他们的婚姻只维持了一年。父亲突然去世后，他那点微薄的遗产被几个继承人分光了，母亲只带着我得到了少得可怜的一点钱。一个带着年幼孩子的寡妇，要重新去做家庭教师，谈何容易？就在这时，她偶然遇见了叶菲莫夫，并真的爱上了他。她是个充满幻想和热情的女人，把他当作一个天才，相信他那些自负的梦想，相信他必将拥有辉煌的未来。

在她的想象中，自己将成为一个天才的依靠、引导者——于是便嫁给了他。可结婚第一个月，她所有的幻想便烟消云散，展现在她面前的，是彻头彻尾的冷酷现实。叶菲莫夫或许真的是因为母亲手上那点积蓄才娶她的。当那笔钱被花光后，他便摊了摊手，仿佛终于找到了一个“完美借口”，立刻向所有人宣布，是婚姻毁掉了他的才华。他说他无法在一间闷热的小屋里，在一个饥饿家庭的包围下工作；在这样的环境里，他脑中不会浮现出任何旋律与灵感；而且，最终这都是命——这是他命中注定的不幸。他似乎真的开始相信自己这些抱怨是合理的，甚至为能找到这样的“托词”而感到欣慰。他那被毁掉的才华，好像急切地想找一个外部的理由，把自己的一切失败和悲剧都归咎于它。可要他真正接受这个可怕的念头——“自己早已彻底被毁掉了作为艺术家的未来”，他却始终无法做到。他仿佛在与一个可怕的噩梦搏斗，拼命抗拒那份令人发疯的认知。偶尔，当现实短暂地照亮他的意识，他几乎会被那恐怖的感觉逼疯。他无法就这样放弃自己曾热爱、曾寄托全部生命的东西。直到最后一刻，他还固执地相信——“那一刻”还没有过去。在那些充满怀疑与痛苦的时刻，他便借酒浇愁。那醉意蒙眬的混沌，能暂时驱散他心中的悲凉。也许，他自己都没有意识到，他此时是多么需要一个“妻子”——她成了他生命中最完美的借口。

他几乎为那个念头痴狂：只要他埋葬了这个“毁了他”的女人，一切就能恢复原状。可怜的母亲却无法理解他。她是一个真正的梦想家，却在现实的第一道门槛前就崩溃了。她变得易怒、敏感、时常口出恶语，三天两头和丈夫吵架，而他——则像是从折磨她中找到某种快感一样，经常刺激她、顶撞她，还整日不务正业。她不停地催促他去工作，但我继父那种固执的狂想、他脑中那个“无法动摇的念头”，使他变得几乎毫无人性，也毫无同情心。他甚至冷冷地发誓，在妻子死前，决不再碰小提琴——还亲口把这话说给母亲听，残酷地坦白。那个不幸的人几乎已经疯了。而母亲——尽管这一切，她直到死前仍深深爱着他，却根本无法承受这种生活。她变得体弱多病，时常受折磨，不断地焦虑不安。而在这一切苦难之外，维持家庭生计的重担也都落在了她一个人肩上。她开始亲手做饭，一开始还置办了个简陋的小饭桌，给外人供饭。但我继父却偷偷把她赚来的钱拿去挥霍。母亲不得不一再空着手，把该送饭的碗送还——只因为根本做不出饭来。B 先生来探望我们时，母亲正在洗衣服，并试图把旧衣服染色翻新——这便是我们全家的“生计”。于是，我们一家人，就这样在阁楼上苦苦挣扎，艰难度日。

我们一家的贫困状况深深震撼了 B 先生。

“听着，你这完全是胡说八道！”B 对我继父说道，“什么才华被毁了？是她在养活你！你自己倒是干了什么？”

“什么也没干。”继父回答得轻描淡写。

这时，B 还不知道母亲所承受的一切苦难。继父经常带着一帮乌合之众、混混小子回家，一旦他们聚在一起，家里就乱成一锅粥——简直无所不有、什么都能发生！ B 先生劝了继父很久，最终 B 先生直接对继父说：“如果你不肯痛改前非，那么我也不会再提供任何帮助了。”B先生毫不拐弯抹角地说，不会再给他钱了，因为这些钱只会被他拿去喝光。接着，B提出一个请求：“你给我拉一段琴，让我看看还有什么办法可以帮到你。”这时，继父去拿小提琴，而B则悄悄地把一些钱塞给了我的母亲。但母亲坚决不肯接，这是她人生中第一次被施舍。最后，B把钱塞到了我手里，而那位可怜的女人顿时泪如雨下。继父带着琴回来了，但他先提出要求——要喝点伏特加，他说没有酒，他就拉不出琴来。于是就派人去买了酒。他喝了一些，渐渐兴奋起来。“我给你拉点我自己的曲子，就当是为了朋友之间的情分。”他对B说着，从床底下拖出一本厚厚的、沾满灰尘的乐谱笔记本。

“这些，全都是我自己写的。”他说着，指着那本乐谱笔记本，“你待会儿就知道了！兄弟，这可不是你们那些芭蕾舞里的小玩意儿！”

B默默翻了几页，看了一会儿，然后把自己随身带来的曲谱摊开，轻声对继父说：“先把你的作品放一边，弹一段这个试试吧。”

继父听了B的建议，虽然有些不悦，但为了不失去这来之不易的“新靠山”，还是照办了。他演奏了B拿来的曲子。B这才发现，老朋友其实在他们分开之后并没有完全荒废音乐，相反，还确实下过一番苦功。尽管他一口咬定从结婚那天起就再也没碰过琴，但实际情况显然并非如此。B 由衷地感到高兴，决定一定要帮他重新站起来。那时，B 已拥有广泛的人脉关系，他立刻着手四处求情，为这位可怜的朋友四处奔走。但他也先让继父发誓，一定要好好表现。在等待安排的这段时间里，B 自掏腰包给他置办了一身像样的衣服，还亲自带他去拜访几位在剧院中有实权的人——正是这些人，掌握着 B 为他谋求的职位。其实叶菲莫夫也就嘴上自负，私下里却巴不得接受帮助。他满心欢喜地接受了 B 的提议，表现出一副感恩戴德的样子。B 曾说，他甚至感到尴尬，因为继父几乎是在用一种卑微的、讨好式的奉承来维系这段关系，生怕一个不小心就再度失去这根救命稻草。他明白，有人正在为他铺一条正道，所以他也的确振作了一阵子，甚至暂时戒了酒。

最终，B 为他在剧院的管弦乐队里谋到了一个位置。他顺利通过了试演，一个月内勤奋练习，把那几年荒废的功夫几乎全补了回来。他还信誓旦旦地承诺，今后一定努力工作、准时出勤、恪尽职守。然而，我们家庭的处境却丝毫没有好转。继父从未将工资中的一分钱交给母亲。他全拿去自己花销——吃喝玩乐，结交了一大帮所谓的“新朋友”。那些人大多是剧院的工作人员、合唱团的底层歌手、舞台上的小演员，总之，是那种他能在其中找到“存在感”的群体。他很快就在这群人中赢得了某种“特别的敬意”，他总对他们宣称自己是个被埋没的天才，是个不被认可的艺术家。他告诉他们，是妻子毁了他，是命运让他沉沦，而剧院的指挥根本一窍不通。他嘲笑剧院里的所有演奏者，贬低演出的曲目，甚至嘲讽那些作品本身的作曲家。到最后，他还开始鼓吹起一种自己捏造的“音乐新理论”，言之凿凿，不容置疑。简直人人都被他烦透了。他和整个乐团的同事闹翻，和指挥作对，对上级出言不逊，最后彻底树立起“最麻烦、最无理取闹、最没用的家伙”这一臭名声，变得令人难以忍受。

确实，眼前的景象令人难以置信——一个如此平庸的人——一个如此糟糕、无用的演奏者，一个对待音乐漫不经心、毫无责任感的音乐人，却居然拥有如此巨大的自我幻想：那种张扬的炫耀，那种目空一切的傲慢，那种尖刻强硬的语气……实在匪夷所思。

事情的结局，是继父和B彻底翻了脸。他凭空编造出一则极其恶毒的流言，把它当作事实四处散播。他在剧院的乐团只待了半年，就因为不尽职守、酗酒成性而被扫地出门，带着一纸糟糕的证明信。但他并没有马上离开那个圈子。不久，人们又看到他穿着破烂的旧衣服——原本B给他置办的体面衣裳早就被卖掉了。他开始频繁出现在以前的同事面前，不管别人愿不愿意接待，他总是滔滔不绝地讲些流言蜚语，胡言乱语，诉说自己生活的悲惨，并招呼大家去“亲眼看看”那个害了他一生的“恶毒女人”——他的妻子。当然，总会有人愿意听这些，甚至乐于让这个落魄的家伙喝醉，让他说些疯疯癫癫的荒唐话。他本来就口齿伶俐、语锋犀利，时不时还夹杂些低俗的嘲讽和挖苦，非常合某些听众的口味。

渐渐地，他被当作一个疯癫的笑料人物来看待，就像某种固定出场的“宫廷小丑”。只要提到哪个新来的小提琴家，他就会脸色大变，惊慌失措地打听对方的来头和背景，继而立刻陷入对名声的疯狂嫉妒。似乎也正是从那个时候起，他的妄想开始系统化了。他逐渐深信不疑地认定：自己是彼得堡顶尖的小提琴家——至少是之一。只不过命运不公，世人眼盲，阴谋重重，才让他至今仍无名无姓。他甚至有些得意于这种“被埋没的天才”的身份。因为有那么一种人，热衷于把自己想象成受害者，喜欢大声控诉命运的不公，或者在内心悄悄崇拜自己的“未被认同的伟大”。他能把彼得堡所有知名的小提琴家列个清单，并且毫不犹豫地断言：他们全都不如他。他的批评时而辛辣，时而确有见地，甚至连那些被他讽刺过的艺术家，也不得不承认他在嘲笑他人时确实一针见血，往往言之有理。因此，他习惯性地出现在剧院的后台、走廊里时，工作人员也懒得拦他，任他出入自如，仿佛他已成了一个谁都默认的“常驻怪人”。

这样的生活持续了两三年。终于，连这一点最后的容忍也耗尽了。他被正式驱逐，从此在所有熟识他的人中彻底消失，仿佛人间蒸发。不过，B 后来曾两次偶遇他，但那时的他已是彻底的落魄模样，让 B 一时间甚至感到怜悯胜过厌恶。B 叫住他，但他却一脸不悦，装作没听见，把破旧变形的帽子拉低，匆匆走开了。

最后一次，是在某个节日清晨，B 的仆人来报，说一位“老朋友”前来祝贺节日——是叶菲莫夫。B 出来一看，他正站在门口，醉醺醺的，鞠着极低极低的躬，几乎要拜倒在脚下。他嘴唇嚅动着什么，却执意不肯进屋。他的意思是：“我们这种无才无势的小人物，哪配跟你们这等贵人往来？能来给您贺个节，站在门外鞠个躬，也就够了。”总之，整个人的言谈举止都显得油腻、愚蠢、可笑又令人作呕。从那以后，B 再也没见过他，直到那场灾难降临—— 一场终结这段痛苦、病态、浑浊人生的可怕结局。那场结局，实在太惨烈、太骇人，几乎贯穿了我整个童年的最初印象，甚至影响了我整个一生。因为，这一切，最终也成了导致我那可怜母亲悲剧命运的直接原因。

二

我开始有清晰记忆，是在很晚的时候，大约是九岁那年。说来也奇怪，在这之前发生过的所有事情，几乎都没有在我心中留下清晰的印象，哪怕我现在极力回想，也想不起分明的片段。但从九岁那年的中旬开始，我的一切记忆便如流水账般清晰起来——日复一日、点点滴滴，仿佛后来的每一件事，都不过是昨天刚刚发生的。

当然，我也仿佛在梦中依稀记得更早些的事，比如屋角那盏总是点亮着的长明灯，照在一幅古老圣像前；再比如有一次在街上被马撞倒，听说那次我病了整整三个月；还记得病中的某个夜晚，我和母亲睡在一起，我忽然从梦魇中惊醒，被梦里的影像、夜里的寂静、墙角老鼠的窸窣声吓得浑身发抖。我整夜缩在被子里颤抖，不敢惊动母亲——这让我确信，在那时，我对母亲的畏惧大过对任何事物的恐惧。但从那个“我开始意识到自己存在”的瞬间起，我的成长仿佛突飞猛进。大量原本难以理解的，甚至不该属于一个孩子的感受与印象，忽然变得触手可及。一切都变得清晰，一切都仿佛不费吹灰之力便能洞察理解。我开始清楚记得的那段时间，在我心里留下了极其鲜明而忧郁的印象。这种印象日复一日地加深，变得愈发沉重，它为我在父母身边的所有记忆涂上了一层幽暗、诡异、几乎不可言说的色彩，也深深笼罩着我的整个童年。

如今回想起来，那一刻，就像是我突然从某种深沉的梦境中，被惊醒过来（虽然在当时，我并不觉得那有什么特别震撼）。我睁眼时，身处一间低矮、闷热、污浊的大房间里。墙壁涂成一种灰扑扑的脏灰色，角落里耸着一座巨大的俄式火炉。窗户朝着街面——或者更准确地说，是朝着对面屋顶开着，窗户又短又宽，像是被切开的一道道裂缝。窗台高得出奇，我记得小时候必须先搬来一把椅子，再垫上凳子，然后才能够爬上去——尤其是在家里没人时，我喜欢坐在窗台上。从我们住的地方可以俯瞰半座城市。我们家住在这座六层高、庞大无比的楼房顶层，家具简陋得可怜：一张残破的油布沙发，上面全是灰尘和散乱的麻绳；一张白色的木桌，两把椅子；母亲的床，角落里一只不知放着什么的小柜子，还有那总是歪在一边的旧五斗橱，以及几扇撕破的纸质屏风。

我记得那是一个黄昏时分，屋里一片混乱。刷子、一些破布、我们那几件木头碗碟、碎裂的玻璃瓶，还有一些说不清是什么的杂物，全都乱七八糟地撒在地上。母亲当时情绪非常激动，不知因为什么在哭。而继父，则照例坐在角落里，穿着那件永远破旧的上衣。他冷笑着回她几句话，激怒了母亲，她顿时又摔起了刷子和碗碟。我当场大哭、大喊，冲到他们中间。我惊恐万分，死死抱住父亲（我在这段叙述里继续称他为“父亲”，因为直到很久之后我才知道，他其实并非我的亲生父亲），像是想用身体护住他。

天晓得我当时为什么会觉得母亲冤枉了他，觉得他是无辜的；我心里只想为他求情，甚至愿意代替他接受一切惩罚。我非常害怕母亲，甚至以为所有人都和我一样怕她。母亲起初愣了一下，随即抓住我的手，把我拽到了屏风后面。我撞在床沿上，手臂疼得不轻，但那时候，恐惧远远超过了疼痛，我连眉头都没皱一下。我还记得，母亲指着我，冲父亲又哭又吼地说着什么。这场争吵持续了将近两个小时，我全身发抖地躲在一旁，竭力猜测这一切最终会走向何处。最后，他们的争执终于平息了，母亲出门去了。

接着，父亲叫我过去，亲了亲我，摸着我的头发，把我抱到膝上。我紧紧靠在他的胸前，那一刻格外温暖甜蜜。那也许是我人生中第一次真正感受到父爱的一刻——也可能正因如此，我从那时起才开始清楚记得一切。我还隐约意识到，自己是因为为他辩护，才赢得了这份父爱的。因此，我第一次有了这样一个念头：他在母亲面前受了很多委屈，他一直在隐忍痛苦。这个念头从此根植于我的心中，伴随我成长，并且随着日子一天天过去，愈发清晰、愈发让我感到愤懑。

从那一刻起，我对父亲产生了一种特别的感情——不是普通的父女之爱，而是一种奇怪的情感。如果不显得可笑的话，我几乎想说那是一种带着怜惜的“母爱”。在我眼中，父亲总是那么可怜——受压迫、被欺负、遭践踏、委屈又孤独，好像生来就是个受害者。对我来说，如果不无条件地爱他、安慰他、亲近他、竭尽所能帮助他，简直是一件可怕，甚至不近人情的事。但直到现在，我也说不清，那时候我为何会有这样的念头：为什么我会坚信，父亲就是世上最不幸、最痛苦的人？是谁灌输给我这样的想法？又是通过什么方式，让我这个小孩子竟然能“理解”他的苦难？

可我确实理解了，尽管是用我童稚的方式，把一切都在脑海中重新演绎、重新塑造了一遍；但那种印象至今仍深深地刻在我心里，我也至今无法解释它是怎样形成的。也许，是因为母亲对我过于严厉，我才会本能地向父亲倾斜情感，把他看作那个与我一样遭受责难、命运多舛的“同路人”。

我已经讲过了自己从童年昏睡中第一次“醒来”的经历，第一次真正“进入”生活的那一刻。从那一瞬起，我的心仿佛就被什么深深刺痛了，而我也以一种难以想象、令人疲惫的速度迅速成长。我已经无法仅靠外部世界的印象活着了——我开始思考、判断、观察。但这种觉醒来得太早、太不自然，以至于我的想象力根本无法承受，不得不把一切事物都重新塑造成我自己的样子。就这样，我仿佛走入了一个独属于我的、奇异的世界。我周围的一切，都渐渐变得像父亲常给我讲的那个神奇童话，而那时的我，又怎么可能不把它当成真实来相信呢？一些奇怪的观念在我心中悄然生成。我很早就意识到——可我并不记得是如何意识到的——自己生活在一个“不同寻常”的家庭里。我那时已经察觉，父母和我在街上、楼道里遇到的其他人并不一样。

“为什么？”我心想，“为什么我见到的人都不像我的父母？为什么我在别人脸上能看到笑容，而在我们家却从来没有人笑、从来没有人快乐？”是什么力量、什么原因促使一个九岁的小孩那样认真地去观察身边的一切，去捕捉每一个词句——

那些从楼道、街角传来的陌生人的对话？尤其是在我晚上用母亲的旧围巾裹住破衣衫、拿着几枚铜币去小铺买两戈比的糖、茶叶或面包的时候，我心里总忍不住去比较、去思考、得出自己的结论。我明白了（虽然我已不记得是谁教会了我）：我们家一直笼罩在一种永恒的、难以忍受的悲哀之中。我费尽心思地想弄明白为什么会这样。到最后，我竟然“按照自己的方式”找到了答案——我责怪母亲，认定是她让父亲受苦，是她毁了他。现在回想，我依然无法理解，怎么会在我幼小的心灵中生出这样残酷而荒唐的判断。而我对父亲的感情越深，对那可怜的母亲的怨恨就越强烈。直到今天，那段记忆依然撕扯着我心头最柔软的地方。我还记得另一个情景——比起第一次“觉醒”，这个经历更进一步加深了我和父亲之间奇特的亲密关系。有一天，快到晚上十点的时候，母亲让我下楼去买酵母，父亲那时不在家。我回来的时候，在街上跌倒了，把装酵母的碗摔了个粉碎。

我的第一反应不是疼痛，而是恐惧：我怕母亲会大发雷霆。可我很快发现左手臂疼得厉害，几乎站不起来。一些路人停下脚步看我，有个老妇人试图扶我起来，一个跑过的小男孩却顺手用钥匙砸了一下我的脑袋。最后，我好不容易站起来，捡起破碗碎片，一瘸一拐地往回走。就在这时，我看见了父亲。他正站在人群中，围着我们对面那幢灯火辉煌的大宅子。那是某个贵族的宅邸，门前停满了马车，窗里传出悠扬的音乐。我一下子扑向父亲，拉着他破旧上衣的下摆，把摔碎的碗给他看，一边哭着一边说我害怕回家面对母亲。我就是那样确信他会保护我——但我并不知道为什么会这么确定。是谁让我相信了这一点？又是谁教会我：他比母亲更爱我？又为什么我能毫无畏惧地扑向他？他握着我的手安慰我，说要带我看点东西，然后抱起我。可他抓住的是我受伤的那只胳膊，我疼得厉害，却不敢叫出来，生怕让他难过。他不停问我："看见什么了吗？"我强忍着痛回答说："我看见红色的窗帘了。"当他要把我带到街对面的大宅子那边时，我突然哭了出来，紧紧抱住他，央求他赶快带我回家找妈妈。我记得，那时候父亲的爱让我感到更沉重，而不是更安慰。我受不了这样的温柔：一个我拼命想爱的人在抚摸我，而另一个人——我却不敢回到她面前。母亲回到家时并没有太责备我，只是让我去睡觉。我记得那晚胳膊痛得越来越厉害，我发起了高烧。尽管如此，我心中仍有一种莫名的幸福——因为那天晚上一切总算平安落幕。夜里我梦见了那个大宅子，梦里红色的窗帘在微光中轻轻飘动。

第二天醒来，我脑子里第一个念头、第一个牵挂，就是那个挂着红窗帘的房子。一等母亲出门，我就爬到窗台上开始望它。其实早在很久以前，这座房子就引起了我幼小的好奇心。我尤其喜欢在傍晚时分看它，那时街上的灯亮了起来，整座被灯火照亮的房子就仿佛在燃烧，红得像血一般的窗帘在玻璃窗后闪着奇异的光芒。总有华丽的马车停在门前，骄傲漂亮的马儿高高地扬起头，车前车后的喧哗、骚动、五彩灯笼、华服女子……一切的一切，在我稚嫩的心中，都变成了某种王宫般的壮丽和童话般的奇幻。但自从我在那幢房子前偶遇父亲后，它在我心里就变得愈发神秘而美丽了。从那天起，我那受到震撼的想象力里开始滋长起一些奇特的观念和幻想。我丝毫不惊讶自己会变成一个奇怪、幻想多的小孩——毕竟我生长在这样一对奇怪的父母身边。

同时，我开始深深地被父亲吸引。我已经开始理解了他，常常好奇地观察他、倾听他与母亲的对话。他们性格之间的强烈对比令我印象深刻。母亲总是为家里的穷困操劳不停，总是责怪父亲无所事事，自己一个人撑着家。我不禁问自己：那为什么父亲却一点也不帮忙？为什么他就像个外人一样，仿佛不属于这个家？母亲说的几句话让我隐隐有所明白。我惊讶地知道：父亲是个“艺术家”（这是我记住的词），是个有“天赋”的人。于是，我立刻想象：艺术家就是一种特别的人，和其他人都不一样。也许父亲本身的举止就促使我产生了这种想法，也许我听过什么别人的话，只是如今记不得了。但我至今仍然记得，父亲有一次在我面前，以一种奇怪而坚定的语气说过的话，让我印象极为深刻。

他说："总有一天，我也不会再贫穷，我也会成为贵人、有钱人；总有一天，当你妈死了的时候，我就会重新活过来。"我记得我当时被他这句话吓坏了。我再也待不下去，跑到门厅里，靠在窗边，用双手捂住脸，突然间哭了出来，哭得心都快碎了。那是一种说不清的压抑感，堵在心头。可后来，当我不断想着这句话，渐渐习惯了父亲的这个"可怕愿望"后，幻想又来拯救了我。我必须找一个解释来安慰自己。

于是，不知道从哪一刻起，我就在心中确信：等母亲死后，父亲就会带着我一起离开这个阴暗逼仄的家。但要去哪里，我始终无法想象得清楚。但我只知道，我们一定会一起走，一起去一个梦幻的地方。在那幻想中，我把一切能想到的美丽、奢华、幸福都堆叠在我们将要去的那个地方。我们会变得富有，我不用再被差遣去杂货铺了（我非常害怕那种差事，尤其是当邻居的孩子们嘲笑我、欺负我时；我更怕洒了牛奶或油会被母亲责骂）。我幻想父亲会立刻换上一身漂亮的新衣服，我们会住进一座富丽堂皇的宅子。这时，那座挂着红窗帘的富贵宅邸、我和父亲在那儿的相遇、他曾经要给我“看什么”的那段经历，统统涌回了我的脑海。于是我认定，我们将会搬进那幢房子，在那里过上永恒的节日般的生活、永远的幸福和快乐。从那天起，每当夜幕降临，我就会紧紧盯着那幢“魔法屋”。我会回忆它门前的车马、宾客的盛装（那些是我从没见过的衣服），我仿佛能听到窗中飘出的乐声，看到窗帘上映出的人影，努力猜测他们在里面做着什么——在我眼中，那就是天堂、就是幸福、就是永远的节日。我开始讨厌我们的陋室，讨厌我身上穿的破衣烂衫。有一次，当母亲冲我大叫，命令我从窗台下来时，我立刻心生一种念头：她就是不想让我看那个房子、不想让我想着那幢房子、不想让我怀有希望、不想让我追求幸福！那天晚上，我一直怀着疑心和警觉，偷偷盯着母亲看。

我如今才明白，为何我竟会对那位始终受苦的母亲怀有那么深的怨恨。我终于理解了她那受难的一生，如今每每回想起她这个苦命人，我心中总免不了一阵剧痛。其实，就算在我奇异童年最黑暗的时光里，在那段我早熟得不自然的岁月里，我的心也时常因怜悯而收紧，也曾被疑惑、惶惑、怅然所困扰。那时我的良知已在心中抗议，我常常痛苦地感到自己对母亲不公。然而，我们彼此始终隔着距离，我甚至不记得自己是否曾主动亲近过她一次。现在，许多微不足道的回忆，却最深地刺痛我、撼动我——每当我忆起这位可怜的受难者，就会不由自主地心痛。记得有一次（当然我接下来要讲的事是微小、琐碎、粗鄙的，可也正是这些记忆最残酷地刻印在我脑中）——那天傍晚，父亲不在家，母亲准备让我去杂货铺买茶叶和糖。但她一直犹豫，迟迟做不了决定，口中一遍遍念叨着铜币的数目——那些她所能支配的可怜钱数。她足足数了半个小时，也没算明白。也许那时她因悲伤而陷入了某种神志迷乱的状态。我还清楚地记得，她边数钱边喃喃自语，声音低缓，仿佛不是故意说出来，而是自言自语地掉落字句。她的嘴唇和面颊苍白，双手颤抖，独自沉思时总是微微摇着头。

“算了，还是不要了吧，”她看了我一眼，说，“我还是去睡吧。嗯？你想睡觉吗，涅朵奇卡？”我没作声。她轻轻托起我的头，目光平静而柔和地望着我，脸上浮现出一种母亲的温柔微笑，那一刻我的心猛地一缩，跳动得厉害。尤其是她唤我“涅朵奇卡”时，我知道，那表示她此刻格外疼爱我。这个名字是她为我起的，爱怜地将我的原名“安娜”变成了“涅朵奇卡”，每当她这么叫我，就是想亲昵地抚慰我。我被深深打动了，心中萌生出一种强烈的愿望：想要抱住她，依偎着她，和她一起哭出来。可怜的她，那天久久地抚摸我的头发，或许已经是机械性的动作了，也许早已忘了自己是在抚慰我。

她一遍遍低语：“我的孩子，涅朵奇……涅朵奇卡……”我的眼泪涌到眼眶，可我强忍着不让它们流下。我像是倔强地不想在她面前表露情感，尽管内心深处饱受煎熬。是的，这并不能算是真正的冷酷无情。我对她产生敌意不可能只是因为她对我严格；不，这一切，是我的幻想、我对父亲那种异常而狂热的爱所造成的。我常常在夜里醒来，躺在角落里的那张短小褥子上，盖着冰冷的毯子，心中总是升起一种莫名的恐惧。在半梦半醒之间，我会回忆起以前更小的时候，我还睡在母亲身边，那时夜里醒来没那么害怕——只要贴近她，闭上眼睛，紧紧抱住她，就能重新安然入睡。我现在才明白，我其实从未能完全不爱她。后来我发现，许多孩子也会有这种怪异的冷漠感：他们一旦爱上谁，便会全然、专一地爱着那一个人。是否爱、如何爱，全都取决于孩子最初受到的教育和最初的印象。对我来说，也正是这样。

有时，我们这个角落会整整几个月都陷入一片死寂。父亲和母亲似乎也厌倦了争吵，而我依旧生活在他们中间，一切如旧，一切沉默，我仍旧沉思、忧郁，在幻想中不断追寻某种模糊的渴望。我观察着他们二人，终于能够理解他们之间的关系：我明白了那种沉默的、永恒的敌意，明白了这全部的苦难和混乱生活的迷雾，它们早已在我们的小屋中深深扎根——当然，我的理解并不带有因果的清晰判断，只是一个孩子所能领悟到的程度罢了。常常在漫长的冬夜里，我会蜷缩在角落中，一连几个小时目不转睛地盯着他们，凝视着父亲的脸，努力猜想他在思索什么，是怎样的事物如此深深地占据了他的心。而母亲也常令我惊异，又让我害怕。她总是走来走去，在屋里不停地踱步，有时甚至整夜如此，那是她的失眠症发作了，她常在走动时自言自语，仿佛屋中只有她一人。有时她张开双臂，有时将手交叉抱在胸前，有时又痛苦地扭动双手，仿佛陷入了一种无法排遣的悲恸。有时候，泪水会顺着她的面颊悄然滑落，那些泪水，她自己也许都不明白缘由，因为她时而陷入一种昏沉的忘我状态。她患有一种非常顽固的疾病，她却完全不理会它。

我记得，那时我越来越沉重地感受到孤独的痛苦，还有那种我不敢打破的沉默。已经整整一年，我在一种清醒的意识中生活，整日沉思、幻想，被一些说不清、道不明的冲动悄悄折磨着，它们总是在某个瞬间冒出。我渐渐变得像是在林中长大的孩子一般孤僻。

终于，是父亲先注意到了我，把我叫到身边，问我为什么那样专注地盯着他看。我不记得自己回答了什么，只记得他沉思了一会儿，然后看着我说，明天就给我带本《字母书》，开始教我识字。我满怀急切地等待着这本书，一整夜都在幻想着它，虽然我并不真正明白“字母书”到底是什么。第二天，父亲真的开始教我了。我一听就明白他想要我做什么，我很快便学会了，因为我知道这样可以讨他欢心。那是我当时生活中最幸福的一段时光。每当他夸我聪明，摸着我的头亲吻我，我便会因为激动而流泪。渐渐地，父亲爱上了我；我也变得敢于主动和他说话了。我们常常谈上几个小时都不疲倦，尽管我有时根本听不懂他在说什么。但我总是害怕他会以为我和他在一起感到无聊，所以尽力表现出我什么都听得懂的样子。晚上与我共处成了他的习惯。

天一擦黑，他一回到家，我就立刻拿着《字母书》凑到他面前。他会让我坐在他对面的板凳上，教完功课后他就自己读起书来。我虽然一句也听不懂，却会不停地笑，想借此取悦他。确实，我的存在给了他乐趣，他喜欢看我笑。也是在这段时间里，他在课后给我讲了一个童话故事。这是我人生中第一次听到故事。我听得如痴如醉，心中焦急又激动，随着他的讲述仿佛飞去了遥远的国度，到故事结尾时，我已完全沉浸在狂喜中。并不是这个童话故事本身让我如此激动——而是我把一切都当成了真事，立即让自己的想象驰骋，把现实与幻想混在一起。于是，那个红窗帘的房子又出现在我脑海中，父亲也成了故事中出现的人物，是他亲口讲给我听的那个人；母亲则总是阻碍着我们俩去往那个未知之地。最后，或者说首先，我自己，总是怀着那些奇妙的幻想，脑袋里塞满了荒诞的、不可思议的影像——这一切如此混杂、纷乱，以至于我的头脑渐渐变成了一个混沌的迷宫。我甚至一度完全失去了对现实的感觉，仿佛住在一个谁也无法理解的世界里。那段时间，我常常急切得要命，想跟父亲谈谈未来，问问他打算带我去哪儿，我们会变成什么样。对我来说，我深信那一天一定很快会到来，但它会如何来临，会以什么形式发生，我完全不知道，只是日复一日地绞尽脑汁思索着这个问题。有时——尤其是夜晚——我会产生这样的幻想：父亲突然会偷偷向我眨眼，叫我悄悄到门厅来，我会趁机从母亲眼皮底下悄悄带上《字母书》和那幅画（那是一幅破旧的平版画，从很早以前就一直没框地挂在墙上，我决定无论如何都要带着它），然后我们就会一起悄悄溜走，再也不回这个家。

有一次，母亲不在家，我抓住一个父亲特别高兴的时刻——这通常是在他微醺之后——走到他跟前，随意说起什么话题，想借此引出我心中的那个秘密念头。终于，他笑了，我一把抱住他，心怦怦直跳，几乎带着一种恐惧般的敬畏，好像准备说出一个巨大的秘密。我结结巴巴地问他：我们要去哪？什么时候走？会带些什么？我们会怎么生活？最后，我问："我们会去那个有红色窗帘的房子吗？"

"——房子？红色窗帘？这是什么？你在胡说八道些什么，傻丫头？"

于是，我比刚才更加害怕了，连忙开始向他解释，说等妈妈去世之后，我们就再也不会住在这间阁楼里了，他会带我离开，到某个地方去，那时我们就会变得富有而幸福。最后我还一再向他保证，说这些都是他亲口答应过我的。我这么坚定地对他说，是因为我心里完全确信：他确实曾经对我说过这些话，至少我记得是这样的。

"妈妈？死了？妈妈什么时候死的？"他反复问着，惊讶地看着我，浓密的灰白眉毛紧紧皱起，脸色也微微变了。"你在说些什么啊，可怜的小傻瓜……"

他随即开始责备我，絮絮叨叨地说我是个糊涂的小孩，什么都不懂……具体说了些什么我已经记不清了，只记得他当时非常难过，神情里透出深深的痛苦。

我一句也听不懂他那些责备的话，也不明白，我居然记住了他曾在愤怒和深沉忧郁中对母亲说过的那些话，并暗地里反复想着它们，这件事对他来说该是多么沉重、多么刺痛的打击。无论他当时是什么样子，无论他自己的疯癫已经到了怎样的地步，这一切在他心中引起的震动都是理所当然的。然而，尽管我根本不明白他到底在气什么，我却突然感到一种说不出的悲伤与痛苦涌上了心头。我哭了。我心里觉得，我们原本要一起去的那个未来，那样重要、神圣，以至于我这个愚蠢的小孩子，竟然连想一想、说一说的权利都没有。

此外，虽然我没听明白他最初的责备，但我却隐约感受到，我好像伤害了母亲。一种莫名的恐惧袭上心头，疑虑开始在我心底滋生。这时，他看见我在哭，见我悲伤欲绝，便开始安慰我。他用衣袖擦去我脸上的泪水，让我不要哭泣。我们两个静静地坐了好一会儿，他眉头紧锁，似乎在沉思着什么。接着他又开口和我说话，可我怎么也集中不了注意力。他所说的一切，在我耳中都显得模糊不清，仿佛裹在一团浓雾之中。根据我至今还记得的几句零星话语，我可以推断，那时他是在向我解释他是谁，说他是一个伟大的艺术家，说世人根本不理解他，还说他是一个具有天赋的人。在那个时候，这个可怜的人很少有机会向别人倾诉自己，讲述他那被埋没的艺术之光。所以他会和我，一个孩子，说这些，也不算意外。

我还记得，他问我："你懂了吗？"当然，我给出了肯定的回答。他随即让我重复："我是不是有天赋？"我答道："有。"他听后轻轻一笑，也许那一刻他自己也意识到，对着一个孩子谈论和自己有关的最严肃、最敏感的话题，有些滑稽。我们的话题被卡尔·费多里奇的到来打断了。父亲指着他对我说了句话，我一下子笑出了声，也全然轻松了下来。那一刻，仿佛什么都没发生过。

"而卡尔·费多里奇呢，连一丁点儿才华都没有。"

这个卡尔·费多里奇是个非常有趣的人物。那时候我见过的人很少，因此怎么也忘不了他。现在回忆起他的模样：他是个德国人，姓迈耶，带着强烈的愿望来到俄国，想加入彼得堡的芭蕾舞团。但他跳舞实在糟糕，连群舞演员都没能录取，只能在剧院里担任一些出场角色。他演过许多哑剧，比如在《哈姆雷特》里当福丁布拉斯的随从之一，或是在《罗密欧与朱丽叶》中扮演二十名一齐高举纸板匕首高喊“为国王而死”的维罗纳骑士中的一个。但世界上恐怕没有比卡尔·费多里奇更热爱自己的角色的演员了。他一生中最痛苦、最悲惨的遭遇，就是未能进入芭蕾舞团。他视芭蕾为世上最高贵的艺术，在这点上，他对芭蕾的热爱就像父亲对小提琴的执着一样。他和父亲是在剧院共事时认识的，自那之后，这位退役的舞者就再也没有离开过他。他们常常见面，共同哀叹自己不幸的命运，以及被世人误解的苦楚。

这个德国人是世界上最温柔、最感性的人，对我的父亲怀有最炽热而无私的友谊。但父亲似乎并不怎么喜欢他，只是因为身边没有别的朋友，才把他算作熟人。更何况，父亲一向无法理解芭蕾也是艺术，这一点常常让这位可怜的德国人伤心落泪。父亲知道他的软肋，总是有意去戳他，每次卡尔·费多里奇因争辩而激动起来时，父亲就会嘲笑他。后来我从 B 那儿听说了很多关于这个卡尔·费多里奇的事。B 戏称他为“纽伦堡小丑”。他讲了许多卡尔·费多里奇和父亲之间的友情，比如他们会常常一块儿喝上几杯，然后一起痛哭自己的命运与不被承认的才华。

我也记得那些聚会。每次他们两个这样哭诉的时候，我常常莫名其妙地也跟着哭起来。这种事通常都发生在母亲不在家的时候。那个德国人非常怕母亲，每次来总是先站在前厅等一会儿，直到有人出来。如果知道母亲在家，他就会立刻跑下楼去。他总会带一些德语诗歌来，在我们面前朗读时充满激情，然后又用蹩脚的俄语把它们翻译给我们听。这逗得父亲哈哈大笑，而我也笑得眼泪直流。

但有一次，他们找到了一本俄语作品，这把他们俩都点燃了，从那以后他们几乎每次见面都在读这本书。我记得那是本用诗体写成的戏剧，作者是某位著名的俄国作家。书中讲述了一位伟大艺术家的不幸，他在一页上大叫“我不被理解”，在另一页又喊“我没有才华”，隔几行又说“我有才华”，这出戏剧的结局十分凄惨。当时我当然听不懂这本书，也不明白为什么那个退役的舞者和我父亲听得如此入迷，甚至哭成一团。直到几年后，我偶然又看到这本书，重读之后才明白他们当时的情绪。说实话，这部戏剧其实挺庸俗的；但奇怪的是，它却以最天真、最悲情的方式深深打动了这两位读者，他们在主角身上找到了太多与自己相似的地方。我记得卡尔·费多里奇有时激动得从座位上跳起来，跑到房间另一边，对着我和父亲（他总是称我为“小姐”）哀求，叫我们在此刻、此地评判他与命运、与公众之间的争执。他接着便开始跳舞，做出各种舞步，边跳边叫喊，让我们立刻告诉他，他到底是不是一名真正的艺术家，是否有人能说他没有才华。父亲立刻就乐了，还偷偷向我眨眼，好像在说："你看，我现在要好好耍他一番。"

我也笑得不行，但父亲冲我摆手让我忍住，我便拼命强忍着笑意，几乎喘不过气来。哪怕是现在，每每回想起这一幕，我也忍不住想笑。我眼前清清楚楚浮现出那个可怜的卡尔·费多里奇：他身材矮小、瘦弱，头发已经斑白，挺着一个红彤彤、染着烟草渍的驼鼻子，一双丑陋的弯腿。他似乎还为这双腿感到骄傲，总穿紧身裤来炫耀它们。当他跳完最后一个舞步，定格在表演动作中，朝我们伸出双手，露出像舞台上的舞者那种结尾式微笑时，父亲总会沉默片刻，好像在犹豫该如何评价，故意让这位"未被认可的舞者"悬在那儿，一条腿支撑着身体，在那儿摇摇晃晃地努力保持平衡。最后，父亲才会以一本正经的神情看着我，好像是在邀请我这个旁观者作为评判见证，而与此同时，卡尔·费多里奇也总是带着恳求又胆怯的目光看向我。

"不行啊，卡尔·费多里奇，看样子这是你的命了，怎么跳也跳不好！"父亲最后这样说，装出一副他自己都不愿揭示这残酷真相的模样。

这时，卡尔·费多里奇的胸中会爆出一声真切的哀叹；可他很快又振作起来，迅速做着手势，请我们重新给予关注。他坚称自己刚才跳的并没有按照正确的体系，请求我们再审视一遍。他随即又冲到房间另一角，有时跳得那么起劲，竟然一头撞到天花板上，疼得直抽气；但他像个斯巴达人似的，硬是忍着痛，英勇地继续保持着舞姿，双手颤抖着伸向我们，脸上又绽放出那种舞台谢幕时的微笑，恳切地请求我们判定他命运的最终归宿。然而父亲毫不动摇，仍旧板着脸、冷冷地回答说：“不，卡尔·费多里奇，显然，你的命运就是，无论如何都不会令人满意。”

“你是个背信弃义的朋友！”卡尔·费多里奇悲愤地喊道，仿佛他的整颗心都被这句话击碎了。

接着，他会猛地抓起帽子，冲出我们家，发誓说自己永远也不会再来。但这种争吵从不持久；没过几天，他又会重新出现在我们面前，照例又是那部著名剧作的朗读，又是泪如雨下，卡尔·费多里奇又开始请求我们，替他评评理、评评命运——只是这一次，他苦苦哀求我们一定要认真、公正地审判，要像真正的朋友那样，不许再嘲笑他了。

这种混乱而呛人的生活，这种无休止的忧郁和那种根深蒂固、不可动摇的念头，我父亲就那样日复一日地活在其中——这一切终于不可避免地留下了最令人悲伤的后果。事情果然就这样发生了。我早就说过，父亲那时几乎已经是个半疯子了，离彻底疯狂已只差一步——是的，我没有说错——我正是那场真正疯癫发作的目睹者。事情是这样发生的：

有一次，母亲让我去杂货铺买点东西，我回来时，小心翼翼地捏着找回的一枚小银币。刚走到楼梯上，我正好遇到从院子里出来的父亲。我看到他时禁不住笑了，因为每次见到他，我总是抑制不住内心的喜悦。他俯下身想亲我，忽然看见我手中亮晶晶的银币……我忘了说明，我已经非常熟悉他的神情，以至于只要一瞥他的脸，我几乎总能立刻看出他此刻的心情和愿望。每当他忧郁的时候，我就心如刀绞。他最常感到苦闷、难熬的时刻，是当他身上连一个铜板都没有的时候，尤其是当他因而无法喝上一滴酒——那是他早已养成的习惯。可就在这次，在楼梯上与他相遇的那一刻，我却感觉到他身上有什么异常的东西。他的眼神涣散，迷茫地游移不定；起初他甚至没认出我。

但当他看到我手中银币闪光的一瞬，他的脸突然涨红了，又立刻变得惨白。他伸手似乎想要从我手里拿过那枚钱，却又立刻把手缩了回去。很明显，他的内心正在经历一场激烈的挣扎。

最终，他似乎强压下了什么欲望，命令我快些回家上楼。他自己下了几级台阶——可忽然又停住了，急急地喊住我。

他显得非常局促不安。

“听着，涅朵奇卡，”他说道，“把这钱给我，我会还给你的。好吗？你会给爸爸的，对不对？你是个乖孩子，涅朵奇卡，对吧？”

我仿佛早已预感到这一刻的来临。但在最初那一瞬间，对母亲的恐惧、内心的胆怯，尤其是一种难以言喻的本能的羞耻感——既为自己，也为父亲——让我迟疑不决，没能将钱递给他。他立刻察觉到了我的犹豫，急切地补充道：

“好啦，好啦，不必了，不必了……”

“不要，爸爸，你拿着吧；我会说是我弄丢了，或者是邻居家的孩子抢走了。”

“好，好，我就知道你是个聪明的小姑娘。”他说着，嘴唇微微颤抖地笑了起来，当他感受到钱已握在自己手中时，再也无法掩饰内心的喜悦。“你是个好孩子，是我的小天使！来，让我亲亲你的小手！”这时，他抓住我的手，想要亲吻它，但我立刻抽了回来。一种怜悯之情涌上心头，而羞耻感也越来越强烈地折磨着我。我无法再忍受这尴尬的一幕，带着一股莫名的惊慌逃上了楼，丢下父亲，连一句道别也没说。当我走进房间时，脸颊烧得通红，心跳得厉害，是一种既压抑又陌生的感觉。然而，我却大胆地告诉母亲，说我不小心把钱掉在雪地里了，怎么找也找不到。我本以为她至少会打我一顿，但这却没有发生。

母亲起初确实非常生气，因为我们穷得可怜。她冲我大声嚷嚷，但转眼似乎又想通了，停止了责骂，只是淡淡地说我是个笨手笨脚、不上心的孩子，还说看得出我并不怎么爱她，不然怎会对她的东西这么不上心。这番话比打我还让人难过。可母亲已经了解了我。她察觉到我天性敏感，甚至有时敏感到一种近乎病态的易受刺激，因此她希望用这种带刺的责备，更深地触动我，让我以后更小心谨慎。

暮色降临时，我照例站在门厅等待父亲回来。但这一次，我的心绪纷乱不安。内心深处，有一种苦涩而折磨人的情绪在搅动着我的良知。终于，父亲回来了，我竟因他的到来感到欣喜，好像认为见到他我就能轻松一些。然而，他已有了几分醉意；可当他看到我时，立刻装出一副神秘又不安的样子，把我领到角落里，一边悄悄望着我们家的门，一边从口袋里掏出一块他买来的姜饼，压低声音对我叮嘱。他说，我以后决不能再私藏钱、瞒着妈妈拿钱，这是坏事，是丢脸的行为，非常不好。这一次他之所以这样做，是因为爸爸真的非常需要那点钱，不过他会还我，我也可以说是后来把钱找回来的。他还说，从妈妈那里拿钱更不应该。只要我以后听话，他就会再买姜饼给我吃。最后，他甚至补了一句，说要我可怜妈妈，说她生病了，又可怜，是我们一家人的顶梁柱。我在恐惧中听着，全身发抖，泪水几乎要夺眶而出。这一番话让我震惊得说不出一句话，也动弹不得。

最后，他走进了房间，并让我不要哭，也不要把这件事告诉妈妈。我注意到，他自己也十分慌乱。那一整晚，我都处在一种惊惧之中，这是我第一次不敢正眼看父亲，也不敢靠近他。他显然也在回避我的目光。母亲在屋里来来回回地走着，嘴里喃喃自语，仿佛忘了自己身在何处。那天，她的病情更重了，还发作了一次。最终，我自己也因内心剧烈的痛苦而发起了烧。夜里，我根本无法入睡，被病痛缠绕的梦境折磨。终于，我忍无可忍，开始痛哭流涕。我的哭声惊醒了母亲，她叫了我一声，问我怎么了。我没有回答，只是哭得更伤心了。于是她点上了蜡烛，走到我身边安慰我，以为我是在梦中受了惊吓。“哎呀，你这个小傻瓜！”她说，“到现在还会因为做了个梦而哭。好了，好了！”说着，她亲了我一下，让我到她身边睡。但我不愿意，我不敢拥抱她，也不敢过去。心中是一种难以言说的痛苦折磨。那一刻我多想把一切都告诉她。我刚张口想说，可父亲的禁令立刻浮现在脑海，我又立刻噤了声。“可怜的孩子，涅朵奇卡！”

母亲一边把我抱上床，一边用她那件旧围裙裹住我，因为她发现我正被寒冷折磨着，“你恐怕也会像妈妈一样成个病弱的孩子！”她看着我，那一眼里带着无尽的忧伤，令我无法承受，我闭上眼睛，转过了头。我已经不记得后来是怎么睡着的了，只记得在半梦半醒之间，听见可怜的母亲还在细声劝我入睡。我从未经历过比那一夜更沉重的折磨，内心仿佛被什么紧紧勒住，几乎窒息。第二天一早，我感觉好了一些，主动找父亲说话，却避而不提昨晚的事，因为我事先就知道，他会因此感到宽慰。他立刻高兴起来，因为他也总是在看我时愁眉不展。而现在，他脸上浮现出一种孩子般的愉快和满足。不久，母亲出门了，他便不再克制。他开始热情地亲吻我，我一边笑一边哭，仿佛陷入一种歇斯底里的狂喜。最后他说，他要让我看看一件“很好的东西”，而我一定会因为“这么聪明、这么乖”而感到高兴。他解开背心，从挂在脖子上的黑绳子上取下一把钥匙。然后，他用一种神秘的目光看着我，仿佛要从我眼中读出他所期待的惊喜和喜悦。他打开了箱子，小心翼翼地取出一个形状奇特的黑色盒子，是我从未见过的、他几乎是虔诚地捧着那东西，整个人的神情都变了——笑容从脸上褪去，取而代之的是一种近乎庄严的神色。他用脖子上的那把小钥匙打开了神秘的盒子，从中取出一样东西，也是我从未见过的、造型奇异的物件。他双手捧着，轻声又庄重地告诉我，那是他的“小提琴”，是他的乐器。

接着，他对我轻声说了很多话，语气里带着一种难以言表的郑重和感情。虽然我并不懂他在说些什么，只记住了他反复强调的话：他说他是“艺术家”，他说他“有天赋”，说将来他会重新拉起小提琴，我们全家都会富有起来，会拥有某种巨大的幸福。他的眼里泛起了泪光，顺着脸颊流了下来，我深受感动。最后，他亲吻了小提琴，并让我也亲了一下。见我想凑近看看，他带我走到母亲的床边，把小提琴交到我手中；但我看得出，他全身都在发抖，生怕我不小心摔了它。我接过小提琴，轻轻拨了一下琴弦，发出一声柔弱的声音。“这是音乐！”我望着父亲说。

“是的，是的，是音乐！”他一边高兴地搓着双手，一边重复道，“你是个聪明的孩子，你是个乖巧的孩子！”可即便他满怀赞许和欣喜，我仍能看出他对小提琴的担忧，而我也被那份紧张感染了——我连忙把小提琴还给他。他依旧用那种充满敬意的小心动作，将小提琴放回盒中，小心锁好，又放回箱子里。之后，他再次抚摸我的头，答应我：只要我今后依旧像现在这样聪明、乖巧、听话，他就会每次都让我看看那把小提琴。就这样，小提琴驱散了我们之间的悲伤和阴霾。只是到了晚上，当父亲要出门时，他悄悄在我耳边低语，让我记得他昨天对我说过的话。

不，我想说那是一种“狂热”，因为我找不到一个足够强烈的词来完全表达我对父亲那种不可遏制，甚至连我自己都觉得痛苦的感情。这份感情到了几乎病态的激动程度。我唯一的快乐，就是想着他、梦着他；我唯一的愿望，就是做一切能带给他哪怕一丝一毫安慰和愉悦的事。不知多少次，我在楼梯上等着他回来，常常冻得发抖、嘴唇发青，只为了能早一刻见到他，早一眼望见他的身影。每当他哪怕轻轻抚摸我一下，我都会像疯了一样欢喜。

然而，你能相信吗？我常常也被自己对母亲的冷漠折磨得心痛不已。看到她的模样，我的内心常常充满难以言说的悲伤和怜悯。他们之间的永恒冲突让我无法袖手旁观，我必须站在一方，而我选择了这位近乎疯癫的父亲，仅仅因为他在我眼里如此可怜、如此卑微，在我最初的记忆中又如此深深地震撼了我的想象力。但谁能判断对错呢？——也许，正是因为他怪异、与众不同，不像母亲那样严肃、压抑，甚至因他时常带着一种孩子气的荒唐表演、一种滑稽的姿态，使我对他少了敬畏，也少了恐惧。他更像是我这个孩子的同伴。我渐渐觉得自己似乎在这段关系中占了上风——我在悄悄地掌控他，我变得对他来说不可或缺。

我暗自为此感到骄傲，内心甚至为这份“胜利”感到一丝得意。因为知道自己对他来说有多重要，我有时甚至会有些“调皮”地和他撒娇、逗趣。的确，这段奇异的情感，竟然多少带有几分“浪漫”的意味……但这段“浪漫”注定无法长久：我很快就失去了父亲，也失去了母亲。他们的命运以一场恐怖的灾难告终，那段经历沉重又残酷，永远烙印在我的记忆中。接下来，我将讲述，这一切，是如何发生的。

三

就在这个时候，整个彼得堡被一则轰动一时的消息搅得沸腾不已——传来了著名的小提琴大师S先生即将来访的风声。凡是彼得堡音乐界的人物，无不为之激动不安。歌唱家、演员、诗人、画家、音乐迷，乃至那些从未涉猎音乐领域，甚至还带着一丝得意自称“连一个音符都不懂，只是深刻地感受音乐”的人，也都争先恐后地拥向售票处。音乐厅甚至容纳不下十分之一那些热情似火的听众，而他们当中不少人已准备好掏出二十五卢布的高价门票。

S先生享誉整个欧洲，年事虽高却才情依旧不减当年；据说，近来他已极少为公众演奏了。这次巡演也被传为是他告别欧洲舞台的最后一次公开演出——从此之后，他将彻底隐退，不再登台。这些传言和事实结合的效应立刻显现出来：每个人的心都被牢牢地牵动了。总之，这场演出的消息，在彼得堡引发了深远而强烈的震撼。

我之前已经说过，每当有哪怕是稍有名气的小提琴演奏家来到彼得堡，都会对我的父亲产生极其不愉快的影响。他总是第一个赶去聆听新来艺术家的琴技，只为尽早判断对方技艺的高低。他常常会因听到四处传来的赞美声而几近病倒，直到他终于在那位新来的小提琴手的演奏中找到缺点，便会满怀讽刺地四处传播自己的看法，这才得以稍稍平复自己的情绪。这个可怜、几近疯狂的人在全世界的音乐领域里只承认一个真正有才华、一个真正的艺术家——那便是他自己。可是，这一次，关于S先生到来的传闻，这位真正的音乐天才的名声，却在他身上产生了某种震撼性的影响。要知道，在过去整整十年里，彼得堡几乎未曾迎来过哪怕一位真正享誉世界的演奏大师，即使技艺不及S先生者，也未曾有过。也因此，我的父亲对欧洲顶级演奏家的演奏艺术毫无概念。

有人告诉我，当彼得堡刚刚传出S先生即将抵达的消息时，我的父亲立刻又出现在了剧院的后台。据说他神情极度激动，焦躁不安，不停地打听关于S先生以及即将举行的音乐会的详情。实际上，他已经很久没有在后台露面了，因此这次出现甚至引起了小小的轰动。据说，有人想捉弄他，故意用挑衅的语气说道："这回您可要听到不是那种跳芭蕾时的音乐了，而是那种连命都活不下去的天籁啊，叶戈尔·彼得罗维奇！"据说，听到这句讽刺话时，他的脸色瞬间变得惨白，但还是强作欢颜地扯出一丝歇斯底里的笑容回答："咱们拭目以待吧！山那边的鼓总是敲得格外响亮——S先生不过也就是在巴黎演奏过几场，那是法国人自己给他吹出来的名声，大家都知道法国人是什么德行嘛！"诸如此类的话他一连说了好几句。四周响起了哄堂大笑。可怜人显然很受伤，但还是强忍着情绪，补充道，他其实对什么都不敢妄下评论，只是说："咱们等等看吧，等着瞧，后天就能见分晓了，到时候这些奇迹就都能揭开真面目。"

B讲述说，就在那天傍晚，天色尚未完全暗下来的时候，他在街上遇见了H公爵——一位知名的音乐鉴赏家，一个深刻理解艺术、由衷热爱艺术的人。他们并肩而行，谈论着那位新到的音乐家。忽然，当他们拐过一条街角时，B看见了我的父亲——他正站在一家商店的橱窗前，目不转睛地盯着一张海报。这张海报大字号地印着S先生音乐会的公告，被贴在橱窗玻璃上，显得格外醒目。

"您看到那个人了吗？"B指着我父亲说道。

"那是谁？"公爵问。

"您以前听说过他。"B回答，"他就是我曾多次向您提起过的叶菲莫夫——您还曾对他施以过援手。"

“啊，这倒有趣！”公爵说道，“您对他的描述可真不少。听说此人颇为特立独行？我倒真想亲耳聆听他的演奏。”

“这并不值得一听，”B先生回答道，“而且太沉重了。公爵大人，我不知道您怎么想，但对我来说，他总是令人心碎。他的人生是一出扭曲而可怕的悲剧。尽管他满身污秽，我却始终无法对他完全失去同情——这份感受如此深刻。您说得对，他确实很特别，但留下的印象实在太过沉重。首先，他已经疯了；其次，这个疯子背负着三重罪孽——除了毁掉自己，他还毁了两个生命：他的妻子和女儿。我了解他，如果他完全认清了自己全部的罪行，他会立刻死去。但最可怕的是，这八年来，他几乎已经意识到自己的罪过，却始终在与良心搏斗，始终不敢从‘几乎明白’跨入‘完全承认’的境地。”

“你说他很穷？”公爵问道。

“是的，但如今贫困对他而言几乎成了一种幸福，因为那是他最方便的借口。他可以随时向所有人辩解：他之所以一事无成，都是因为贫穷；如果他有钱、有闲暇、无烦忧，那么大家就会立刻看出他是个多么伟大的艺术家。他娶妻时心中抱着一种奇怪的幻想，以为妻子那几千卢布可以助他东山再起。他活像个痴迷幻想的孩童——事实上，他这一生都像个长不大的孩子。你可知道这八年来，他一直在喋喋不休地抱怨什么？他固执地认定，毁掉他前程的罪魁祸首就是他的妻子，说是她阻碍了他的成功。如今他索性两手一摊，彻底放弃努力。但若真将他的妻子从他身边带走，他立刻就会沦为世上最可怜的人。你知道他为什么这几年连琴弓都不肯碰吗？因为每一次他一拿起琴弓，他就不得不面对一个令他灵魂战栗的真相——他根本不是个什么艺术家，不过是个平庸之辈。而现在，只要不碰琴弓，他至少还能守着那点虚无缥缈的希望——也许这一切都不是真的。他终日幻想着，说不定哪天，靠着什么奇迹，他就能一夜之间名扬天下。

“他的信条是‘要么做恺撒，要么一无所有’——好像成为恺撒就像翻个手掌那么容易。他渴求的只是虚名。但若一个人追求艺术的唯一动力就是这份虚荣，那他已经称不上是真正的艺术家了。因为他早已丧失了最珍贵的天性：纯粹为了‘艺术本身’而创作，而非为了名声这些别的东西。可S先生恰恰相反：他一拿起琴弓，整个世界就都不存在了，唯有音乐在他的心中回响。对他来说，琴弓永远是第一位的；金钱次之；至于名声，恐怕连第三都排不上，他也从不在意……知道吗？现在这个可怜人（B指了指叶菲莫夫）满脑子想的，竟是世上最可笑、最卑微的事：究竟是他比S先生强，还是S先生比他强——仅此而已！因为他始终坚信，自己就是世界上最伟大的音乐家。如果有人能让他明白他根本不是艺术家，我敢肯定，这个打击会像闪电般将他击垮。因为要放弃一个你为之奉献一生、倾注全部热情的‘信念’，是极其痛苦的事。虽然如今这份执念已经变质，但它最初的根基，确实是真诚而深刻的。他，确实曾经受到过艺术的召唤。”

“倒是很想知道，他听到S先生演奏时会有什么反应？”公爵说道。

“是啊，”B若有所思地答道，“但我想不会有太大变化。他会立刻从震惊中‘清醒’过来。他的疯狂比现实还要强大，他马上就能为自己找个借口搪塞过去。”

“你真这么想？”公爵评论道。

就在这时，他们恰好迎面遇到了我的父亲。父亲本想低头快步走过，避开众人视线，却被B先生伸手拦下。B先生直截了当地询问他是否打算去听S先生的演奏会。“还没定，”父亲语气生硬地回答，“我有比什么音乐会、比所有来访演奏家都更要紧的事。”顿了顿，他又含糊地补充道，“到时候看情况吧，若是有空，或许会去。”话音未落，父亲的目光在B先生和公爵脸上迅速扫过，眼中闪过一丝不安与猜疑。随即，他勉强挤出一个笑容，抓起帽子草草点头致意："恕不奉陪，我还有事。"说完便快步离去，背影显得仓促而狼狈。

我前一天就注意到了父亲的反常。虽然不明白具体原因，但能明显感觉到他被某种痛苦折磨着——那种焦躁不安连卧病在床的母亲都察觉到了。当时她病得厉害，连下地走路都困难。父亲像个困兽般在屋里进进出出，脚步急促而凌乱，整个人都笼罩在难以平复的躁动中。早上来了三四个客人，都是他从前的老朋友。我感到非常惊讶，因为除了卡尔·费多里奇，我们家几乎从不来外人。自从父亲彻底退出剧院之后，他的那些旧识就几乎全都与我们断了来往。最后，卡尔·费多里奇喘着粗气跑来，手里拿着一张演出海报。我一边竖着耳朵听他们的对话，一边留心观察每个人的表情。这一切令我坐立难安，好像所有的紧张和不安都是我造成的似的。我特别想弄明白他们在谈些什么，也是在那一刻，我第一次听到了"S 先生"的名字。后来我明白了——要想见到这个 S 先生，起码得准备十五卢布的门票。

我还记得父亲终于忍不住情绪，挥手嚷道，他早就知道这些洋人的把戏、所谓的"惊世天才"，包括这个 S 先生在内，全都是些骗人的花架子，说他们不过是些犹太人，来俄罗斯骗钱罢了——因为俄罗斯人总是轻易相信这些稀奇古怪的玩意儿，尤其是法国人吹出来的东西，那就更是信得一塌糊涂。我已经能听懂“没有才华”这句话是什么意思了。那些客人笑了起来，没多久便一一告辞，留下父亲一个人，脸色阴沉。我看得出来他心里在气那个叫S先生的人。为了安慰他、哄他开心，我走到桌边，拿起那张海报，装作认真地读了起来，念出了“S先生”的名字。然后，我笑着看向正坐在椅子上出神的父亲，说道：“他大概也是跟卡尔·费多里奇差不多吧，恐怕也一样‘不行’。”父亲突然浑身一颤，像是被什么东西惊吓到一般，猛地从我手中夺过那张海报。他失控般地高声叫嚷，用力跺着脚，抓起帽子就要夺门而出，却在门口突然刹住脚步。他转身将我拉进昏暗的门厅，颤抖着亲吻我的额头。他的眼神飘忽不定，脸上写满了难以言喻的焦躁与恐惧。他反复跟我说我是聪明的孩子，是乖巧的孩子，说我一定不愿意让他伤心，说他有一件大事要拜托我，但迟迟没有说是什么。而我听着这些话，心里却越来越难受。我看得出他的话语和亲昵都不真诚，这一切反而更加让我心惊。一种沉重的担忧压在我心头，我隐隐感到，某种不祥的事情正在悄然逼近。

第二天午饭时——那已经是音乐会前夕了——父亲看上去

就像垮掉了一样。他整个人都变了，神情忧郁，时不时地偷偷瞥我和母亲一眼。最后，让我惊讶的是，他竟然主动和母亲搭了几句话——我感到震惊，是因为他几乎从不跟她说话。饭后，他对我格外殷勤，不断以各种借口把我叫到门厅里。每次出去，他都四下张望，仿佛害怕被人撞见，然后轻轻摸我的头，亲吻我，温柔地对我说我是个好孩子，是个乖孩子，说我一定是爱爸爸的孩子，一定会答应他一个小小的请求。这些话听得我心里越来越压抑，几乎难以承受。最后，当他第十次把我叫到楼梯间时，事情终于说清了。

他脸上带着绝望而疲惫的神情，神经兮兮地环顾四周，小声问我："你知道你妈妈把那二十五卢布放哪儿了吗？就是她昨天早上拿回来的那笔钱。"听到这个问题，我顿时如坠冰窖，整个人僵在了原地。但就在这时，楼梯上传来了响动，父亲吓了一跳，立刻松开我，飞快地跑下了楼。他一直到晚上才回来，满脸困窘，神情沉重，显得心事重重。他一言不发地坐在椅子上，不时怯怯地看向我。我心里也升起了一种莫名的恐惧，刻意躲避着他的目光。终于，母亲那天整天都病着，躺在床上，傍晚时她叫我过去，递给我一些铜钱，让我去店里买茶叶和糖。我们家几乎不喝茶，只有母亲身体实在支撑不住、发起烧的时候，才会允许自己偶尔享受这点微不足道的奢侈。我接过钱，走出门厅，立刻就飞快地跑了出去，好像生怕被人追上。但我所预感的事情，果然还是发生了：父亲在街上追上我，把我又带回了楼梯间。

“听着，把钱给我，”他说，“我明天就还给你……”

“爸爸！爸爸！”我一下子跪倒在他面前，哭喊着哀求他，“爸爸！不行！真的不行！妈妈还要喝茶……不能动妈妈的钱，真的不能！改天我再给你拿……”

“所以你就是不愿意？你就是不愿意？”他近乎疯狂地低声对我说，“你就是不想爱我，对吗？好啊，那我就不要你了。我走了，我再也不回来了，你就留在妈妈身边，我不会带你一起走。听见了吗，你这个坏丫头？听见没有！”

“爸爸！”我惊恐万分地大叫起来，“拿去吧，钱给你！”我一边说着，一边绝望地扭着双手，死死抓住他外套的下摆，“我现在该怎么办啊？妈妈会哭的，妈妈又要骂我了！”

他似乎没料到我会这么激烈地反抗，但还是把钱接了过去；最终，似乎再也承受不了我那撕心裂肺的哭喊，他丢下我一个人站在楼梯上，自己匆匆跑下了楼。我慢慢往楼上走，可一到家门口，脚步就像被钉住了一样再也挪不动。我不敢进门，也没力气进门，心里像被什么翻江倒海地搅乱着，五脏六腑仿佛都碎成了一团。我捂住脸，一头扑在窗台上，就像那一次——第一次听见父亲说出希望母亲死去的话时一样。我整个人陷入了恍惚、麻木的状态中，神经紧绷，连楼梯上传来一丝轻响都能让我猛地一震。终于，我听见有人匆匆踏上楼梯。我一下子就认出了那是他的脚步声。

“你在这儿？”他低声说道。

我立刻扑向他。

“拿去！”他喊道，把钱塞进我手里，“拿去！还给你！我现在不再是你爸爸，听见没有？我不想再当你爸爸！你更爱你妈妈，那你就回你妈妈那儿去吧！我不想再认你这个女儿了！”

说完，他推开我，又朝楼梯下跑去。我哭着追了上去。

“爸爸！我亲爱的爸爸！我听话！”我一边哭一边喊，“我最爱的是您啊，比爱妈妈还要爱！求求您把钱收回去，快收回去吧！”

可父亲的背影早已消失在门外，对我的哭喊置若罔闻。那一整晚，我如同被雷击中般浑身战栗，发着高烧似的打着寒战。恍惚中记得母亲似乎在唤我过去，可我的魂魄仿佛被抽离了躯壳，对周遭的一切都视而不见、听而不闻。终于，压抑的情绪如决堤洪水般爆发——我歇斯底里地号啕大哭，撕心裂肺的尖叫声吓得母亲手足无措。她慌忙将我抱到她的床上，我死死搂住她的脖颈，像只受惊的幼兽般瑟瑟发抖，不时发出惊恐的呜咽。就这样度过了整整一夜。第二天清晨，我昏昏沉沉地醒来时，天色已近中午——母亲照例在固定的时辰出门操持家务去了。父亲的房间里传来陌生人的说话声，两人似乎在激烈地争论什么。

我勉强等到那位客人离开，当屋里终于只剩下我们两人时，我再也按捺不住，一头扑进父亲怀里，一边痛哭流涕，一边恳求他原谅我昨天的行为。

“那你还会像以前一样，当个听话的好孩子吗？”他严厉地问我。

“会的，爸爸，我会的！”我立刻回答，“我、我可以告诉您妈妈藏钱的地方。昨天我亲眼看见的，就在五斗柜最下面的抽屉里，那个首饰盒里。”

“首饰盒？！”他猛地一震，一边大声问道，一边从椅子上站起来，“说清楚！到底在哪个抽屉？快说！”

“爸爸，那些钱是锁着的！”我说道，“你得等到晚上，等妈妈让我去换零钱的时候……昨天我看见她放钱时，家里正好没人。”

“我只要十五卢布，听见了吗，涅朵奇卡？就十五卢布！”他急切地说，“今天你帮我拿来，明天我一定还你。我这就给你买糖果……还有杏仁糖……再买个漂亮的洋娃娃！明天也买……只要你乖乖听话，爸爸天天都给你带礼物回来！”

“不用了，爸爸，不用！”我哭喊着，“我不要吃点心，我不会吃的，我会拿给你的！”我一边喊，一边泪如雨下，仿佛整颗心在一瞬间被撕裂了。我突然意识到，他并不心疼我，他不爱我——因为他根本看不见我有多爱他，他竟然以为我为了点心就愿意为他做一切。就在那一刻，我，一个小孩，却像成年人一样看穿了他，深深地感受到一种刺痛的真相：我再也无法像从前那样爱我的爸爸了。那种亲昵、那种依恋，在那一刻仿佛永远失去了。而他呢？他却像陶醉了一般，对我的答应兴奋不已。他看出我什么都愿意为他去做，他心满意足。而上天做证，对当时的我来说，那“什么都愿意去做”，是多么沉重、多么痛苦的一件事！

我清楚地知道，这笔钱对可怜的妈妈意味着什么；我知道，如果这些钱丢了，她会因此伤心、生病，甚至备受打击……懊悔像一把火在我心里烧着。但他什么也没看见，他还以为我只是个不懂事的小女孩，而实际上，我什么都懂。他激动得难以自抑，不断亲吻我，安慰我不要哭，一遍遍地向我许诺说，今天我们就会离开妈妈——显然是在迎合我平日里的幻想。他甚至拿出那张演奏会的海报，向我保证，说他要去见的那个人，是他的仇人，是他的死敌，但这个敌人绝不会赢。他说得活像个孩子，说起自己的“敌人”时像个彻底陷入幻想中的孩子。但这也是可以理解的，因为他从早上开始，就有点神志不清了。父亲察觉我不似从前那般笑盈盈地听他说话，只是木然地沉默着，脸上不见半点表情。他慌忙抓起帽子说要出门，临行前又俯身亲了亲我的额头，朝我挤出一个勉强的微笑，那笑容里透着几分忐忑，好像在试图让我不要改变主意。

我早就说过，他已经完全疯了——其实从昨天开始，这种疯癫的迹象就已经很明显了。他需要钱，是为了买那张音乐会的票，对他来说，这场音乐会仿佛要决定他的命运。他似乎预感到，这场演奏将成为他命运的终点或转折点。但他已经彻底失去了理智，前一天甚至想从我手里抢走几个铜板，好像靠这点钱就能买票似的。午饭时分，他的反常愈发明显。他坐立难安，对眼前的食物碰都不碰，时而突然站起又坐下，仿佛这才想起该保持安静；时而抓起帽子作势要走，时而又陷入诡异的恍惚，念念有词地比画着手势。

忽然，他频频朝我使眼色，打着手势，像是在催促我快些弄到钱，又像在责备我迟迟未能得手。连卧病在床的母亲都察觉异样，惊愕地望着他的一举一动。而我，像是被判了死刑一般，躲在角落里，浑身颤抖，如同发烧般地计算着每一分钟——等待那个妈妈往常会差我去买东西的时刻到来。在我的一生中，再也没有哪几个小时像那时那样痛苦难熬，它们永远铭刻在我的记忆中。那一刻，我的内心经历了多少剧烈的情绪！有些时刻，人所体验的意识与挣扎比整整几年积累的都要深刻。我清楚地知道自己在做一件坏事——而他自己，在第一次诱导我犯错时，还怯生生地称之为“很坏的事”，似乎生怕我会因此堕落。他难道不明白，对于一个已经能够分辨善恶、渴望理解一切的孩子来说，这样的欺骗有多么困难吗？

那时的我就已经懂得，定是走投无路的绝望，才让他再次亲手将我——这个无助的孩子——推向道德的悬崖，不惜以我的纯真为赌注。而现在，蜷缩在角落里的我不断思索：既然我早已心甘情愿地做了这一切，他为何还要用那些“奖赏”来诱惑我？新的情绪、陌生的渴望、未知的疑问一股脑地在我心里冒出来，我被这些无法解答的问题折磨着，而这些问题都是由我真实的感受引发的；我的理智还无法给出答案，但我那敏锐的本能已经隐约感觉到了许多事情的严重性——虽然那远远超出了我所能承受的。接着，我忽然又想起妈妈。我开始想象她失去这最后一点血汗钱时悲痛欲绝的模样，这样的打击会让她多么心碎。渐渐地，我开始明白她这一生所承受的全部苦难。所有这些痛苦最终都化作一个可怕的念头——“惩罚”。一想到可能面临的惩罚，我浑身发冷，刺骨的寒意从脊背爬满全身。终于，妈妈放下了她勉强坚持做着的活儿，叫我过去。我颤抖着走向她。她从柜子里拿出钱，递给我时说：“去吧，涅朵奇卡，但看在上帝的分上，别再像上次那样被骗了，也别再把钱给丢了。”我带着哀求的眼神看向爸爸，却见他正冲我点头，脸上挂着焦灼的笑容，双手不停地搓动着，显露出迫不及待的神情。钟敲响六下，距离音乐会开始只剩一小时。这一小时的等待，对他而言无疑是种痛苦的折磨。

我停在楼梯上，等着他。他显得极度激动又焦躁，几乎毫无顾忌地立刻追了出来。我把钱递给了他。楼梯间一片漆黑，我看不清他的脸，但我能感觉到他接过钱时浑身都在颤抖。我像被定住了一样站在原地，一动不动。直到他开口让我上楼帮他拿帽子，我才回过神来。他甚至不想进屋。

“把我的帽子拿来就好，我不打算进去了。”

“爸爸……你不和我一起上去吗？”我哽咽着问道，那是我最后的一丝希望——希望他能为我出面、替我承担。

“不……还是你一个人上去吧，好吗？等等！等一下！”他忽然像是想起了什么，大声叫住我，“等一下，我的小天使，你乖乖先回家帮我把帽子拿下来，我这就去给你买好吃的回来。”

仿佛有一只冰冷的手猛地攫住了我的心脏。我尖叫了一声，一把推开他，飞奔上楼。当我冲进屋里的时候，整个人几乎没有一丝血色。此刻，如果我说是有人从我手中抢走了那笔钱，妈妈肯定会相信我。但我一句话也说不出来。我在一阵痉挛般的绝望中扑倒在母亲的床上，用双手紧紧捂住脸。过了一会儿，门“吱呀”一声轻响，父亲悄悄走了进来。他是来取自己的帽子的。

“钱呢？！”妈妈突然喊道，仿佛一下子明白发生了什么不同寻常的事情，“钱在哪儿？快说！快说！”她猛地将我从床上抓起，拖到屋子中央站好。

我低垂着头，一言不发，仿佛灵魂已经抽离，根本不明白自己身上发生了什么，也不知道他们想对我做什么。

“钱呢？！”她再次大声喊道，猛地将我推开，随即转身对准正要抓帽子离开的父亲，厉声质问，“钱在哪里？她把钱给你了，是不是？你这个没良心的！你这个毁我一生的魔鬼！

连她你也要毁掉？！一个孩子！她还是个孩子啊！不！你休想就这么溜走！”

她猛地冲向门口，一下子把门从里面锁上，将钥匙紧紧攥在自己手中。

“说！快说实话！”她的声音颤抖着，几乎听不清，“把一切都告诉我！说出来！你倒是说啊！不然的话……我真的不知道我会对你做出什么来！”

她紧紧抓住我的双手，几乎要把它们掰断，一边撕扯一边拷问我。她已经陷入了歇斯底里的狂乱中。就在这一刻，我在心里发誓决不出卖爸爸，不说出一个字。但我还是怯生生地抬起头，最后一次望向他……只要他一个眼神、一个字、一句哪怕最轻微的安慰，只要他能给我一点回应——哪怕是在心里默默乞求的那个回应——我都会感到幸福，哪怕要忍受痛苦、经受拷打……可，天哪！他却用一个冷漠而威胁的手势命令我闭嘴，仿佛在这一刻我还可能惧怕别人的威胁似的。我喉咙发紧，喘不过气，双腿一软，重重地昏倒在地上……

一阵急促的敲门声突然将我惊醒。母亲前去应门时，我睡眼惺忪地看见一个身着制服的仆人走了进来。那人进屋后，目光四下打量，显然对我们家的窘迫状况颇感诧异，随后开口问道：

“哪位是音乐家叶菲莫夫？”父亲报上了自己的名字。那名仆人随即递给他一张字条，并说明这是从B先生那儿送来的——此刻，B先生正在公爵家中。信封里装着一张请柬，是S先生音乐会的入场券。

那名穿着华丽制服的仆人出现，说出自己是公爵的随从，并亲口报出主人的名讳，说他特意派人来找穷困潦倒的音乐家叶菲莫夫——这一切，在一瞬间对母亲产生了极其强烈的震撼。我在故事最开始就提到过母亲的性格——这位可怜的女人，其实一直还爱着我的父亲。即便是八年来日日夜夜的痛苦折磨，也从未让她的心改变分毫。她依然能够爱他！谁知道呢，也许她在那一瞬间，真的看见了命运的转机——哪怕只是一丝希望的影子，也足以在她心头掀起巨浪。也许，她的内心早已被这个疯癫丈夫那种不可动摇的自信感染。是的，像她这样柔弱的女人，又怎能完全不受那种执念的影响？公爵的这点关注，足以让她在心里为他构建出成千上万种美好前景。就在那一刹那，她仿佛已经准备好重新回到他身边。她已经做好了原谅一切的准备——甚至是他最近犯下的那一桩滔天之罪：把他们唯一的孩子——我，当作牺牲的工具。

可她在心里，却已经悄然将这个罪行降格为一次“小小的过失”，只不过是一个被贫穷、污秽的生活和绝望境地逼到极限的男人所犯下的怯懦罢了。她的内心充满了激情，而此刻的她，已然准备好——去宽恕，去怜悯，去无条件地接纳这个已经堕落的丈夫。

父亲顿时变得手忙脚乱，连他自己也被公爵和B先生的关注震撼到了。他径直走向母亲，在她耳边低声说了几句什么，母亲便立刻出了房间。不一会儿她便回来了，手中拿着换好的零钱。父亲立刻从中拿出一卢布银币，交给了那位仆人。仆人礼貌地鞠了一躬，便离开了。与此同时，母亲又匆匆走出去一趟，回来的时候带着熨斗，还从箱底拿出一件丈夫最好的硬领衬衫，开始仔细地熨烫起来。她亲手为父亲系上那条珍藏已久、专为重要场合准备的白色巴缎领带。这条领带已经许多年未曾用过了，一直和那件几乎全新的黑色礼服一同被妥善保存着。那件礼服是当年他刚进乐团时特别定做的。我的父亲是那种老派的音乐人，恪守着古典传统的规矩。他决不会允许自己穿着随便出现在公众面前，哪怕不是他自己主办的演奏会，也要像赴自己的演出一样庄重对待。

打点完仪容之后，父亲拿起帽子准备出门。但在临走前，他忽然请求要一杯水。他的脸色苍白，身子虚弱，坐在椅子上似乎连站起来都困难。这次，是我亲手为他端来了水。或许，就在那一瞬间，母亲心中原本燃起的那点怜悯与激动之情，又被某种难以言说的厌恶或寒意浇灭了。那份最初的冲动，似乎正在悄然冷却。

父亲走了，我们俩独自留在屋里。我缩在角落里，久久一言不发，只是默默注视着母亲。我从未见过她如此激动的模样：她的嘴唇在颤抖，原本苍白的双颊忽然泛起红晕，整个人时不时地全身一震，仿佛控制不住自己。终于，她的悲伤开始如决堤的洪水般倾泻而出——先是低低的哀叹，接着是压抑不住的抽泣，最后化作无助的哭泣与哀怨的自语。

“是我，都是我不好，全都是我的错，我这苦命的人啊！”她自言自语着，语气中满是绝望，“她怎么办？我死了以后她该怎么办？”她站在屋子中间，仿佛被这个念头如闪电般击中，整个人僵在那里。“涅朵奇卡！我的孩子！我的可怜孩子！我不幸的孩子！”她一边说着，一边紧紧抓住我的双手，用力地把我搂进怀里，像是要把我嵌入心中，“等我死了，你怎么办？我活着的时候都不能好好养你，不能照顾你，不能引导你……唉，你不会懂的！你懂吗？你会记得我现在对你说的话吗，涅朵奇卡？你以后会记得吗？”

“会的，我会的，妈妈！”我双手合十，哀求着她说。

她紧紧地搂着我，好久都不肯松开，仿佛害怕只要一放手，我就会从她身边永远消失。我的心像被撕裂了一般疼痛。

“妈妈！妈妈！”我抽噎着问道，“你……你为什么……为什么不爱爸爸？”但哭声早已哽咽住了我的话，我再也说不下去。

她发出一声压抑的呻吟。随后陷入新的绝望，在屋里来回踱步。“可怜的孩子，我那可怜的孩子！我竟没注意到，她已经长大了，什么都懂，什么都明白了！上帝啊，这会给她留下什么影响？她看到的是什么榜样啊！”说着，她又绝望地绞紧双手，仿佛整个灵魂都要被痛苦撕碎。

接着，她走到我身边，用一种几近疯狂的爱怜亲吻我，亲吻我的手，泪水一滴滴洒落在我手背上，一边亲吻一边低声哀求着我的原谅……我从未见过这样的痛苦——那是一种像要撕裂心魂的苦楚。终于，她像是筋疲力尽一般，仿佛陷入了恍惚状态。这般痛苦的折磨持续了整整一个小时。后来，她起身，神情疲惫而憔悴，轻声对我说：“去睡吧，孩子。”我回到自己的小角落，把自己裹进被子里，却怎么也睡不着。父亲的影子像幽灵一样萦绕在我脑中，我怀着一种无法言说的恐惧，焦急地等着他的归来。大约半小时后，母亲拿起蜡烛走过来，想看看我是不是已经睡着。为了让她安心，我闭上眼睛，装作熟睡的样子。她看了我一会儿，悄悄地走到柜子前，打开门，倒了一杯酒。她把那杯酒喝下，然后上床睡觉了。屋子里只留下蜡烛在桌上微微闪烁，门也如往常一样虚掩着——为父亲深夜的归来留着。

我仿佛陷入了一种半梦半醒的恍惚状态，眼睛始终无法真正合上。每当我刚刚闭眼，便立刻又惊醒过来，心中仿佛有一只无形的手在搅动，一些恐怖而模糊的幻象接连浮现，像阴影般袭来。我越来越无法承受这种煎熬，心口充满了一种窒息般的压抑，想要喊叫，却怎么也叫不出声来。终于，在深夜，我听见家门轻轻地被推开了。我已经记不清那时究竟过去了多久，只记得，当我睁大眼睛的那一刻，看见了父亲。他坐在门边的一把椅子上，脸色苍白得吓人，神情呆滞，像是陷入了某种沉重的沉思之中。屋子里一片死寂，连空气似乎都凝滞了。那根已经烧得发黑变形的羊脂蜡烛，孤零零地亮着，散发出昏暗而凄凉的光，把我们贫寒的屋子映照得更加空荡而凄清。

我望着他良久，父亲始终一动不动。他仍旧坐在那张椅子上，姿势没有丝毫改变，头垂着，双手像抽搐一般撑在膝盖上，整个人仿佛石化了。我好几次试图开口叫他，却怎么也发不出声音。仿佛有种寒冷的麻木感紧紧裹住了我，我连动弹都感到困难。终于，他像是忽然从沉思或梦魇中惊醒一般，猛地抬起了头，接着慢慢站起身来。他站在房间中央，沉默地伫立了片刻，仿佛在下定某种决心。

然后，他轻手轻脚地走到母亲的床边，倾身聆听片刻，确认她已熟睡，才悄然转身，朝房间角落的那个装着他小提琴的大箱子走去。他打开了箱子，取出那个黑色的琴盒，小心地放在桌上。随后他又警觉地环顾四周，目光游离、蒙眬而慌乱，仿佛始终躲避着什么似的——那双眼睛里带着我从未见过的迷惘与闪烁不安。

他刚刚伸手去拿那把小提琴，却立刻又把手缩了回来，转身去把房门反锁了。然后，他注意到了敞开的橱柜，便轻轻走过去，看见了酒瓶和杯子，倒了一杯酒，一饮而尽。接着，他第三次走向那把小提琴，但第三次又将它放下，然后缓缓走到母亲的床边。我全身僵硬，如坠冰窟，屏息凝视着他的一举一动，心中被一种莫名的恐惧死死攫住，不敢动，不敢呼吸，只等待着接下来将发生的一切。

他久久地凝神倾听着什么，然后突然掀开了盖在母亲脸上的被子，开始用手轻轻地触摸她的面庞。我猛地一震。他又一次低下身去，几乎将脸贴在她脸上。可当他最后一次直起身来的时候，我仿佛在他那张苍白得可怕的脸上看到了一丝诡异的笑意一闪而过。他轻轻地、小心翼翼地重新为母亲盖好被子，将她的脸、双脚都遮住……此刻，我开始不寒而栗，一股莫名的恐惧席卷全身——我为母亲感到害怕，害怕她这过于沉重的睡眠。我不安地凝视着那一动不动的身影，那被被子勾勒出的身体轮廓显得僵硬、棱角分明……忽然，一道如闪电般可怕的念头划过我的脑海。

他完成了一切准备后，又走向柜子，把剩下的酒喝了下去。他走近桌子时，整个人都在发抖。此刻，他已经完全变了模样——脸色苍白得几乎认不出。接着，他再次拿起了小提琴。我看着那把小提琴，知道那是什么——可这一次，我预感到了某种恐怖、某种不可思议的事即将发生……当琴弓拉出第一个音符时，我猛然一震。父亲开始拉琴了。但音符断断续续，旋律中断频繁；他时不时停下来，好像在回忆什么。最后，他面容扭曲、神情痛苦地放下了琴弓，然后用一种诡异的眼神望向那张床——那张母亲熟睡的床。那里似乎有什么东西在困扰着他。他又一次朝床边走去……我一动不动地注视着他，不放过他任何一个动作，内心因一种难以言喻的恐惧而紧紧揪着，几乎不能呼吸。

突然，他慌慌张张地在桌上和地上摸索着找什么东西——那一刻，一种可怕的念头像闪电般再次击中了我。我脑中猛地冒出一个念头：为什么妈妈还在那样熟睡？为什么她一直没有醒来？终于，我看见他开始将能找到的衣物一件件往母亲身上盖去：她的旧斗篷、他自己的破外套、睡袍，甚至还有我脱下来的裙子。他把这些衣服全都胡乱堆到床上，彻底把母亲遮住了，像是要把她藏起来似的。而她……依旧一动不动，没有丝毫反应，仿佛她的身体已完全失去了生命的痕迹。

她沉沉地睡着。

他像是终于松了口气，在完成这一切后轻轻地叹了口气。这一次，似乎再也没有什么能阻碍他了——但依旧有某种东西在搅扰着他的心。他移了移蜡烛，把自己转过来背对床铺，面朝门口，仿佛连看一眼那张床都不敢。终于，他拿起小提琴，带着一种近乎绝望的动作猛地挥下弓弦……音乐响起了。

可那并不是音乐……我记得非常清楚，直到最后一刻都记得清清楚楚。所有那些刺痛我心灵的细节，至今仍历历在目。那绝不是后来我在其他场合听到的任何一种音乐！那不是小提琴的声音，而像是某种恐怖的声音，第一次在我们这幽暗的小屋中炸裂开来。

也许是我当时感官混乱、神志模糊；也许是这一连串的可怕情景早已让我心灵战栗、情绪崩溃，以至于我的听觉已准备好迎接一场彻骨的惊惧与煎熬——但我可以肯定，我所听见的，是呻吟，是哭号，是撕心裂肺的哀叫。那不是旋律，而是人的哭泣与嘶吼，是绝望本身的声音在弓弦上倾泻。当那骇人的最后一个和弦骤然炸响时，那声音仿佛将世间所有的痛苦、悲伤、恐惧和绝望浓缩成一记沉重的打击，一股无法形容的黑暗情感扑面而来……我再也忍受不住了——浑身颤抖，泪水从眼中猛地涌出，我带着一声惊恐绝望的喊叫扑向父亲，一把抱住了他。他也惊叫了一声，小提琴从他手中滑落下来。

他呆立了一会儿，仿佛失了魂。终于，他的眼神开始飘忽不定，急促地扫视四周，像是在寻找什么东西。忽然，他猛地抓起小提琴，高高举过我的头顶……再过一秒钟，他也许就会当场杀了我。

“爸爸！”我尖叫着呼唤他，“爸爸！”

他听到我的声音，像一片树叶似的猛然颤抖起来，退后了两步。

“啊！原来你还在！原来一切还没有结束！原来你还留在

我身边！”他突然喊道，一把把我从肩膀下举起，腾空抱起。

“爸爸！”我又一次尖叫道，“求你了，别吓我，求你了！我好害怕！啊——”

我的哭声震撼了他。他轻轻地把我放回地板上，沉默了片刻，呆呆地望着我，仿佛努力在认出我、在回忆什么。终于，就像心头某个角落忽然被掀开了一样，仿佛某种可怕的念头在一瞬间击中了他——他那浑浊的双眼猛地涌出了泪水。他俯下身来，久久地凝视着我的脸。

“爸爸！”我带着恐惧恳求着他，“别那样看我，爸爸！我们离开这里吧！快走吧！我们逃出去，一起逃走吧！”

“对，逃，逃！是时候了！走吧，涅朵奇卡！快点，快点！”他忽然慌乱起来，就像这时才猛然意识到自己该怎么做似的。

他急促地四下张望，一眼看到地上妈妈的头巾，便俯身拾起，塞进兜里；接着又瞧见一顶睡帽——也拾起来藏进衣内，就像是要踏上远行，急匆匆地带上自己能用上的一切。

我立刻穿上了自己的衣服，也急匆匆地开始收拾那些我以为路上用得上的东西。

“都带上了吗？都带上了吗？”父亲一边催问，一边四处张望，“准备好了吗？快点！快点！”

我匆匆忙忙打了个包袱，头上披了条围巾，正准备和爸爸一起出门时，忽然想起墙上挂着的那幅画也要带上。父亲立刻表示赞同。现在他安静了许多，说话也低声细语，只是不停催我赶紧离开。画挂得很高，我们俩搬来一把椅子，又把小凳子垫在椅子上，我小心翼翼地爬上去，在一番努力之后终于把画取了下来。这样一来，我们的“旅行”准备就算完成了。他牵起我的手，我们正要出发，他自己却突然停下了脚步。他长久地揉着额头，仿佛在努力回忆还有什么事情没做完。最后，他似乎终于记起了什么，走过去从母亲枕头下摸出钥匙，然后急匆匆地在梳妆柜里翻找起来。不一会儿，他回到我身边，手里多了几枚从抽屉里找出来的钱。

“来，拿着这个，好好保管，”他低声对我说，“别弄丢了，记住，记住！”

他先是把钱放进我手里，然后又亲手拿回来，小心地塞进我贴身的衣服里。我还记得，那几枚银币碰到我身体的那一瞬间，我打了个冷战——好像就在那一刻，我才真正明白了“钱”是什么。我们再次准备出发了，可他又突然停了下来。

“涅朵奇卡！”他低声对我说，像是费力地在思考什么，

“我的孩子，我忘了……是什么来着？我该做什么……我记不得了……对了，对了！我想起来了！过来，涅朵奇卡。”

他牵着我走到角落的圣像前，要我跪下来。

“祈祷吧，孩子，祷告吧！这样你会好受些的……”他轻声说着，手指着圣像，目光奇异地落在我脸上。“祈祷吧，祈祷吧！”他说话的声音带着一种近乎哀求的语气，仿佛在向我乞求一份安宁。

我“扑通”一声跪倒在地，双手合十，心中充满了恐惧与绝望——这种绝望已经开始全面吞噬我。我趴倒在地，仿佛失去了气息，在地板上躺了好一会儿。我拼尽全力地祈祷，调动起全部的思绪与感受，但恐惧始终压倒了我。终于，我在痛苦的煎熬中抬起了头。我已经不想再跟他走了——我害怕他，我只想留下来。最终，那压抑在我内心深处、折磨着我的一切，终于从胸膛里爆发了出来。

“爸爸……”我哭着说，“那妈妈呢？妈妈怎么样了？她在哪儿？我的妈妈在哪里……”

我再也说不出话来，只能失声痛哭。

他也泪眼模糊地望着我。终于，他牵起我的手，带我走到床边，拨开堆在上面的衣物，掀开了盖着的被子。上帝啊！她已经死了——身体冰冷、脸色青紫。我像丧失知觉一般扑了上去，抱紧了她的尸体。父亲将我扶到地上，跪在她面前。

“向她鞠个躬吧，孩子，”他说道，“和她告个别……”

我磕了头。父亲也跟我一同鞠了躬……他脸色惨白，嘴唇微微颤动，低声说着什么。

“不是我，涅朵奇卡，不是我……”他一边指着那具尸体，一边颤抖着说，“你听见了吗？不是我干的……我没有错。你听见了吗，涅朵奇卡？”

“爸爸，我们走吧。”我低声说，满脸惊惧，“是时候了……”

“是的，是时候了，早就该走了！”他说着，一把紧紧抓住我的手，急切地要带我离开房间，“好了，现在启程吧！谢天谢地，谢天谢地，一切都结束了！”

我们下了楼梯，半梦半醒的门房打开了大门，用疑惑的目光打量着我们。爸爸仿佛害怕被他问些什么，抢先一步冲出了门，我几乎是一路小跑才赶上他。我们穿过家附近的街道，走上了运河堤岸。一夜之间，石板路上落了一层雪，此刻还在飘着细碎的雪花。天气很冷，寒意钻入骨头，我冻得直发抖，一边奔跑一边死死拽住父亲礼服的下摆。小提琴夹在他腋下，他不停地停下来扶正琴盒，生怕它滑落。

我们走了约莫一刻钟，父亲突然转向路边的沟渠，在最边上的石柱上坐下。距离我们仅两步之遥，就是开裂的冰面。周围空荡荡的，不见人影。上帝啊！直到今天，我依然清清楚楚地记得那一刻涌上心头的可怕感觉——如此强烈，刻骨铭心。终于，我日夜幻想的事成真了：我们离开了那个穷困潦倒的家。但这真是我想要的吗？真是我梦想的幸福开端吗？这就是我幼小心灵中的“理想”吗？不，完全不是！最折磨我的是对母亲的思念与愧疚。为什么我们要抛下她？我们怎么能丢下她的身体，像丢弃一件没用的东西那样离开？我记得很清楚，那正是当时让我痛苦不堪、最受折磨的念头。

“爸爸！”我终于忍不住心中的痛苦，轻声唤道，“爸爸！”

“什么事？”他语气冷峻地问。

“爸爸，我们为什么……为什么把妈妈留在那儿？为什么我们要丢下她一个人？”我边哭边问道，“爸爸！我们回去吧！我们去找个人来帮帮她吧！”

“对，对！”他突然激动地喊道，猛地从石柱上站起身，仿佛某个新念头一下子冲破了他内心所有的疑虑。“对，涅朵奇卡，这样不行；我们得回去找妈妈——她在那里会冷的！你去找她，涅朵奇卡，快去吧！那边不黑，还有蜡烛，不要怕。你去叫个人来帮帮她，然后再回来找我。你自己去，我会在这儿等你……我不会离开的。”

我立刻转身往回走，可刚踏上人行道，忽然像有什么东西狠狠刺痛了我的心……我回头望去，只见他已绕到街对面，正飞快地逃跑，离我越来越远。他逃走了！在这关键的时刻，他抛下了我！我放声大喊，用尽全身的力气尖叫，满心惊恐地追了上去。我喘不过气来，他却越跑越快……我几乎看不见他的身影了。路上，我捡到了他在奔跑中掉落的帽子。我拾起帽子，继续朝他追去。我快要断气了，双腿也几乎不听使唤。我感觉到有种难以形容的恐惧在我体内蔓延：这一切仿佛是一场梦。我甚至产生了一种梦中的感觉——就像在梦里，我总是在逃跑，可双腿却越跑越软，最后被人追上，重重地倒下，陷入无边黑暗中。一种撕裂般的痛苦折磨着我，我的心碎了——我为他难过，难过他竟然都没有披件外套、戴顶帽子，就这样逃走了；难过他竟然要逃离我——他最心爱的孩子。我只想追上他，哪怕只是再亲他一口，只想告诉他：不要怕我！我只想安慰他，让他知道我不会再追他，如果他不愿意，我会一个人回去找妈妈。最后，我终于看清，他转进了一条小巷。我也跟着跑进了那条街道，远远还能看到他的背影……但这时，我的体力彻底耗尽。我开始哭、开始喊。我记得，在奔跑中我撞到了两个路人。他们站在路中央，满脸惊讶地看着我们——一个男人仓皇逃跑，一个小女孩拼命追赶。

“爸爸！爸爸！”我最后一次用尽力气喊道。但就在那一瞬间，我在石板路上一滑，重重摔倒在一户人家的门前。我感觉到整张脸瞬间被鲜血覆盖。紧接着，一阵剧痛袭来，我便失去了知觉。

我醒来时，躺在一张温暖柔软的床上，身边围着几张亲切温和的面孔。他们在我睁开眼的一刻，满脸欣喜地迎接着我的苏醒。我看见一位戴着眼镜的老太太，一位面带深切怜悯的高个子先生，还有一位美丽的年轻女士，最后是一位银发老人——他正握着我的手，低头看着手中的怀表。我像是从一个世界死去，又在另一个世界重生。后来我得知，那天在我奔逃的途中撞到的其中一位，就是那位公爵，而我正好是倒在了他家门前。当他们费尽心力查明了我的身份，得知我是那个他们曾给 S 先生音乐会门票的“叶菲莫夫”之女时，公爵被这一连串奇异的巧合震撼，他下定决心收养我，将我带回他的家，与他的孩子们一同抚养长大。之后，人们开始寻找我父亲的下落，终于得知：他已在城外不远处被人发现，当时正陷入癫狂的状态。有人将他送往医院，而两天后，他便在医院中去世了。

他死了——这样的死亡对他来说，是注定的，是他一生必然的结局。他只能这样死去，当所有支撑他的东西都倒塌了，像泡沫一样破灭，如同虚幻的梦一般消失；当他心中最后一点希望也熄灭；当他终于在一瞬间看清并完全明白了那些他用来欺骗自己、支撑一生的幻想——他死了。真相以不可承受的炽烈之光击中了他，那些谎言，在这一刻，也对他自己不再成立。在生命的最后一刻，他听见了那位奇迹般的天才的演奏，那音乐仿佛诉说着他的一生，并无情地宣判了他的命运。就在那S先生的小提琴琴弦上，最后一个音符响起时，艺术的秘密终于在他面前解开；而那年轻、强大、真实的天才之力，以它的真实碾碎了他的一切幻觉。曾经长年累月、隐隐缠绕他，令他无法释怀的梦魇，如今全都真实地显现；那些原本只在梦中模糊作痛、他一直逃避面对的东西，此刻突然一齐照进他的眼睛里。他那倔强拒绝承认光明是光明、黑暗是黑暗的眼睛，终于睁开，看清了一切：过去、现在，甚至未来的结局。而这一切，对他的理智而言，却是致命的。

他第一次真正“看见”的那一刻，真相仿佛闪电般降临，瞬间将他劈成了废墟。他等待这一击已等待了一生。他的生命仿佛始终悬于断头台下，时刻等待着那致命一斩——而今，斧刃终于落下！这是无可逃避的审判。他徒劳地想要躲闪，却已无处可藏：最后的希望破灭了，最后的借口也消失无踪。那个让他忍受多年重压的人——那个他深信其死后自己便能“重生”的人——如今真的逝去了。他终于“自由”了，彻底孑然一身，再无任何羁绊。在最后的挣扎与绝望中，他试图审判自己，想要像一位冷酷而公正的法官那样，给自己的灵魂一个了断。但他那只疲惫不堪的弓，只能无力地重复那位天才所奏出的最后旋律。就在这一刻，蛰伏在他灵魂深处整整十年的疯狂，终于无可避免地将他彻底吞噬。

第二部分

新的生活

In the Prince Household

一

我的康复过程异常缓慢。即便后来能够下床走动，我的意识仍处于混沌与恍惚之中，久久无法理解究竟发生了什么。有时我会突然恍惚，觉得一切不过是一场噩梦。我至今记得，自己曾多么热切地期盼——但愿这些可怕的经历都只是梦境！每个夜晚入睡前，我都会暗自祈祷：也许明天醒来，我又会回到那间破旧的小屋，重新见到父亲和母亲……然而渐渐地，现实终于无可回避地显现：随着神志逐渐清明，我最终明白自己已彻底沦为孤身一人—— 一个寄人篱下的孤儿。就在那一刻，“孤儿”这个认知第一次如此真实地刺痛了我。

我开始贪婪地打量起这突如其来的新环境。起初，一切在我眼中都显得陌生又奇异：那些不熟悉的面孔，那些我从未见过的礼节，还有那座古老的公爵府邸里的房间——如今回想起来，那些房间既宽敞又高大，陈设华丽，可在当时的我看来，却阴沉沉、冷冰冰的。我记得自己曾真切地害怕穿过那一间间深长的大厅，总觉得自己会在里面迷失、消失不见。我的病还未痊愈，整个人依旧虚弱，因此所有感官体验都带着一种压抑和沉重，与那幢庄严阴郁的宅邸如出一辙。而与此同时，一种说不清道不明的忧伤也悄然在我幼小的心中蔓延开来，愈发浓烈。我时常困惑地站在某幅画前、某面镜子前、某个精致的壁炉前，或者某座藏在壁龛深处、似乎正偷偷窥视我的雕像面前，像是被什么吸引，又像是被吓到了。可往往当我回过神来时，已经忘了自己为何停下，究竟想看什么、想思考什么，只剩一颗心怦怦乱跳，充满了莫名的恐惧与慌乱。

在那些偶尔来探望我的人当中，除了那位年迈的医生，最让我印象深刻的是一位中年男子。他已经年纪不小，脸上却没有一丝严厉，反而带着一种深沉的善意，总是用充满同情的目光注视着我。我非常喜欢他，胜过喜欢其他所有人。那时我很想主动和他说话，但又不敢开口——他看起来总是那样沉默、那样忧郁，他说话简短，话语中几乎听不到笑意，他的嘴角也从未扬起过笑容。他就是公爵——那个发现我并将我收养到他家的那位仁慈的绅士。等我渐渐好转，他来探望的次数也变得越来越少。最后一次来时，他带给我一些糖果和一本带插图的儿童读物，为的是让我在病榻上不至于太过无聊。他亲吻我，替我画了个十字，并温言安慰我要开心些。他还告诉我，不久之后我会有一个新朋友——他的女儿卡佳，一个和我年纪差不多的女孩，现在正住在莫斯科。随后，他又和年长的法国保姆（负责照料他孩子的人）以及一位照看我起居的年轻女仆交谈了一番，说着什么，还朝我这边指了指，然后便离开了。从那天起，我整整三个星期没再见过他。公爵在自家府邸里过着极为隐居的生活。宅邸的一大部分由公爵夫人占据。她有时甚至整整几周都不能与公爵见上一面。后来我逐渐察觉到，家中的其他人也极少谈起他，好像他在这座房子里只是个隐形人。尽管如此，所有人对他都非常尊敬，甚至可以说是真心地敬爱他。但即便如此，他们看他的眼神仍带着几分异样，仿佛他是个古怪而难以捉摸的人。而他似乎也明白自己与众不同，像是天性里就知道自己与他人格格不入。因此，他总刻意避免出现在众人面前，尽量隐藏自己的存在感……未来，我将有机会更详细地讲述关于他的故事。

那天清晨，她们给我换上洁净柔软的内衣，又穿上黑色羊毛连衣裙，衣领和袖口缀着雪白的荷叶边。我茫然地望着这身装束，心头泛起莫名的忧伤与困惑。接着，她们为我梳好头发，带我下楼，前往公爵夫人的房间。当我被带到她面前时，我整个人僵住了，我从未见过如此富丽堂皇的陈设，仿佛进入了另一个世界。但这印象转瞬即逝，我在听到公爵夫人命人将我领得更近些时，我的脸色立刻煞白了。我穿衣打扮时就已心生一种莫名的不安，仿佛直觉告诉我，自己正被带往某个未知的审判场。谁知道这奇怪的念头是从何而来的。总之，我带着一种莫名的怀疑与戒备踏入了新的生活，对身边的一切都感到陌生且不信任。然而，公爵夫人对我十分亲切，她吻了我。我终于鼓起勇气抬头看了她一眼——这正是那位美丽的女士，我在那场迷乱过后第一次睁眼时见到的那一位。我在吻她的手时全身都在颤抖，却怎么也鼓不起勇气回应她一句话。她一边写信，一边时不时问我一些问题。

我却什么也答不上来。她让我坐在她身边一个矮凳上——这张小凳子显然是提前为我准备好的。我能感受到，公爵夫人真心希望能用全部的爱包容我，愿意视我如己出，尽她所能代替我失去的母亲。但我却始终无法理解，这一切只是偶然的巧合，我并没有真正赢得她的青睐。她递给我一本装帧精美、带有插图的童书，要我翻着看。她则继续写信，时不时放下羽毛笔，温和地跟我说几句，可我总是语无伦次、前言不搭后语，说不出一句像样的话。简而言之，虽然我的经历确实非比寻常，命运在其中扮演着巨大的角色，还有种种隐秘的曲折、令人难解的经历，甚至带有一丝梦幻色彩。但无论这故事多么离奇，现实中的我却像是专门来与这一切戏剧化情节作对的——我只不过是个胆怯、拘谨甚至略显迟钝的小姑娘。而这一点，显然令公爵夫人感到很失望。很快，她就对我失去了耐心。我并不怪她，完全是我自己的错。到了下午三点，访客陆续来访，公爵夫人对我忽然又变得殷勤而亲切。她一边招待宾客，一边用法语向他们讲述关于我的“传奇故事”。

每当有宾客询问我的情况，她便以“极其动人的故事”作答，然后娓娓道来。她讲的时候，大家纷纷看向我，摇头感叹，发出各种惊呼。有个年轻人用单筒眼镜打量我，有个满身香气的白发老先生凑过来亲吻我。而我则脸色忽青忽红，低头坐着，不敢动弹，浑身发抖。心脏像被捏住一般，痛苦而沉重。我常常神游回过去的阁楼，回忆起父亲、那些漫长而沉默的黄昏，还有母亲。每当想到母亲，我的眼泪便涌上眼眶，喉咙哽咽，心中只有一个强烈的愿望——逃走、消失、一个人躲起来……等到宾客们终于散去，公爵夫人的神情也明显变得冷淡了。她看我的眼神不再温和，而是多了几分阴沉，说话语气变得短促、简练，尤其是她那双黑色的眼睛，尖锐得令人发怵，有时会整整盯着我一刻钟，嘴唇紧抿如线——让我浑身不自在。晚上，我被带回楼上。我在发烧的状态中昏昏入睡，夜里几次惊醒，心头充满了焦灼与悲伤，梦里全是折磨人的景象。第二天一早，一切又照旧重复，我又被带到公爵夫人那儿去。终于，有一天，连她自己似乎也厌倦了向客人们重复讲述我的“传奇故事”，而那些听众也似乎不再对我抱有太多怜惜的情绪。再加上我不过是个平平无奇的孩子，连“天真”都没有——这是我清楚记得她私下对一位年长夫人说的话。当时那位夫人问她：“和她在一起不会觉得无聊吗？”

于是，在一个傍晚，我被彻底带走了，从此不再被领去见公爵夫人。就这样，我的“宠儿”时代结束了。不过，我可以在宅邸里自由走动，想去哪儿都行。事实上，我也无法在一个地方久坐——那种深沉、压抑、难以名状的忧伤总推着我四处走动。每当能躲开所有人，偷偷溜到楼下那些宽敞的房间里时，我才能稍稍喘口气。我记得，我其实非常渴望和家里的仆人或其他人说说话，但又极怕惹他们生气，所以宁愿选择独自一人。我的“最爱”是找个隐蔽的角落藏起来，最好是大件家具后面或不容易被发现的地方，然后一躲好，就立刻陷入回忆与沉思——开始拼命回想、理清曾经发生在我身上的那些事。可奇怪的是，我却仿佛遗忘了那段记忆最末尾、最可怕的部分。我无法再清晰地回忆起父母身上那段恐怖的经历结局。我脑海中浮现的只是一个个片段、一幅幅画面，只有那些真实发生过的情景不断涌现，却不像故事那样有清晰的头尾与脉络。我其实什么都记得——那一夜、小提琴、父亲，还有我如何给他钱的过程，我都记得。但我始终无法真正理解这些事件的意义……只是心头愈发沉重。

每当回忆涌向那个瞬间——我跪在母亲的尸体前祈祷的时刻——刺骨的寒意就会从四肢蔓延全身，我不由自主地颤抖、惊叫，继而呼吸困难，胸口刺痛，心跳剧烈得仿佛要冲破胸膛。每到这时，我都会惊恐地从藏身的角落中逃出来。不过，说“没人管我”其实是不准确的。事实上，我一直被细致地照看着——严格遵照公爵的吩咐：要给我完全的自由，不可用任何方式束缚我，但也绝不允许在任何时刻让我脱离视线。我注意到，有时仆人会时不时地探头查看我所在的房间，然后又默不作声地离开。这种过度的关注让我既困惑又隐隐不安。我实在想不通他们为何如此。总觉得，他们仿佛在“监视”我——可为什么要监视？他们是不是在谋划什么？这个念头时常浮现在我心头。我记得，那时我总是下意识地寻找藏身之处，为可能的逃跑做准备。

有一次，我无意间走到了正门那铺着大理石的气派楼梯上。

那是一道非常宽阔、铺着厚重地毯的楼梯，四周摆满了鲜花和华丽的花瓶，每一层的转角平台上，都端坐着两位穿着华丽、打扮整洁的高个子男士，戴着白手套，系着雪白的领结。他们一动不动，只是沉默地对视着，一句话也不说，也不做任何事。我站在那里，困惑不解地望着他们，完全不明白他们为何要那样坐着，又为何如此安静——像一尊尊雕像般沉默，却仿佛随时会说出什么惊天秘密似的。

我之所以总是从楼上跑下去，其实还有一个原因，那就是有些压抑——楼上住着一位老夫人——公爵的姑妈，常年足不出户，几乎从不下楼。她给我留下了极为深刻的印象，堪称这座宅邸里最令人敬畏的存在之一。这位老妇人性格古怪、神情严厉，仿佛全宅子都要围绕她的气息而转动。她的房门总是紧闭着，里面一片昏暗，摆满了沉重的家具和各种神秘的装饰品，一靠近那里，我就会感到压抑，仿佛连呼吸都变得迟滞。我常常在听见她房门轻轻开启的那一瞬间便仓皇逃跑，因为她那种阴沉的注视、冰冷的问话，还有她每一句带着命令语气的评论，总让我像小动物一样本能地退缩。我害怕她，也敬畏她，尽管她从未真正伤害过我，但她的存在仿佛是一道沉重的影子，笼罩着整个楼上。

那时候的我太小，太敏感，几乎无法承受这样的压迫感。因此，只要可以，我总是尽量待在楼下，远离那间仿佛囚禁了时间和情感的沉重房间。与这位老夫人打交道，人人都必须遵循一种隆重的礼节。甚至连那位平时神态高傲、自持威严的公爵夫人，也必须在每周规定的两天里亲自登楼，拜访这位姑妈。她通常在上午来访，两人间的对话总是干涩无味，不时被庄重的沉默打断。在这让人窒息的沉默中，老夫人要么低声念着祷词，要么一颗颗拨动着念珠。会面总要持续到老夫人示意结束——她会起身，庄重地亲吻公爵夫人的嘴唇，以此宣告拜访终止。起初，公爵夫人每天都必须亲自登门问安；后来，在老夫人的"宽容"下，才改为每周两次面谈，其余五天只需每日早晨派人前去探问她的身体状况。在这座宅邸里，即便是最受尊敬、最有权势的人，也要对这位老太太俯首听命，可见她在这个家族中的地位之重。

总的来说，这位年迈的公爵小姐的生活几乎可以称得上是隐修式的。她终身未嫁，三十五岁时自愿进入修道院，在里面整整住了十七年，虽未正式成为修女，却也过着近乎修道的生活。后来，她离开修道院，搬到莫斯科与她的姐姐——寡居的L伯爵夫人——同住，因为后者的健康每况愈下；与此同时，她也打算与另一位姐姐——H家公爵小姐和解，那位姐姐与她已经整整二十年没有来往。然而传闻这三位老夫人从未真正和睦相处。她们屡次试图分居，却始终未能如愿。最终她们不得不承认：彼此的存在，竟成了抵御孤寂与老年怪癖不可或缺的屏障。换句话说，哪怕天天争吵不休，彼此的陪伴也比孤独来得更有意义。尽管她们的生活方式毫无吸引力，尽管那座莫斯科宅邸里弥漫着一种庄严而沉闷的死气，整个城市的上流人士依旧视拜访这三位隐居的贵妇为自己的义务。人们将她们视作所有贵族传统和旧日礼法的守护者，是古老贵族阶层的"活历史"。那位L伯爵夫人在世时留下了许多美好的回忆，她本就是位极有风范的女性。来自彼得堡的宾客也常以拜访她们为社交起点——谁能得到她们接见，也就几乎能走遍所有社交圈了。然而伯爵夫人最终去世了，姐妹三人也因此分离。长姐——H家公爵小姐继承了L伯爵夫人的一部分遗产，继续留在莫斯科生活；而最小的那位修道的妹妹则搬去彼得堡，投奔她的侄儿，也就是H公爵本人。

作为交换，公爵的两个孩子——卡佳公爵小姐和萨沙少爷——被留在莫斯科陪伴祖母，借以排遣她的孤寂。而深爱自己子女的公爵夫人，在告别时一句怨言也不敢说。毕竟，这是守孝期间的必要安排，她只能默默接受与孩子长时间的分离。我忘了说，当我搬进公爵家时，整个宅邸仍还在服丧，但丧期快结束了。大家已经在悄悄讨论丧期结束后要办的舞会。公爵夫人很喜欢办舞会，她的舞会总是又高雅又豪华。她也喜欢招待客人，过着奢侈的社交生活。不过，虽然她嫁到公爵家已经十三年了，上流社会对她还是有些偏见。这种看法一直没完全消失。在婚后的最初几年里，公爵夫人曾遭受过某些上流社交圈的排斥与冷遇。人们公开议论，说这门婚事让公爵蒙羞，说他们门不当户不对。她的出身颇为可疑——也就是说，远不够显贵，前夫只是个税务承包商。但她带来了巨额嫁妆，而且惊人的美貌让所有人震撼——尽管当时她已年近三十。正因如此，当那位贵族老太太——公爵的姑母——决定在公爵府养老时，这个举动就像是为侄媳洗刷了长久以来的“身份污点”。这位聪明、老练的公爵夫人，一向习惯于在任何场合中占据主导地位，即使身处对自己不太友善的圈子也从不示弱，不愿屈从于任何人的喜好；但此时，她却表现得格外顺从，完全服从了丈夫姐姐的意愿。然而耐人寻味的是，即使到了现在，在仍有人来公爵府时，只上楼见那位“修女”公爵老太太，依然避开公爵夫人——这些人过去就不愿见她，现在还是如此。这对那位高傲自负的公爵夫人来说，无疑是深深的刺痛。

那位年迈的公爵小姐终年身穿黑衣，总是穿着一件朴素的羊毛长裙，配着一圈浆洗得硬挺、细细打褶的白色领子，使她看上去活像一位养老院修女。她手不离念珠，每次参加弥撒都郑重其事地乘车前往，严格守斋，每逢节日必定斋戒。她接待各类神职人员与德高望重之士，专心阅读宗教书籍，过着近乎修道的生活。楼上静得令人发怵，连门都不敢“嘎吱”一声——这位老太太的耳朵灵敏得像个十五岁的小姑娘，一听到哪怕是轻微的响动，立刻就会派人前来查探动静。整个楼层的人都得压低声音说话，脚步轻得仿佛踩在云上。那位可怜的法国女仆，也是个老太太，最后也不得不放弃她最钟爱的高跟鞋——高跟鞋被彻底“驱逐出境”。我来到公爵府后的第二周，这位老公爵小姐就派人打听我的情况：我是何人？从哪儿来？为何会住进这个家？种种细节，都要一一了解清楚。她的询问立刻得到了恭敬而详尽的回复。

然而，紧接着又来了第二位特使，传达老公爵小姐的疑问：为何她至今尚未见到那位小孤女？听了传达，顿时，楼下乱作一团——我被抓去重新梳头洗脸，哪怕本就已经干干净净，手也被一遍又一遍地擦洗；还得练习怎么走路、怎么鞠躬、怎么露出“更开朗、更得体”的笑容、怎么说话。总之，我被翻来覆去地摆弄了一番，几乎要被吓哭了。随后，这边也派人去请示：能否现在就接见这个孤儿？得到的回复是婉拒，但定下第二天弥撒后正式见面。那一夜，我彻夜未眠。后来听说我整晚说梦话，梦里反复去见老公爵小姐，哭着向她忏悔、请求宽恕。接见的时刻终于到了。我看到一位瘦小的老太太，坐在一张巨大的扶手椅中。她对我点点头，戴上眼镜仔细打量我。我记得很清楚，她对我不太满意。有人发现我很笨拙，不会行礼，也不懂吻手礼。她开始向我提问，我几乎答不上来；但当话题转到父亲和母亲身上时，我忍不住哭了出来。老太太对此显得极为不快，似乎非常不喜欢我流露情绪。尽管如此，她还是开始安慰我，要我将希望寄托于上帝。接着她问我上次去教堂是什么时候，而我几乎听不懂她的问题——因为我没受过正规宗教教育。这让她大吃一惊。她马上派人叫来公爵夫人，随即召开了个小会，大家一致决定，最近周日必须带我去教堂。去之前，老公爵小姐答应为我祈祷，但马上让人带我离开——她说我给她的印象太沉重了。这很正常，本来就是这样的结果。显然她很不喜欢我：当天就有人来传话，说我“太吵”，整个屋子都能听到——可实际上那天我几乎整天都安静地坐着。很显然，那位老太太误会了什么。但第二天又传来类似的“责备”。那天我不小心打碎了茶杯，法国管家和女仆们大惊小怪，像出了大事似的，立刻把我赶到最偏远的房间。她们也都满脸惊恐地跟着我去了那个房间。

但这件事后来怎么解决的，我就不知道了。也正因如此，我很喜欢独自在楼下那些大房间里闲逛——因为我知道，在那里我不会打扰任何人。

一次闲逛时，我走进一间满是鲜花的房间。窗边有个小花架，像个小凉亭，里面种着各种珍稀植物。我非常喜欢这个房间，经常站在那些奇特的树木前发呆，它们的叶子美得惊人，有的甚至有一尺多长。忽然，我听见树丛后传来一阵窸窣声。我穿过花架向里探去，结果在窗台的一个角落里，发现了一个藏在那儿的身影——那是一个孩子，被我吓得几乎要尖叫出来。他大概十一岁，脸色苍白，瘦弱，红头发，正蹲在那里，浑身发抖。看到我走近，他稍稍起身，但仍用警惕而惊讶的目光盯着我。惊魂未定的他，身体仍在微微发抖。

"你是谁？"我走近他，问道。

"我是个可怜的男孩。"那个小陌生人回答，一脸快要哭出来的样子。

"你叫什么名字？"

“拉连卡。”

男孩沉默了。为了让他更放松，也为了更快地熟悉起来，我凑得更近些，亲了他一下。我觉得，所有的友谊似乎都应该这样开始。之后，我们默默地对视了一会儿，都在等着接下来会发生什么。

“请你走开吧，”男孩终于开口说，“不然他们会找到我的。”我本来已经转身走了，但走出两步又折回来，告诉他我们已经吃过午饭了，如果他还没吃，就不会再有人给他留饭了。

“可我真的饿了。”男孩说。

“那你怎么不上楼去呢？”

“早上我迷路了。福斯塔夫抢了我的面包圈，我追着它想看会不会掉下来，结果它在这屋子的角落里吃掉了。后来有人进来，我害怕，就躲这儿了。”

“那天黑了怎么办？你准备怎么过夜？”

“我想过了，还为此哭过。我会用外套当枕头。裤子不能脱，这里太冷了，我也怕弄脏自己。可也没办法，只能在这儿睡一晚。”

“那谁给你送吃的呢？”

“我可以忍忍……不吃也没关系。”男孩低声说，瘦削的脸颊上滑下一滴泪珠。我立刻抓住他的手，把他拉了出去。他不太愿意跟我走，但我语气坚定地说“必须去”，可怜的孩子便不敢违抗了。

“哎呀，这不就是他嘛！”我们一上楼，女仆便喊道，“你躲哪儿去了？快去吃饭，汤都凉了。”

可那孩子没听清她说什么，自己跑到角落里跪下了，好像犯了什么大错。接着，他合起小手，带着哀求的神情抽抽噎噎地求原谅。

“可怜的孩子！”我们的法国女仆一边说着，一边把他从角落里拉出来，给他擦眼泪。这个法国女仆真的是个心地极好的人。

这个男孩，也就是我接下来故事的主人公。他和我一样，是个孤儿。他的父亲是个贫寒的小公务员，但为人正直，深得公爵赏识。父母去世后，公爵特地为他选取了一所学校；可惜他身体虚弱，性格胆小，对什么都心存畏惧，所以最后还是决定暂时把他留在家中。公爵对他十分关心，还特意嘱咐女家庭教师勒奥塔夫人设法安慰他，让他振作起来。但这孩子实在太沉默寡言，整天愁容满面，几乎让女教师绝望。他一天比一天古怪，也一天比一天更让人心疼。他住的房间离我那一间很远，所以我一直没有碰到他。而且公爵也特别交代，暂时不许我们见面，怕拉连卡沉郁的性格会影响到我本来就病弱，又情绪敏感的身体和心灵。

但如今我们这样意外相识，就再也分不开了。这段友谊自然而然地开始了，没人再阻拦。不过这次相遇在我心里留下太深的印记，强烈冲击了我刚开始成长的意识和情感。

但说真的，我从没遇见过比他更可怜更古怪的孩子。一开始我怎么都交不到这个朋友。他总是像受惊的小动物一样躲着我，见了我就跑。有次我好不容易把他拉出来想一起玩，可刚转身他又不见了—— 一眨眼又藏进了什么角落里！好在后来我慢慢让他适应了我，他也渐渐开始愿意跟我说话。可我们的对话仍是磕磕绊绊。我实在太好奇了，忍不住问他：“你是谁？你以前是在哪里生活的？”但每次我一问，他的脸色就变了，神情慌乱地四处张望，好像害怕被人偷听。接着，他就低下头，悄悄地哭起来。我记得，那一刻看着他，我的心仿佛被什么紧紧揪住了。也许是因为我本能地感受到，他的悲伤和我的有某种相似之处——我自己也常常在心里隐隐感到一种痛苦，一种尚未完全明了的忧伤。每当我试图认真思考自己的感受时，一种无法言说的恐惧就会袭上心头。至今我仍清楚地记得拉连卡那副模样——那个瘦小、可怜的小男孩，他总是被一点点响动吓得一抖一抖的，对每一个声音都格外敏感。他那浅浅的、微红的睫毛下常常挂着一滴泪水。

每当他独自蜷缩在角落里，以为没人注意时，就会低声呜咽，偷偷地哭……总之，不管怎样，我下定决心一定要弄明白，他心里到底在为谁、为着什么这样伤心。于是有一天晚上，情况有些特别。公爵夫人那天接待客人，楼上乱作一团。我便和拉连卡躲进最偏远的一间屋子，肩并肩坐在沙发上。为了安慰他、让他开心些，我突然想到要讲个故事——那种我们小时候常常听到的、能让人暂时忘却烦恼的童话故事……那一刻，我自己也处在一种特别的情绪中，一边讲着故事，一边时不时地停下来，向他解释“爸爸”是怎样一个人。当然，我没有忘记告诉他，我的父亲是个了不起的艺术家，还依着我自己的理解，解释了什么叫“艺术家”。我还讲到我们一家三口是怎么生活的——说来也奇怪！即便到了现在，我心中依旧充满悔恨，满是对妈妈的愧疚与痛苦；但那时，我在给拉连卡讲述这些往事时，竟还是把她描绘成我和父亲幸福生活的阻碍、我们的“迫害者”。正是这样缓慢而隐秘地，我的内心才一步步完成了对过去的重新认识，并走向了一种全新的生活。

突然，在我讲述的过程中，拉连卡就像是被什么激动的情绪触动了。他扑到我怀里，热烈地亲吻我的脸颊、肩膀和衣服。他完全陷入一种强烈的情感之中。那一刻，我感到一种难以言喻的温暖——我知道，我终于打动了他，战胜了他的恐惧与戒备，他真的爱上我这个朋友了。我迄今仍记得，我整个人都安静下来，心中充满了柔软而羞涩的情绪。我们沉默了好一会儿。最后，他双手搂住我的脖子，把头靠在我胸前，放声痛哭——这一次，他没有再强忍，而是放心地流下泪水，因为他知道，我会理解他。

“小声点，他们会听见的……”他一边哭着，一边低声说。

“你到底在怕什么呀，拉连卡？”看着他又被恐惧攫住，我忍不住问，“他们又不会伤害你，全是好人。我以前也害怕他们，可现在我已经喜欢上他们了——除了那位老小姐。”

“涅朵奇卡，他们看我的眼神……都不一样。”

“什么眼神？”我问。

“就是那种眼神……他们都知道，我是个孤儿了。”

“拉连卡，‘孤儿’是什么意思？”我问，自己也禁不住陷入一阵迷惘。这个词我以前似乎在哪里听过，模模糊糊地记得，却说不清是在什么场合。但直到那一刻，我其实还不真正明白它究竟意味着什么。

“孤儿啊，”拉连卡这么说着，语气里带着一种格外郑重的悲伤，“就是那种人，涅朵奇卡——没有爸爸也没有妈妈，彻底一个人，只能住在别人家里，住在人家的屋檐下，大家总是冲他发火，骂他。”

我一下子扑向拉连卡，我们紧紧拥抱在一起，同时压抑着失声痛哭起来。那一刻，我们最怕的，就是被人听见。我也是个孤儿，可不知为什么，在这一刻，我心里仿佛泛起了某种更深、更痛的感觉——一种更加清晰的意识，忽然在我心中浮现。我越发紧紧贴近拉连卡，仿佛靠近他，就能把这一切都弄明白。而最终，正是拉连卡，用他的讲述，为我揭开了我内心那无名的哀愁。

上帝啊，这个故事太奇怪了——这个可怜的孩子竟然认为父母的死有他的责任！他的父亲是因忧愁去世的，母亲则是因失去了丈夫而绝望，两人相继在同一个星期里离世。但出于一种古怪的想法、一种不幸的执念，拉连卡竟深信，他们除了因悲伤而死，还有一个原因——他不够爱他们。这个可怜的小孤儿，从那以后就深陷在悔恨与自责之中，不断自我审判。更可怕的是，他把这种想法深藏心底，没人能开解；整整一年的孤独与自责让这个念头根深蒂固，把他变成了一个难以形容的孩子。

但除此之外，还有一些其他原因，也促成了这个念头在他心中根深蒂固。可怜的拉连卡眼含热泪地一遍遍向我证明，他是个多么冷漠无情的孩子，丝毫不肯听从我的安慰和辩解。他最耿耿于怀的，是自己在父母生前竟没能好好爱他们——直到他们去世之后，才猛然意识到自己有多么爱他们，多么离不开他们！可事实上，从他自己的讲述中可以看出，这个可怜的小男孩，其实是个极为敏感而深情的人，甚至可以说，他的感情丰富得远远超出了他这个年纪所能承受的极限。他热烈而真挚地爱着自己的父母，这一点毋庸置疑，但他的自责却已无可救药地扎根心中。

他曾对我讲，他们家有多么贫困。晚上，全家人围坐一圈，为了一点微不足道的小钱反复商量——大家都叹气、抱怨，一遍遍计算如何才能攒下一点积蓄，如何才能“置办”起一点未来。他讲了许多细节，虽然我们都还年幼，但我和他都隐隐明白其中的艰难与现实；我们都能体会，这个世界上有多少人每天都在为生活斤斤计较。他还讲起被送进学校的事：一开始他一点也不想去学校，因为在家里太温暖、太幸福了。可那所学校却是一所糟糕的学校，并不是父母原本想送他去的“好学校”——

因为父亲实在没钱，付不起好学校的学费。他记得，父母常常花好几个小时讨论，想办法凑钱送他进一所更好的学校——那里的老师是真正的法国人，法语发音纯正；那里的午餐更可口，连同学也更有教养。

“而我，”拉连卡哭着说，“我那个时候就是个又笨又没心没肺的小坏蛋。每次放学回家，我还故意给他们看我手上被同学掐的痕迹……因为我知道，只要我一说，妈妈肯定会哭。”说到这儿，他低下头，泪水扑簌簌地落下，像是在替那个过去的自己忏悔。“妈妈一哭，我其实就特别想抱抱她、亲亲她，可怜的妈妈——可我最后还是没有抱她，因为我还在生气。你知道吗，涅朵奇卡，那时候我心里竟然还觉得高兴，就因为妈妈终于为了我哭了。”拉连卡一边说着，一边泪流满面，“你看，涅朵奇卡，我那时候就是个彻头彻尾的坏蛋！”

他还讲了许多类似的事，试图用这些例子向我证明自己是个多么冷酷无情、忘恩负义的孩子，对不起他那可怜的父母。可是，说也奇怪！我那时虽小，还是个孩子，却全都听懂了他这个“罪人”的讲述——虽然当时我还无法解释清楚，为什么一个孩子明知道看见妈妈哭自己会心疼得不行，却还是故意惹她哭，但又强忍着不去安慰她，不去想办法不让她流眼泪。可这样的孩子又何止拉连卡一个呢？几乎所有的孩子，或多或少，都带着类似的性格特征。首先，他们天性敏感柔软，但同时也极为自我，而且情感上非常有依赖性。他们贪心、占有欲强，对感官的享受有着极高的敏锐度。

正因如此，孩子对爱的回应总是特别热烈，但这种“感激”常常是带有目的的—— 一种对被宠爱、被溺爱、被围绕以种种快乐的回报。学校里的孩子很早就开始变得世故，那里的冷漠和争斗容易刺痛他们的自尊。拉连卡受了委屈，回家后把这些细节讲给妈妈听，其实也带着点得意——因为他知道，这能唤起妈妈的同情和眼泪，能换来更多的怜爱和呵护。他渴望这种爱，哪怕是在母亲眼泪中看到的爱。而在经历了学校里的冷落后，家中的温暖便显得格外甜美，更令人留恋。孩子的本性，是一种天然的专制。他是家中小小的暴君。谁知道呢？也许那时的拉连卡，已经开始学会了一种胆小却甜蜜的报复心理——在别人身上发泄自己受到的不公和伤害。就像我后来见过的那种人：自私自利，把自己的伤痛变成伤害别人的武器，把对生活的怨气转化为一种对世界的报复。他们没有从受伤中长出对自私的憎恨，反而得出了一个结论——“要在这世界上活下去，就必须同样自私”。

于是，他们理直气壮地折磨别人，只为看看别人是否也能像他们曾经那样忍受痛苦。幸运的是，这样的人终究还不算太多。一些目光短浅的父母，是多么轻易地就能毁掉一个孩子啊！他们会无意间把孩子引向虚假的感伤情绪，引诱他沉迷幻想，鼓励他自我沉醉、自我陶醉，助长他的自私、虚荣，甚至过早地唤醒那种危险的感官敏感。我见过这样的孩子——为了满足那种因虚伪感性而滋生的病态感受力，活脱脱地变成了家中的小暴君。他们享受着某种极端的快感，甚至会故意虐待小动物，只为了在折磨的过程中，体会一种说不清道不明的情绪：好像是在享受悔恨，沉浸于怜悯，陶醉于对自己“残忍”的认知中……但我这是怎么了？怎么扯起教育来了？絮絮叨叨的，好像我比所有父母都懂似的！其实这些道理父母们比我这个孩子明白多了。好了，不说这些了，还是故事本身吧。

拉连卡讲起与父母共度的最后一个夜晚时，满眼泪水、哽咽不止。那是圣诞节前夕。全家都沉浸在深重的忧愁中——因为第二天必须交一笔不小的钱款，而家里却一文不名。“那天，”拉连卡说，“爸爸和妈妈准备一起去市场，既要给我买布料做衣服，又得买只鹅，还有蜡烛，也一定得买。我开始耍脾气，他们只好带我一起去。商店里摆满了玩具，路边的小贩卖着各种水果，好看的圣诞树被一辆辆马车运过，我看得又叫又跳，高兴得不得了，一心想着也要买这些。

可当我转头一看妈妈，却见她悄悄地望着我流泪，又偷偷看向爸爸。爸爸一脸阴沉，低声说：‘干吗把他带来？’这时我才明白，他们是心疼我，妈妈哭，是因为没钱给我买礼物。等回到家，我却气鼓鼓地闹起了情绪——我那个时候真是个又任性又傻的小孩。我故意说自己多可怜，别的孩子都有玩具，我却什么也没有，连圣诞树也没有，还开始埋怨学校、抱怨同学。爸爸生气了，对我说：‘你是个没心没肺的孩子，只会让妈妈伤心！’可我还在闹，后来被赶去睡觉的时候，我连和妈妈道晚安都不肯。可是一躺下，我就开始后悔了，心疼妈妈，泪水一直流个不停。我想着，等明天一早醒来，我一定要变成一个听话、懂事的孩子……”

但第二天，我的拉连卡并没能如愿成为一个“懂事的孩子”。也许是因为生病，也许是因为深深的忧伤和走投无路的境地——就在那天夜里，他的父亲突发中风，天亮前就去世了。母亲因惊恐与绝望而病倒，发起高烧，一周内也撒手人寰。他们的葬礼是由一位名叫费奥多尔·费拉蓬托维奇的人操办的。他是拉连卡父母远房的亲戚，一个在职场上混迹的中年人，性格十分古怪。

他并不算是个坏人；但也许是因为曾遭人欺辱、被某个暗中的敌人长久打压侮辱了自尊，也或许只是因为费奥多尔·费拉蓬托维奇本性其实不错，只不过不幸的是，他对“自己是个优秀之人”这一信念过于当真、过于认真。由于缺少倾听者和崇拜者，他尤其喜欢在家中高谈阔论这些事情，对妻子甚至对年幼的孩子都照讲不误，而这些孩子也早已被他驯得战战兢兢。他经常义正词严地对他们讲，自己是如何优秀、如何为社会做出了卓越贡献，又是如何结下了众多“仇敌”，却换来如此少的……（他到底少了什么，我已经记不清了，不过我现在说话的腔调，正是他当时说话的口吻）每当他这样讲起来，讲得情绪高涨、几近自我陶醉时，总要被自己感动得热泪盈眶，最后还得来一场“戏剧性”的收尾——要么猛地拉开睡袍，拍着胸口，仿佛要让无形的敌人来“刺我吧”；要么转身面向那些可怜兮兮的孩子，用愤慨又哽咽的语气质问他们：“我为你们做了这么多好事，你们拿什么来报答我？你们学好了法语吗？你们有没有为我那些不眠的夜晚、辛勤的努力、倾注的心血——为我做的这一切——报以应有的回报？”

总而言之，费奥多尔·费拉蓬托维奇一旦完全沉浸在自我陶醉中，便开始把社会和人们对他家庭与公民美德的“冷漠”发泄在所有家人身上。他几乎每晚都能在自己家里制造出一场小地狱。若恰巧在他最庄严、最激昂的时刻——比如正想展开胸膛，让“敌人”刺下去，以让“邪恶”发出地狱般的狂笑——这时，调皮的孩子们就会怂恿拉连卡去开口说：“爸爸，能不能给我们买点苹果？”可以想见费奥多尔·费拉蓬托维奇的震怒，那种怒火简直不可遏制；再看他那可怜的妻子，惊惶失措之下不敢反驳半句，一向以不反驳丈夫为自己活下去的唯一法则——这便是她作为“贤妻”的方式。而孩子们，一个个吓得面无人色。一边是被控诉、被践踏的整个社会；另一边却只是几个可怜兮兮、甜滋滋的苹果！可怜又可笑的对比！费奥多尔·费拉蓬托维奇顿时跺起脚来，双眼喷火，几乎因为“受辱”而落泪。他趁着这个突如其来的机会，声情并茂地对妻子、孩子和家中全体仆人发表了一场激昂慷慨的演讲，严厉指出这是多么可怕的道德沦丧，就在他眼前、在他亲手建立的家庭中上演！“想想看！”他几乎是在喊叫，“这个男孩——可怜的孩子！要不是我，他早就在街头被冻死了！而现在，是我，费奥多尔·费拉蓬托维奇，不顾自己并不富裕的境况，像一只慈爱的鹈鹕一样，用我的血喂养着这些幼雏！”他因为用了“鹈鹕”这个形象比喻而得意极了。“然而……上帝啊，太可怕了！竟然没有人领情！没有人感激！没有人回应我的牺牲！”

他几乎悲痛欲绝，“就连这个孩子，这个被我的恩赐浇灌的小东西，也已经失去了对我的起码的尊敬！”这时，他忽然转向拉连卡，眼睛冒火、脚步顿响，劈头盖脸把孩子训了一通，说他冷血无情，是个小暴君，剥夺了自己孩子的口粮，是他——而不是别人——亲手把那对不幸的父母逼进了坟墓。他还一口咬定拉连卡倔强任性、毫无教养，彻底把这个可怜的孩子吓傻了、压垮了，让拉连卡从这一连串恐吓中得出一个“深信不疑”的结论：他是个无情又忘恩负义的坏孩子。类似的场景一而再、再而三地上演，几乎成了日常。说真的，要不是那位公爵及时将拉连卡接到自己家中收养，我真不敢想象这孩子会变成什么样。至于费奥多尔·费拉蓬托维奇——别急，他还会在我的故事里再次登场。提前说明，他并不是真的坏人，只不过实在太——滑稽了，荒唐到了极点。

从拉连卡向我讲述的一切中，我逐渐明白，这个孩子的内心早已受了深深的创伤。他的成长远远超出了年龄应有的节奏，并非正常的发展：他成长的是情感，是一颗敏感而脆弱的心；而他的理智，却在幻想和梦境中愈发模糊，仿佛一道命运的阴影压在他那可怜的脑袋上。当然，那时候我还无法像现在这样清晰地理解拉连卡的处境，但听着他的讲述，我仿佛也第一次真正理解了自己的过去，许多曾经不明白、不曾整理清楚的记忆和情绪，在这一刻变得清晰了。我自己也仿佛陷入了一种失控的悲痛之中，那是一种从心底涌出的、积蓄已久的痛苦、恐惧与悔恨。我终于开始理解我那可怜的母亲，而我的良知也随之苏醒，严厉地谴责着我！我责怪自己，陷入悔恨，深感自己曾是多么冷酷而不公。

我曾渴望被爱、被理解，也曾以为自己心中充满了爱与正义，但回想起来，那时的我竟没能为那颗满是创伤的母亲之心流出哪怕一滴温柔的泪。当拉连卡讲完他的故事，我早已泪流满面，紧紧地抱住他，不再劝慰，不再反驳。我完全被同一种感情吞没—— 一种对拉连卡的共鸣，对他痛苦的深刻理解与情感的激荡，彻底占据了我的整颗心。

可怜的孩子终于懂我了；他不再克制自己，似乎终于找到了倾诉的对象，感到无比轻松和欣慰。但，唉！他心中的悲伤早已根深蒂固，连稚嫩的心灵都快承受不住了。他压低声音，神秘地告诉我，他的妈妈早就每晚都会来找他——给他祝福，亲吻他，说她还爱他。而每次醒来之后，他就觉得在这个家里活着太痛苦了，恨不得立刻死去。他开始用极其生动的语言向我描述他所承受的苦闷：每天被迫学习法语语法，大家看他的眼神都那么严厉，仿佛他就是多余的；没有人喜欢他，每个人都觉得他是个负担。还有那条叫“福斯塔夫”的大斗牛犬，对他充满仇恨，甚至发誓哪天要把他当早餐吃掉；还有那位老公爵小姐，据他说，是因为他曾住得离她太近，因感冒总是打喷嚏，扰了她的清静，于是便被赶到最远的房间——总之，孩子陷入了一种极端阴郁的敏感和猜疑中。他看什么都觉得带着敌意，整个世界似乎都在与他作对。

我被拉连卡讲述的一切深深震撼，整晚泪流不止。天一亮，我就迫不及待地想见到他——他已经变得对我无比重要。整整一周，我们形影不离，仿佛彼此就是唯一的世界。然而，我们彼此越亲近，对周围的一切就越疏远。就我而言，我已经完全接受了他的想法、他的眼光、他的情绪，于是我也在悄然走向沉沦。大人们察觉了这一切，我能感觉到，他们试图将我们分开。天知道这份依恋最终会走向何处——因为拉连卡曾认真告诉我，他已经决定要逃走，到母亲的墓前去死。可就在一个清晨，他突然从这个家里消失了，走得无声无息，甚至没能和我道别。多年过去，我们才重逢。他当年离开的方式是这样的：公爵早已看出这个可怜的孩子身体越来越差，病情一天比一天严重。既然已将他视如己出，公爵自觉有义务尽一切可能拯救他。

医生几乎断言，如果他继续留在彼得堡，一定活不了多久，除非立刻迁往气候更适宜的地方，在清新的空气中恢复身体，同时也挽救他那已濒临崩溃的精神状态。于是，公爵决定将他送往乌克兰的一个小城镇，那儿有拉连卡的远房亲戚——虽极其贫寒，但都是心地善良、值得信赖的人。他们最终答应收留拉连卡，并获得了一笔不菲的抚养津贴。而拉连卡之所以这么早就被送走，我则是促成这一决定的主要原因之一：大家都察觉到，我们的友谊对彼此已没有好处。没人敢告诉我他要离开，直到几天后，我拒绝再听任何搪塞推诿，才终于得知——他已经不在这个家里了。我对他的离去感到震惊，但我将悲伤压在心底，强忍着不让人察觉我的痛苦。这段分别让我变得沉郁寡言，开始怀疑一切，也害怕所有人。

与孤儿拉连卡的相识在我心中留下了极深的印记。仿佛整个世界突然变成了一片荒原。大家依旧对我十分亲切，但我却无法承受这些亲昵，那种生活令我感到沉重，因为周围的一切都成了我心中那一个念头的回音。我常常不由自主地回忆起我们家，从前在那个家里，很少有人会温柔待我，生活严酷、沉重，全家人总是那么不幸……而现在这种巨大的反差让我几乎无法承受，它震撼我、折磨我，让我痛苦。我总爱钻到某个角落，一个别人很难找到的地方，专门在那里回忆一些我们过去最苦涩的片段——我甚至会故意反复想起那些最冷酷的时刻。奇怪的是，这种自我折磨反倒给我一种近乎快意的感觉，像是在故意撕开旧伤口，让心更疼一些才觉得心安。我的健康却在这情绪的沉淀中日渐恶化，一场病痛的危机也悄悄地在我体内酝酿着。

记得有一次，我坐在楼下的一间大客厅里——自从拉连卡离开后，我又恢复了一个人游荡的习惯——那天，我就在那儿静静地坐着。我用双手捂住脸，低着头，不知坐了多久。脑子里一直在想，想个不停；我那尚未成熟的心智根本无法理清自己内心深处的痛楚，只有一种越发沉重、令人窒息的压抑感，慢慢吞噬着我整颗心。忽然，一个轻柔的声音在我头顶响起：

“你怎么啦，我可怜的孩子？”

我抬起头来，是公爵。他的脸上满是关切与怜悯的神情；但我看着他，用一种被击垮的、万分悲苦的神情回望他，那一刻，他那双湛蓝的眼睛里顿时涌起了泪光。

“可怜的孤女啊！”他轻轻抚摸着我的头低声说道。

“不，不，不是孤女！不是！”我大声反驳，胸口像被撕裂般抽痛，一切情感猛然翻涌上来。我猛地站起身，抓住他的手，亲吻着它，泪水如雨，带着恳求的语气一遍遍重复：

“不是，不是，我不是孤女！不是的！”

“孩子，我的孩子！”他也激动得全身颤抖起来，“怎么了，我亲爱的，可怜的涅朵奇卡？你这是怎么了？”

“我的妈妈在哪儿？妈妈在哪儿？”我忍不住大哭出声，再也掩饰不住心中的悲痛，跪倒在他面前，哀求道，“告诉我妈妈在哪儿？亲爱的，求你了！”

“原谅我，原谅我，孩子……哎，可怜的小东西……”他说着，声音也哽咽了，“我不该提起她……我都干了什么！来，跟我走，涅朵奇卡，跟我走……”

他紧紧握住我的手，快步带我离开。他的脸色苍白，整个人仿佛被某种强烈的情绪击中，内心深处深受震动。我们一路沉默，终于走进了一间我从未见过的房间。

那是一间供奉圣像的房间。暮色已深，灯盏的火光在金色圣像袍和宝石上闪闪发亮。闪烁的金属包框下，圣母的面庞从阴影中显出淡淡的轮廓。这里一切的陈设，与我所见过的其他房间截然不同——充满了神秘与庄严，氛围沉郁而肃穆，我被深深震撼了，一股莫名的恐惧涌上心头。何况那时我的情绪本就脆弱至极！

公爵匆匆地扶我跪倒在圣母像前，自己也在我身旁跪下……

“祷告吧，孩子；我们一起祈祷！”他低声而激动地说。

但我无法祈祷。我被眼前的一切震住，甚至有些害怕。那一刻，我想起了父亲的话——那是母亲去世那夜他在我耳边说的。回忆如同一道闪电击中我，我突然全身痉挛，陷入了神经性发作。我病倒了，躺在床上不能起身。那一轮病情极其严重，我几乎没能熬过去。就是在这样的情况下，我再次坠入昏沉与痛苦之中。

某天清晨，我在半梦半醒之间听到一个熟悉的名字——“S——”是家里某人站在我床边说的。我猛然一惊，记忆如洪水般涌来。我回忆、幻想、挣扎，那一天，我仿佛陷入了一场真正的梦魇，躺在那里，不知过了多久。当我终于清醒过来时，天已经很黑了，周围一片寂静。夜灯熄了，看护我的女仆也不在屋里。突然，我听到远处传来一阵音乐的声音。起初若有若无，忽远忽近，随后越来越清晰，仿佛一步步向我走来……我已经记不清，当时是什么样的情绪支配了我，是什么样的念头在我病中的脑海中骤然生起。我从床上爬起来，不知从哪儿得来的力气，草草地穿上我的黑色丧服，摸索着走出了房间。走过一间又一间屋子，竟没遇见一个人。

最终，我摸到了走廊，耳边的音乐声变得越来越清晰。我沿着平时熟悉的路线，走到通往大客厅的那条走廊中央——那里有一道向下的楼梯，灯火通明。楼下有人来回走动。我藏身在角落里，不让人发现自己。趁着一个空当，我悄悄溜下楼，走进了另一条走廊。音乐从隔壁大厅中如潮水般涌出，那边热闹非凡，人声鼎沸，仿佛千人云集。通往大厅的门一直连着这条走廊，被厚重的猩红天鹅绒双层帷幕遮挡。我轻轻掀开第一层帘子，站在两层帷幕之间。我的心跳得厉害，几乎站不稳了。可几分钟后，我终于克服了内心的惊惶，鼓起勇气，轻轻掀开了第二层帘子的边角……上帝啊！那座我曾经无比畏惧、不敢踏入的大殿，如今却灯火辉煌，耀眼夺目。仿佛是一整片光的海洋迎面扑来，让我早已习惯黑暗的眼睛一时间刺痛得几乎睁不开。一股芬芳的暖风扑面而来，仿佛空气中都弥漫着香料的气息。人群如潮水般穿梭不息，每个人脸上都洋溢着喜悦而明亮的神情。那些女士，身穿轻盈华美的礼服，色彩明亮夺目，仿佛全身都沐浴在光的波涛之中。我仿佛看见，所有人都那么满足、那么幸福；所到之处，尽是喜悦的笑容与因快乐而闪烁的眼神。

我怔怔地站在那里，像被施了魔法一般。脑海中闪过一个念头：这一切我仿佛曾在哪里见过，或是在梦里……我想起了黄昏，想起我们那个阁楼，想起那扇高高的小窗，窗下深深的街道，明亮的路灯，对面房屋红色窗帘后的灯光，门前挤满的马车，骏马的蹄声与喷气声，还有人声、喧嚣、窗内晃动的影子，还有那遥远而轻微的音乐声……啊，原来，这就是那片天堂！我心中一闪而过的念头如此坚定：就是这里，就是我曾经想与可怜的父亲一同前往的地方……原来，那并不是幻想！是的，我曾经在梦里，在幻想中，正是这样见过这一切！我被病痛灼烧的脑海突然又被幻想点燃，无法言喻的激动涌上心头，眼泪像泉水一样夺眶而出，那是狂喜的泪，是一种神秘而深刻的感动。我在众人中焦急地寻找父亲的身影："他一定在这里，他一定在这里！"我一边想，一边屏住呼吸，心脏因为等待而剧烈跳动。可就在这时，音乐戛然而止，整个大厅响起一阵低低的嗡鸣，仿佛一阵甜美的耳语在空气中流转。我迫不及待地盯着眼前人群中闪动的面孔，努力辨认是否有我熟悉的身影。突然，人群中泛起一阵异样的骚动，所有人都朝着一个方向聚拢。我看见在大厅尽头的高台上，站着一位瘦高的老者。他的脸色苍白，微微带着笑意，动作生硬而拘谨地朝四周鞠躬。他的手中握着一把小提琴。全场顿时陷入一片寂静，仿佛每个人都屏住了呼吸，所有的目光都集中在了他身上。人们等待着。他轻轻举起琴弓，轻触琴弦。

琴声响起的瞬间，我感到心头仿佛被什么紧紧勒住，一阵莫名的压迫感涌上心头。在无尽的痛苦中，我屏住呼吸，专心聆听着那些音符；耳中传来一种熟悉的旋律，仿佛曾经在某个地方听到过。那旋律中蕴藏着一种预感，预感着某种可怕、惊悚的东西，而这种预感正在我的心中逐渐显现出来。终于，小提琴的声音变得更为响亮；声音愈发尖锐刺耳。那一刻，我仿佛听见了某个人绝望的呼喊、悲切的哭泣，仿佛某种无用的祈求回荡在这群人之间，最终在绝望中消散。一切变得愈加熟悉、愈加清晰，仿佛有一种强烈的联系在我的心中被唤醒。但我的心脏拒绝相信这一切。我咬紧牙关，忍住痛苦的呻吟，紧紧抓住窗帘，生怕自己会跌倒。有时，我会闭上眼睛，随即睁开，期待自己会从一场噩梦中醒来，回到那个熟悉的恐怖瞬间。那一夜，我听到同样的声音。睁开眼睛，我急切地看向人群——不，那些是陌生的面孔、陌生的人们。但是，天哪！这种痛苦的反应也在这些人的脸上显现出来——眉头紧锁，嘴唇紧闭，下巴颤抖，眼中满是泪水；所有人，像我一样，都在等待着什么，都在经历着深深的痛苦；似乎他们都想大声喊出那可怕的哀号和哭声，让它们停止，不再折磨他们的灵魂，但那些哀号和哭声变得越来越沉痛，越来越哀伤，越来越持久。

突然，传来最后一声悠长又可怕的尖叫，我的整个心灵都为之震动……没有疑问！正是那个声音！我认出了它，我以前听过它，它如同当时一样，穿透了我的灵魂。“父亲！父亲！”我脑海中如闪电般划过这个念头，“他在这里，是他，他在叫我，这是他的提琴！”就好像这整个大厅发出了一声嘶哑的呻吟，随即可怕的掌声震撼了整个大厅。我再也忍受不了了，猛地拉开窗帘，冲进了大厅。

“爸爸、爸爸！是你吗？你在哪里？”我几乎不记得自己在说什么，喊道。

我根本不知道自己是怎么跑到那位高大的老人身边的：他们为我让开了，我冲向他，发出了痛苦的喊声；我以为自己是在抱住父亲……突然，我看到有人用长长的、骨瘦如柴的手抓住我，把我举了起来。黑色的眼睛盯着我，仿佛想用火焚烧我。我看着那位老人：“不！这不是父亲！这是凶手！”我的脑海中闪过这个念头。某种疯狂的情绪占据了我的脑海，突然间，我觉得他那刺耳的笑声在我的耳边响起，那笑声在大厅里回荡成了一阵统一的、全体的哭声。仿佛一道闪电击中了我，我失去了知觉。

二

这是我第二次也是最后一次生病。

当我再次睁开眼睛时，我看到了一个小女孩的脸，她与我同龄，俯身在我床前。我下意识地伸出了手。第一眼看到她，不知道为什么，我的心中充满了某种幸福的预感，仿佛整个心灵被一种甜美填满了。想象一下那张完美的、令人惊艳的脸庞，那种引人注目的、闪闪发光的美丽，那是一种让你停下脚步、如同被刺痛一样的美丽，我心中涌起一股甜美的羞怯，身体因敬佩而不禁颤抖。那一刻，我感激她的存在，感激我能见到她，感激她从我身边经过。她是公爵的女儿，卡佳，刚从莫斯科回来。她微笑着看着我，我的脆弱神经因她的笑容而生出一种甜蜜的震动。

公爵小姐叫来了她的父亲，他就站在两步之外，正和医生交谈。

“太好了，感谢上帝！感谢上帝！”公爵说着，拉住了我的手，脸上露出了真诚的喜悦，“真高兴，真高兴，太高兴了，”

他像平时那样快速地继续说着，“这是卡佳，我的女儿，来吧，认识一下——这是你的朋友。快点好起来，亲爱的涅朵奇卡！你真是个坏蛋，把我吓死了！”

我恢复得非常快。没过几天，我就能下床活动了。每天早上，卡佳都会微笑着来到我床边。她的笑容总是那么温柔。我越来越期待见到她，每次看到她心里都充满快乐，甚至想立刻亲吻她！不过，这个活泼的姑娘总是来去匆匆——她坐不住，总是待不了多久就走了。她在屋里总是跑来跑去，又蹦又跳，吵吵闹闹——她就喜欢这样。正因如此，她早就跟我说过，觉得坐着陪我太无聊。她很少来看我，就算来了也是因为可怜我没事干。等我完全好了，一切就会回到原来的样子。

每天早上，她的第一句话总是：“嗯，你康复了吗？”

我依然瘦弱苍白，脸上却莫名浮现出一抹局促羞涩的笑容。公爵小姐立刻蹙起眉头，连连摇头，气恼地跺了跺脚。

“我昨天不是告诉过你，要好好养身体吗？你怎么还是这副模样？难道他们没给你准备吃的？”

“还……还是没恢复好。”我小声回答，每次在她面前，我总是紧张不安。只要她在，我就拼命想逗她开心，可我的每一句话、每一个动作都小心翼翼。她的每一个微笑都让我觉得特别高兴。我的眼睛总是忍不住跟随着她，不管她走到哪里，就算她离开了，我也痴痴地望着她消失的地方。现在，她已经常常出现在我的梦里。事实上，当她不在的时候，我常常在脑海里和她对话，幻想我们是最好的朋友——一起恶作剧、互相捉弄，挨骂时一起抱头痛哭。总之，我就像一个恋爱中的人，时时刻刻都梦到她。我真希望能按照她说的那样，赶快恢复，长得更胖一点。

每天早上，卡佳都会飞快地跑到我床边，拉高嗓门问："好点了吗？怎么还是这么瘦！"我听了不禁一哆嗦，感觉自己像是犯了错。最让我难过的是，卡佳发现我一夜之间并没有恢复好，最终，她真的生气了。

"那么，今天要不要我给你带个馅饼来？"卡佳曾经对我说，"吃了它，你保准能长肉。"

"好啊。"我高兴地回答，期待再次见到她。

在关心完我的健康之后，公爵小姐通常会坐到我对面的小椅子上，开始用她那双黑色的眼睛仔细观察我。刚开始，她总是带着最天真、最惊讶的表情，从头到脚打量我。

可我们总是聊不到一块儿去。卡佳那直来直去的性子让我既紧张又向往，每次想说点什么，话到嘴边又咽了回去。

“你怎么不说话？”沉默了一会儿后，卡佳开口问道。

“你爸爸最近在忙什么？”我问道，暗自高兴每次都能用这么简单的话题打开话匣子。

“老样子，他身体硬朗着呢。我今天破例喝了两杯茶！对了，你多大啦？”

“十岁。”

又是一阵沉默。

“今天福斯塔夫想咬我。”

“那是狗吗？”

“是的，一只狗。你没看见吗？”

“没有，我没看到。”

“你为什么这么问？”

由于我不知道该怎么回答，公爵小姐再次惊讶地看着我。

“什么？当我和你说话时，你感到开心吗？”

“是的，非常有趣；你经常来吧！”

“别人都说你见到我可高兴了，赶紧好起来吧！今天我会给你带个馅饼。你怎么还是不说话呀？”

“不知道。”

“你仍然在想事情，对吗？”

“是的，我想了很多。”

“别人总说我说得多，想得少。说得多不好吗？”

“不会啊，我很爱听你说话。”

“我去问问莱奥塔夫人，她什么都懂。你在发什么呆呢？”

“在想你。”我停顿了一下回答道。

“这样有意思吗？”

“当然。”

“那么，你爱我吗？”

“是的。”

“我还不爱你呢，你这么瘦！好吧，我给你带个馅饼。好了，再见！”

公爵小姐几乎立刻亲了我一下，然后从房间里消失了。

然而，晚餐后，馅饼真的来了。她兴奋地跑进来，带着笑容，因为她终于给我带来了那些我被禁止吃的食物。

“快吃吧，多吃点！这是我特意给你留的馅饼，我自己都没舍得吃呢。好啦，再见！”

还有一次，她在一个不寻常的时间，午饭后，跑来找我。她的黑色鬈发像旋风一样飘扬，脸颊红得像被火烧了一样，眼睛闪闪发光；这意味着她已经跑跳了好几个小时。

“你会打羽毛球吗？”她气喘吁吁地大声喊着，急匆匆地向某个地方跑去。

“不会！”我答道，心里很遗憾自己不能说“会”。

“哎呀！好吧，那等你好了我教你。我来就是为了问你这个。莱奥塔夫人还在球场等我呢！再见。”

我终于能下床走动了，虽然身体依然虚弱无力。我脑海中浮现的第一个念头就是：我要永远待在卡佳身边。某种无形的力量将我牢牢吸引向她，我的目光几乎无法从她身上移开，这让卡佳感到十分惊讶。这种吸引力如此强烈，以至于我完全无法控制自己，不由自主地向她靠近。她当然注意到了这一点，起初觉得这很古怪，几乎无法理解。记得那天玩游戏时，我再也按捺不住，突然扑上去搂住她的脖子亲了一口。她猛地挣开我的怀抱，一把抓住我的手腕，眉头紧锁，像是受了冒犯似的质问我：

“你这是干什么？为什么要吻我？”

我感到无比窘迫，仿佛真的做错了什么。面对她突如其来的质问，我浑身发抖，连话都说不出来。公爵小姐耸了耸肩（这已经成了她的习惯动作），依然一脸困惑。随后她紧紧抿住嘴唇，神情异常严肃，走到角落的沙发坐下，盯着我看了整整一个小时，像是在思索一个突然冒出来的问题。她的目光专注而深邃，仿佛在内心反复推敲着什么。每当遇到难题时，她总是会这样。而那时的我，在很长一段时间里，都无法适应她性格中这些突如其来的、尖锐的表现。

起初，我不断自责，认定自己身上确实存在许多古怪之处。这些想法固然有其道理，却仍让我陷入深深的困惑：为何我始终无法与卡佳建立友谊？为何不能赢得她持久的喜爱？这种挫败感深深刺痛着我——她每一句冷淡的话语，每一个怀疑的眼神，都像刀子般扎在我心上，让我几乎要落下泪来。我的痛苦非但没有随时间减轻，反而与日俱增——因为与卡佳的相处总是瞬息万变。短短数日后，我便察觉她对我不仅好感全无，甚至萌生了嫌恶。在这个女孩身上，一切情感变化都来得如此迅猛、激烈，甚至带着几分粗粝。若不是她直率天真、毫不矫饰的性情里，始终蕴藉着真正的高贵气质，或许这些闪电般的情绪转变会显得更加伤人。最初，卡佳对我产生了疑虑，继而甚至流露出轻蔑之情——这种态度似乎最初源于我完全不懂得如何参与任何游戏。

公爵小姐十分热衷于嬉戏奔跑，她活力四射、身手敏捷，而我却恰恰相反。病后的我依然虚弱不堪，生性内向，寡言少语；

即便是游戏也无法激起我的兴致。简而言之，我完全不具备赢得卡佳好感的特质。更糟糕的是，我极度无法忍受他人对我的不满：只要察觉到别人的不悦，我立即会陷入沮丧消沉的状态，甚至丧失弥补过失、扭转他人不良印象的勇气——总而言之，我感受到的是一种彻头彻尾的挫败。而这一切，卡佳全然无法理解。

莱奥塔夫人察觉到了我们之间的异常。我最先引起了她的关注——我那近乎强迫性的独处状态令她颇为诧异——她便直接找到公爵小姐，责备她未能学会如何与我相处。公爵小姐闻言皱起眉头，耸了耸肩，直截了当地表示不知该如何对待我：因为我既不谙游戏之道，还整日沉默不语；更坦言待她弟弟萨沙自莫斯科归来后，他们姐弟相处定会更加愉快。

然而，莱奥塔夫人并不接受卡佳的说辞。她直截了当地指出，卡佳不该抛下尚未痊愈、身体虚弱的我——毕竟我根本无法像她那样活蹦乱跳。不仅如此，她还补充说，这反倒是件好事，因为卡佳实在太过顽劣：不是捅了这个娄子，就是闯了那个祸端，前些日子还险些被家里的猛犬咬伤。总而言之，莱奥塔夫人毫不留情地训斥了卡佳一番，最终下达命令：“马上去找涅朵奇卡，好好跟她言归于好！”

卡佳全神贯注地聆听着莱奥塔夫人的训导，仿佛真的领悟到了其中某些新颖而公正的道理。她放下一直在走廊里抛掷的铁环，走到我跟前，神情严肃地注视着我，带着几分诧异问道：

“想玩吗？”

“不想。”我低声回答。莱奥塔夫人训斥卡佳时，我既为自己害怕，也为她担心。

“那你想做什么？”

“我就坐着吧……我跑不动。但是卡佳，别生我的气，我真的很喜欢你。”

“好吧，那我自己玩去。”卡佳平静地说，语速很慢，像是突然明白错不在她，“再见啦，我不会生你气的。”

“再见。”我站起身，朝她伸出手。

“要不……亲一下？”她犹豫片刻后问道，也许是想起上次的事，想让我好受些，这样就能快点跟我和解。

“听你的。”我轻声回答，心里悄悄期待着什么。

她走到我面前，神情异常认真，不带丝毫笑意地轻轻吻了我一下。就这样，她完成了被交代的任务——甚至超额完成——只为让那个被派来陪伴的可怜女孩感到满足和快乐。随即，她心满意足地跑开了，容光焕发。不一会儿，整栋房子又回荡起她的欢声笑语，直到她筋疲力尽、上气不接下气地倒在沙发上休息，为下一轮奔跑积蓄力量。整个晚上，她都带着怀疑的目光打量我。在她眼中，我大概已经变成了一个既古怪又陌生的存在。显然，她想对我说些什么，想解开某个与我有关的疑问。但这一次，不知为何，她克制住了自己。按照惯例，每天早上卡佳要开始上课。

莱奥塔夫人教她法语。所谓的课程，不过是反复背诵语法规则和朗读拉封丹的寓言诗。她并没学太多东西，因为能让她每天坐下来读两个小时书已经是极限了。这是在父亲的请求下、母亲的命令下，她才最终勉强同意的。但既然答应了，她便非常认真地履行自己的承诺。她天资聪颖，领悟力极强，学什么都很快。但她在这方面也有些小小的怪癖：如果有哪里不明白，她就会立刻陷入自己的思索，拼命想自己解决，决不愿意向别人求助——仿佛那是一种羞耻。据说她曾为了解决一个问题整天苦思冥想，气得发疯，却始终不肯请教别人，只因不愿承认自己不会。

只有在实在筋疲力尽、束手无策时，她才会走到莱奥塔夫人面前，请求她帮忙解决那个折磨她已久的问题。她的性格就是如此，每一件事都如此执拗。虽然乍一看并不明显，但她确实是个思维极为活跃的孩子，脑子里总在盘算着什么。与此同时，她身上也有一种与年龄不符的天真——有时会突然问出一些特别幼稚的问题；可另一些时候，她的回答却又显得格外机敏、老练，仿佛有种远超同龄人的洞察力与小聪明。

当莱奥塔夫人考察我的学习情况时，发现我虽然阅读能力不错，但写作实在太差。这下可好，她当即决定：必须马上开始教我法语——毕竟我终于也能跟着学点东西了。

“这孩子第一次上课就比你认真十倍。你不觉得害臊吗？”

“她懂得比我多？”卡佳吃惊地瞪大眼睛，“可她还在认字母呢！”

“你当初学字母用了多久？”

“三节课。”

“可她只用了一节课。照这样下去，她很快就能赶上你，转眼就会超过你。等着瞧吧！”

卡佳怔了怔，脸蛋突然涨得通红，像被火烤过似的——她心里清楚莱奥塔夫人说得在理。这丫头向来如此，只要遇到挫折、失败，或是恶作剧被拆穿，又或是自尊心受了伤，第一反应准是羞得满脸通红，活像要被羞愧给烧化了似的。这回更是连眼眶都红了，却硬是咬着嘴唇没哭出声，只用那双喷火的眼睛恶狠狠地剜了我一眼。我顿时就懂了：可怜的卡佳实在是太骄傲、太爱面子了。从莱奥塔夫人屋里出来时，我本想赶紧说点什么，好尽快安抚她的情绪，让她明白那位法国老师的话并非我的本意。可卡佳始终一言不发，仿佛压根没听见似的，就那么闷着头往前走。

一小时后，她走进房间。我正坐在那儿看书，心里仍惦记着卡佳的事——她不愿同我说话，这让我既困惑又不安。她从低垂的眉睫下打量我，像往常那样在沙发上坐下，一动不动地盯着我，整整半小时都没移开视线。我终于按捺不住，疑惑地望向她。

“你会跳舞吗？”卡佳问道。

“不会。”我答。

“我会哦。”

沉默在房间里蔓延。

“那你会弹钢琴吗？”

“也不会。”

“我会。这个可不好学呢。”

我不知该说什么好。

“莱奥塔夫人说你比我聪明。”

“她只是生你的气才这么说的。”我轻声解释。

“那爸爸也会生气吗？”

“我不知道。”我垂下眼睛。

又是一阵难堪的沉默。公爵小姐不耐烦地用她那只小脚在地板上跺了跺。

“所以你是在笑话我，因为你懂得比我多？”她终于忍不住问道，声音里带着难掩的委屈。

“哦不，不是的，真的不是！”我大叫着，猛地从椅子上跳起来，想冲过去抱住她。

“公爵小姐，难道你不觉得羞耻吗？竟然会这样想，还问出这样的话？”突然，莱奥塔夫人的声音在我们身后响起——原来她已经暗中观察了我们五分钟，听到了全部对话，“真不像话！您居然嫉妒这个可怜的孩子，还向她炫耀自己会跳舞、会弹钢琴。可耻极了！我要把这一切告诉公爵大人。”

卡佳的脸颊顿时烧得通红，像晚霞一样。

“这太不应该了。你的话会伤害她。她父母贫穷，请不起老师；她是凭着自己努力学会一切的，全凭一颗赤诚之心。你本该爱护她，而不是和她争高低。可耻，太可耻了！要知道她可是个孤儿，在这世上孤苦无依。你向她炫耀公爵小姐的身份算什么本事？她可没有你这般好命。我不多说了，你好好想想我的话，改正你的错误。”

公爵小姐整整沉思了两日。这两日间，庄园里再也没有响起她往日的欢笑声与嬉闹声。夜深人静时，我甚至听见她在梦中仍与莱奥塔夫人低声絮语，仿佛仍在思索白天的事。这两天里，她似乎瘦了一点，脸上那原本活泼跳跃的红晕也暗淡了许多。终于，在第三天，我们在楼下大厅不期而遇。公爵小姐刚从母亲处归来，望见我时蓦然驻足，在离我不远的地方坐了下来，正对着我。我心中充满惶恐，浑身战栗，不知道接下来会发生什么。

“涅朵奇卡，为什么为了你，我要挨骂？”她终于问道。

“不是因为我，卡佳。”我急忙辩解道。

“可莱奥塔夫人说，是因为我欺负了你。”

“不是的，卡佳，真的不是。你没有欺负我。”

卡佳微微耸了耸肩，一脸困惑。

“那你为什么一直哭呢？”过了一会儿，她又问。

“如果你希望的话，我就不哭了。”我一边哭一边回答。

她又耸了耸肩。

“你以前也总是爱哭吗？”

我没有回答。

沉默了一会儿，她又突然问道：

“那你为什么要住在我们家？”

我惊讶地看着她，心里像被什么东西扎了一下。

“因为我是个孤儿。”我终于鼓起勇气低声说道。

“你以前有爸爸妈妈吗？”

“有。”

“他们不爱你吗？”

“爱……”我艰难地回答。

“他们很穷吗？”

“是的。”

“很穷？”

“是的。”

“他们教你什么了吗？”

“教我识字。”

“你有玩具吗？”

“没有。”

“有吃蛋糕吗？”

“没有。”

“你们家有几间房？”

“一间。”

“就一间？”

“一间。”

“有用人吗？”

“没有，没有用人。”

“那谁来照顾你呢？”

“都是我自己去买。”

公爵小姐一连串的追问像刀子般扎在我心上。往日的记忆、如今的孤苦，还有她脸上那掩不住的惊诧——每句话都像一根尖刺，扎进了我的心。我止不住地发抖，激动得喘不过气来，眼泪也止不住地涌了出来。

“那你住在我们家，应该很开心吧？”

我没有回答。

“你以前有漂亮的衣服吗？”

“没有。”

“是很破很旧的那种吗？”

“是的。”

“我见过你的那件衣服，有人给我看过。”

“那你为什么还要问我？”我颤抖着站起身，心里突然涌上一股从未有过的、令人发慌的感觉，“到底为什么还要问？”我脸涨得通红，忍不住继续质问，“你为什么要取笑我？”

卡佳的脸一下子烧了起来，她也站了起来，但很快又控制住了自己的情绪。

“不是的……我没有取笑你，”她答道，“我只是想知道，是真的还是假的——你的爸爸妈妈真的很穷吗？”

“你为什么总要问我爸爸妈妈？”我哭着说，心像被撕裂一般痛苦，“他们又没做错什么，卡佳，你为什么要这样问？”

卡佳站在那里，满脸慌乱，不知道该怎么回答。就在这时，公爵走了进来。

“涅朵奇卡，你怎么了？”他看到我的眼泪，关切地问，然后又转头看向脸红如火的卡佳，继续追问，“你们聊了什么？为什么吵架了？涅朵奇卡，告诉我，为什么吵架？”

但我一句话也说不出来，只能抓住公爵的手，含着眼泪亲吻他的手背。

“卡佳，别撒谎。到底发生了什么？”

卡佳不会撒谎，她低声回答：

“我说，我亲眼见过她穿着那身破旧衣裳的模样，那时她还和她的爸爸妈妈在一起。”

“谁带你去看的？谁这么大胆？”公爵厉声问道。

“是我自己看到的。”卡佳坚定地回答。

“好吧，我知道你不会把责任推到别人身上。那么后来呢？”

“然后她哭了，说我在嘲笑她的爸爸妈妈。”

“所以，你真的在取笑他们？”公爵问。

其实卡佳并没有真正笑出来，但显然，她心里是带着那种意思的——因为我当时立刻就感受到了。卡佳一言不发，也不为自己辩解，等于默认了自己的过错。

“现在，马上走过去，向她道歉。”公爵指着我，语气严厉。

公爵小姐站在那里，脸色苍白得像一块白布，动也不动。

“快点！”公爵催促道。

“我不想。”卡佳终于用几乎听不见的声音说，神情倔强而坚定。

“卡佳！”

“不，我不要，不要！”她突然喊了起来，眼睛里闪着怒光，气急败坏地跺着小脚，“我不要向她道歉！我不喜欢她！

我不想跟她一起生活……她整天哭，又不是我的错！我才不要，我不要！”

“跟我来。”公爵说着，一把抓住卡佳的手，把她带进了书房。“涅朵奇卡，你上楼去。”他又命令道。

我想冲上前去，想替卡佳求情，想大声疾呼恳请公爵宽恕她。

然而公爵以不容置疑的口吻重申了命令，我只得浑身僵硬、如坠冰窖般挪上楼去。回到房中，我整个人瘫倒在沙发上，双手死死捂住脸庞。我数着分秒，焦灼地等待卡佳归来，满心只想着待她出现便要扑倒在她脚边乞求原谅。终于，门响了——可她竟一言不发地与我擦肩而过，独自蜷缩在角落。那双红肿的眼睛，那张因哭泣而浮肿的脸庞，瞬间击溃了我所有的勇气。我呆若木鸡地望着她，恐惧攫住了全身，连指尖都无法动弹。

我拼命地责备自己，用尽一切办法向自己证明这一切都是我的错。我无数次想要靠近卡佳，又无数次却步不前，不知道她会如何对待我。就这样，一天、两天过去了。到第二天傍晚，卡佳似乎开心了些，在房间里滚起了铁环，但很快又丢下玩具，独自缩回角落。临睡前，她突然转向我，甚至朝我走了两步，嘴唇微启，似乎要说什么，却又停住脚步，转身睡下了。又过了一天，困惑的莱奥塔夫人终于忍不住询问卡佳："你这是怎么了？突然这么安静，是不是病了？"卡佳支吾着，刚拿起羽毛球拍，等莱奥塔夫人一转身就红了眼眶，抽泣着冲出去，不让我看见她的眼泪。终于，在争吵后的第三天正午，她突然走进我的房间，怯生生地靠近我。

"爸爸让我来向你道歉，"她轻声说道，"你愿意原谅我吗？"

我一把抓住卡佳的双手，激动得几乎喘不过气来："愿意！当然愿意！"

"爸爸还说……要我们和好如初地亲吻，"她怯生生地问，"你……愿意亲亲我吗？"

我没有回答，只是捧起卡佳的小手不停亲吻，泪水打湿了她的指尖。抬眼望去，发现她整个人都在微微颤抖——嘴唇轻轻翕动，下巴不住地打战，眼眶也泛起红晕。但她很快稳住了情绪，嘴角扬起一抹浅笑。

"我要去告诉爸爸，说我已经亲过你，也求得你原谅了。"她轻声细语，更像是在说给自己听，"我已经整整三天没见到他了……"顿了顿她又补充道，"他说过，没得到允许之前，不许去打扰他。"

话音未落，她便踌躇着缓步下楼，神色间犹带着几分迟疑——父亲会如何对待她呢？

大约一个小时后，整栋宅子便沸腾起来：欢叫声、喧闹声此起彼伏，楼上传来了福斯塔夫兴奋的吠叫，瓷杯翻倒的脆响，书本落地的闷声，铁环在廊间“嗡嗡”旋转弹跳——这一切都在宣告着卡佳与父亲的和解。我的心跟着这欢腾的声浪轻轻颤动，仿佛有只喜悦的蝴蝶正在胸腔里扑扇翅膀。

不过，之后她也并没有与我亲近，也明显在回避与我交谈。取而代之的，是我有幸在她心中激起了极大的好奇心。她常常坐在我对面，只为更方便地打量我，而且越来越频繁。她对我的观察变得越发天真而直接；总之，这个被宠坏了、惯于随心所欲的小姑娘，被家中所有人当作宝贝一样呵护着，却无法理解，为什么我这个她并不想见到的人，会一而再、再而三地出现在她的生活里。但卡佳拥有一颗善良而高贵的小小心灵，仅凭本能，她总能找到通往善意的道路。对她影响最大的是父亲——她几乎是以崇拜的心情爱着他。母亲虽然也深深爱着她，甚至爱到近乎疯狂的地步，但对她却格外严厉。卡佳正是从母亲那里继承了那份倔强、骄傲和坚韧的性格，同时也默默承受着母亲近乎道德专制式的苛责。

公爵夫人对“教育”的理解极为奇特，卡佳的成长充满了放纵与冷酷交错的矛盾；昨天还被允许的事情，今天却无缘无故地被禁止，而孩子心中对公平与正义的感觉，也在这样的反复中屡屡受伤……不过，这些情况我以后还会详细叙述。这里我只想说，卡佳已经学会了分清自己对父亲和母亲的不同态度——在父亲面前，她是完全敞开的，坦率真诚，毫无隐瞒；而在母亲面前，则截然相反——她沉默、疏离，表面顺从，但这种顺从并非出于真心认同，而是源自一种不得已的服从。我以后会详细解释这一点。不过，必须为我的小卡佳说一句公道话：她最终还是理解了母亲——理解了那种近乎疯狂却又无比炽烈的爱，而当她意识到这一点时，她宽宏大量地将母亲的种种苦痛也纳入了自己的情感世界。可惜，这份体谅，最终也未能拯救她那颗炽热而脆弱的小小心灵。

但我几乎不明白，自己身上到底发生了什么——一种全新而无法解释的感受，在我心中激烈翻涌。毫不夸张地说，我因这种新奇的情感而痛苦、而煎熬。总之——请原谅我的直言——我爱上了卡佳。是的，那是真正的爱，是带着眼泪与欢乐的爱，是炽热而深沉的爱。是什么吸引我向她靠近？这样的爱又是如何诞生的呢？一切都从第一次见到她时开始，那一刻，她那如天使般美丽的模样令人陶醉，以至于甜蜜而猛烈地震撼了我全部的感官。她的一切都是美好的；她性格中所有的小小缺点，都不是与生俱来的，而是后天被加到她身上的；而她自己，也始终在与这些缺点抗争。在她身上，随处可见一种高贵的本源，只是暂时披上了错误的外壳；但无论是这场内心的抗争，还是她的整个存在，都始终闪耀着希望的光芒，预示着一个光明而美好的未来。所有人都爱她、喜欢她，并不只是我一个。每当下午三点左右我们被带出去散步时，路人总会惊讶地停下脚步，一看到她，常常会忍不住发出惊叹声，仿佛在为这个孩子的美丽而惊叹。她仿佛是为幸福而生的，她注定属于幸福——这便是我第一次见到她时内心深处留下的印象。也许，正是那一刻，我第一次被美深深震撼，第一次感受到了对美的欣赏与热爱——而这，就是我对卡佳之爱诞生的全部原因。

卡佳性格中最突出的一点，或者更准确地说，是她性格最本质、最迫切想要自然流露，却又常常陷入偏离与挣扎的特质——骄傲。这种骄傲渗透在她性格的每一个细节中，甚至带着一种天真和幼稚，有时还会发展成极强的自尊心。比如说——无论别人怎样反对她，她并不会因此感到受辱或愤怒，而只是单纯地感到惊讶。她无法理解，为什么事情竟会违背她的心愿。然而，她心中的正义感总是最终占据上风。一旦她意识到自己有不公之处，便会立即承认并改正。如果她对我的态度有所转变，我倾向于认为这源于她对我的一种本能抗拒，暂时扰乱了她一贯的平和与理性。而这，也在情理之中：卡佳的情感如烈火般炙热，她总是追随内心的激情，只有亲身经历和实际的教训才能将她引向正确的道路。但她最终总是能获得美好的结果。虽然过程充满曲折，但她最终的收获总是真实而令人欣慰的，这正是她性格的魅力所在。

卡佳很快便对我失去了兴趣，最终决定彻底把我晾在一边。她表现得好像我根本不存在，对我几乎一言不发，即使是必要的话也少之又少。我被不动声色地排斥在外——不是强行驱赶，而是那种让人心甘情愿退出的方式。上课如常进行，偶尔有人以我的聪明沉静为榜样来规劝她时，我也不必再担心会“冒犯”她那脆弱得惊人的自尊心了——要知道，就连我们那只斗牛犬约翰·福斯塔夫爵士，都曾轻易惹恼过这位敏感的小姐。福斯塔夫牛性冷静迟钝，可一旦被激怒，便会如猛虎般凶悍，甚至公然违抗主人的命令。

它还有个鲜明的特质：几乎对谁都漠不关心，但唯独对那位老公爵夫人——那无疑是它最本能、最顽固的死敌……不过，这段故事以后再讲。高傲的卡佳使尽浑身解数，想要驯服福斯塔夫的冷漠。她实在无法容忍——在这个家里，竟还有这样一个生灵，哪怕只是条狗，既不臣服于她的权威，也不畏惧她的威严，更不舍得给予她半点爱意。于是，这位高傲的公爵小姐决定亲自“讨伐”福斯塔夫。她生来就是要主宰一切、号令众生的，怎能容忍区区一只斗牛犬成为例外呀！然而，任凭她百般威逼利诱，这只倔强的斗牛犬始终高昂着头，从未向她低下过骄傲的头颅。

午饭后，我们俩坐在楼下的大客厅里。福斯塔夫懒洋洋地趴在房间中央，享受着饭后的悠闲时光。就在这时，卡佳突然心血来潮，决定要征服这只倔强的斗牛犬。她丢下了手中的玩具，踮着脚尖，一边用最温柔的声音呼唤福斯塔夫，不断变换着亲昵的称呼，一边友好地朝它招手，慢慢地、小心翼翼地向它靠近。

然而，福斯塔夫远远就亮出了锋利的獠牙，迫使她停下脚步。卡佳只好停下脚步。她的计划很明确：要走到福斯塔夫跟前抚摸它——要知道除了公爵夫人，这狗从不让任何人触碰——还要让它心甘情愿跟自己走。这无疑是项危险的壮举，因为福斯塔夫若觉得必要，会毫不犹豫咬断她的手或撕开她的腿。这狗壮如熊，我紧张地注视着卡佳的一举一动。但她从不是轻言放弃的人，连福斯塔夫闪亮的獠牙也不足以吓退她。她意识到第一次靠近是不可能成功的，于是困惑地绕着福斯塔夫转起圈来。福斯塔夫纹丝不动，懒洋洋地趴着。卡佳绕了第一圈，接着又绕了第二圈，这次圈子的半径小了一些；又绕了第三圈，她终于接近了福斯塔夫心中的“禁区线”。福斯塔夫再次龇起牙齿，露出威胁的表情。卡佳气恼地跺了跺小脚，只得悻悻地退开，回到沙发上坐下，思索下一步该怎么办。

约莫十分钟后，卡佳又有了新主意。她匆匆离开，带着椒盐脆饼和馅饼回来——总之，她换了新的“武器”。但福斯塔夫无动于衷，或许是吃得太饱的缘故。它连看都没看扔来的脆饼一眼。当卡佳再次接近那条福斯塔夫视为禁区的界线时，狗的反应比第一次更激烈：它抬起头，龇着牙发出低吼，身体微微前倾，作势欲扑。卡佳气得涨红了脸，扔掉馅饼，悻悻地坐了回去。

她坐在沙发上，胸口剧烈起伏，双脚不停地踢着地毯，脸颊烧得通红，眼中甚至闪烁着懊恼的泪光。每当目光与我相遇，她的脸色就更加涨红。突然，她猛地站起身，以最决绝的姿态径直走向那只令人生畏的狗。

这一次，福斯塔夫似乎被震慑住了。它任由卡佳越过禁区线，仅仅迈出两步便发出最凶险的低吼。卡佳停顿片刻——只有短短一分钟——而后毅然继续前进。我惊得屏住呼吸。此时的卡佳焕发出我从未见过的神采：眼中闪烁着胜利的辉光，整个人宛如一幅绝美的画作。她毫不退缩地迎向斗牛犬暴怒的目光，直面那张血盆大口。福斯塔夫霍然起身，毛茸茸的胸膛里迸发出骇人的咆哮，眼看就要将她撕碎。然而卡佳骄傲地伸出小手，在它背上轻抚三下。斗牛犬迟疑了——这瞬息万变的时刻最为可怖。突然，它沉重地站起身，伸了个懒腰，仿佛觉得与孩童计较有失身份，便平静地踱出了房间。胜利者傲然伫立，向我投来难以言喻的目光——那是满足与胜利的交融。我的脸色却惨白如纸，这引得她发笑。可她的双颊此刻也褪尽血色，她踉跄着跌进沙发时，几乎昏厥过去。

我对她的迷恋已到了极致。自那天起，我为她承受了太多恐惧，再也无法控制自己。我痛苦不堪，无数次想要扑向她，却被恐惧牢牢钉在原地。记得我曾试图躲藏，不让她看见我激动的模样，可当她无意间闯入我藏身的房间，我便浑身战栗，心跳如鼓，头晕目眩。我隐约感觉到，这个小魔女察觉到了异样，甚至为此困惑了两天。但很快她就习以为常。整整一个月，我都在默默忍受着煎熬。若要形容，我的情感具有一种特殊的韧性——这源于我的天性，使我极具耐性，只有在极端情况下才会突然爆发。要知道，这段时间我与卡佳的交谈不超过五句话；但我渐渐从细微处觉察到，她这般举动并非出于遗忘或漠视，而是刻意保持距离，仿佛在划定某种界限。

在那些辗转难眠的夜晚，我连在莱奥塔夫人面前都藏不住自己的窘迫。我对卡佳的痴迷甚至到了近乎疯狂的地步——我曾偷走她的手帕，又悄悄拿走她束发的丝带，整夜亲吻着这些“圣物”，任泪水浸湿枕巾。可后来，一切在我心里都变得混乱了，连我自己也无法分清内心的感受。就这样，新生的情愫一点点冲淡了旧日的回忆，那些关于我悲惨过去的痛苦记忆，逐渐失去了它们原本撕裂心灵的力量，在我的内心，悄然让位于一段全新的生活。

我记得，有时夜里醒来，我会悄悄起身，踮着脚走到卡佳床前。借着微弱的夜灯，我常常一连几个小时地凝望着沉睡中的她；有时我还会轻轻坐到她床边，俯身贴近她的脸庞，感受她温热的呼吸拂过我的面颊。我小心翼翼地，带着颤抖的手，轻轻吻着她的手、肩膀、头发，甚至那只偶尔从被子下探出来的小脚。日复一日的注视中，我渐渐发现——整整一个月来，我的目光从未离开过她——卡佳变得愈发敏感。她原本平和的性情开始改变：时而整日缄默不语，时而发出前所未有的喧闹。她变得烦躁易怒、挑剔敏感，动不动就满脸通红、气呼呼的，仿佛对我心生厌恶似的，吃饭时也不肯靠近我，似乎害怕坐得离我太近；有时，她干脆跑到她母亲那里待着，一待就是数日——也许她明白，没有她，我的忧郁便无处安放；接着又会突然一直盯着我看，让我羞愧难当，不知所措，脸一阵红一阵白，却又不敢离开房间。有两次，卡佳甚至抱怨说自己发烧了，而过去，她几乎从未生过病。终于，在某个早晨，家里下达了特别指示：在卡佳的强烈要求下，她搬到了楼下，与母亲同住。公爵夫人得知卡佳发烧后，几乎吓坏了。必须说明，公爵夫人一直对我极为不满，她把卡佳性格上的变化，全部归咎于我，认为是我的“阴郁性格”，如她所说，对自己的女儿产生了负面影响。实际上，她早就想将我们分开，只是因为还要顾及与公爵之间可能爆发的激烈争执，才一再拖延。尽管公爵在多数事情上都让步于她，但一旦固执起来，也同样坚决得不可动摇。而公爵夫人十分清楚这一点。

公爵小姐的突然搬离令我震惊不已，整整一个礼拜，我都在痛苦和焦虑中煎熬。我为卡佳对我的冷漠而苦恼，苦苦思索着她突然疏远我的原因。悲伤撕扯着我的心灵，而被伤害的自尊和义愤，也在心底悄然滋长。一种新的骄傲感在我心中悄悄萌芽。某次散步偶遇时，我投向她的目光突然变得前所未有的冷静而严肃，这变化甚至令她为之一震。当然，这种傲骨只是昙花一现，很快我的心又陷入更深的痛楚，变得比从前更加脆弱、更加软弱无力。

终于，在某个清晨，令我极度困惑又欣喜若狂的是，卡佳竟然回到了楼上。她先是欢笑着扑进莱奥塔夫人的怀抱，宣布自己又搬回来和我们一起住了。然后，她朝我点了点头，并争取到了一个上午不用上课的许可，接着便疯疯癫癫地跑了一整天。我从未见过她如此活泼、如此快乐。然而到了傍晚，她又变得安静而沉思，一丝淡淡的忧郁重新笼罩在她那可爱的脸上。晚上，当公爵夫人来探望她时，我清楚地看到卡佳强颜欢笑的勉强姿态。待母亲离去，她立刻崩溃了，放声大哭。我震惊地看着这一切。卡佳注意到我的目光，便匆匆离开了房间。总之，在她身上，显然正在酝酿着某种突如其来的情感危机。公爵夫人已经开始与医生商量，每天都召见莱奥塔夫人，仔细盘问关于卡佳的一切细节，下令密切监视卡佳的每一个举动。而在这一切之中，只有我模糊地预感到了真相，我的心因隐约的希望而剧烈跳动起来。

总之，这场小小的“情感风波”终于渐渐走向了结局。在卡佳回到楼上的第三天早上，我注意到她整整一个上午都用一种奇异的目光看着我——那眼神温柔绵长，一次次地落在我身上。我多次不经意间与她对视，而每一次，我们都会同时脸红，羞涩地低下头，仿佛共同怀揣着某种隐秘的羞赧。最终，卡佳忽然笑了，转身离开了我。当时钟敲响三点，仆人们正为我们更衣准备外出散步时，卡佳突然朝我走了过来。

“你的鞋带松了，”她对我说，“我来帮你系上吧。”

我连忙自己弯下腰去系，脸一下子红得像樱桃，只因为——卡佳终于开口和我说话了。

“来吧！”她带着点不耐烦又笑着对我说。突然她俯身抓住我的脚，不由分说地搁在自己膝上，替我系好了鞋带。我屏住呼吸，被这甜蜜的慌乱攫住心神，不知所措。她系完鞋带后站起身来，从头到脚仔仔细细地打量了我一遍。

“看，脖子还露着呢。”她说着，用手指轻轻点了点我裸露的颈项，“我重新来给你系。”我顺从地任她摆布。她解开我原本打好的围巾，按自己的方式重新系好。

“这样才不会着凉咳嗽。”她狡黠地笑着，用那双湿漉漉、乌黑明亮的眼睛瞥了我一眼，目光中闪着光。

我彻底疯了——既不明白自己怎么了，更不懂卡佳的心思。谢天谢地，散步很快结束——否则我怕自己实在控制不住，会当街扑上去亲吻她。上楼时，我偷偷吻了她的肩膀。她察觉了，微微一颤，却沉默不语。晚上，盛装的卡佳被带下楼参加晚宴——公爵夫人家今晚有客人。可就在那个晚上，家里突然发生了一场可怕的骚动。

卡佳突然精神崩溃了，公爵夫人急忙请来医生，可医生也束手无策。众人都把这归咎于青春期的躁动，说是卡佳这个年龄段常见的状况，唯独我不以为然。第二天早晨，卡佳照常出现在我们面前——脸颊红润，神采飞扬，仿佛健康得惊人。只是，她开始显露出一些前所未见的古怪举止和离奇念头。

首先，她一早就对莱奥塔夫人阳奉阴违，完全不听话。然后，她突然提出要去看望老公爵小姐——要知道，这位性情古怪的老太太一直以来都讨厌她，经常和她吵架，根本不想见到她。但这次，不知怎的，她竟破例应允了会面。起初，会面出奇地融洽。头一个小时她们相处得十分和气。调皮的卡佳竟然忽然跪地忏悔，为自己过去所有的“罪行”请求原谅——为她的任性、吵闹，还有总是让老公爵小姐不得安宁而道歉。老公爵小姐被她感动得热泪盈眶，郑重地宽恕了她。可卡佳不肯就此罢休。

她突然心血来潮，把自己心里那些尚在筹划中的恶作剧也都一股脑儿讲了出来。她装出一副乖巧、虔诚、彻底悔改的模样，活像个修女一般。这让老太太大为感动，甚至有些得意忘形。毕竟，对她来说，能在这场“战役”中赢得卡佳，她的虚荣心得到了极大的满足。殊不知，卡佳作为全家的掌上明珠，向来懂得如何让母亲屈从于她每一个心血来潮的念头。这场看似虔诚的忏悔，不过是她精心设计的又一场游戏。

这位调皮的小姑娘开始一五一十地“坦白”她原本策划的一系列恶作剧：首先，她打算偷偷把一张名片贴到老公爵小姐的裙子上；然后，是把福斯塔夫关到她床底下；接着，打算弄坏她的眼镜，把她所有的书搬走，换成从妈妈那里拿来的法国小说；再然后，准备弄些爆竹撒在她的房间地板上；最后，还要往她口袋里塞一副扑克牌，等等。恶作剧一个接一个，花样层出不穷，越说越惊人。老太太越听越气，脸色时而苍白，时而通红，彻底被激怒了。终于，卡佳再也忍不住，仰头大笑，笑得前仰后合，然后拔腿就跑，逃离了暴怒如雷的老公爵小姐的房间。老太太立刻派人去请公爵夫人过来。这下子，事情闹大了——公爵夫人整整两个小时红着眼圈，苦苦哀求自己的这位亲戚原谅卡佳，请求她看在孩子还病着的分上，暂且不要惩罚她。起初，老太太坚决不肯让步，甚至宣称第二天就要搬出这个家。直到公爵夫人郑重承诺：等女儿康复之后，一定会让她接受惩罚，并尽力满足老太太那“正当的愤怒”，她这才稍微平息下来。不过，即使如此，卡佳还是被狠狠地训了一通，随后被带下楼，交还给了母亲。

不过，这个小淘气下午还是逃了出来。她偷偷摸摸地往楼下溜，我正巧在楼梯上撞见了她。她悄悄打开一道门缝，低声叫着福斯塔夫。我立刻就明白了——她正在策划一场“惊天大报复”。

事情的起因其实很简单：在整栋宅子里，没有谁比福斯塔夫更让老公爵小姐痛恨的了。这条狗从不讨好任何人，也不爱任何人，但极其自傲，骄横无比。它谁都不喜欢，却又明显地要求别人对它保持足够的尊敬。 大家对它确实也既敬且畏。可自从老公爵小姐搬来之后，一切都变了：福斯塔夫受到了极大的羞辱——它被正式禁止踏上楼上的每一寸地，连她的房门都不得靠近。

起初，福斯塔夫对这份羞辱简直愤怒到了极点，整整一周都用爪子拼命抓挠那扇通往楼上的门——那是通向老公爵小姐房间的最后一道屏障。但很快，它似乎明白了自己被驱逐的真正原因。于是，在第一个星期天，当老公爵小姐出门去教堂时，福斯塔夫突然狂吠着冲了上去，扑向那位可怜的老太太。大家费了好大劲儿，才勉强从愤怒的狗爪下将她解救出来。要知道，福斯塔夫之所以被驱逐，正是因为老太太下的命令——她公开表示“再也不能忍受看到那条狗”。从那以后，楼上成了福斯塔夫的禁地，它被严令不得踏足其间。只要老太太偶尔下楼，它就马上被赶到最远的房间，像躲瘟疫一样。家里的用人都被严厉警告过，必须照办。然而，这条怀恨在心的狗，还是三次成功闯上了楼。只要一踏上楼梯，它就发疯似的往上冲，穿过一个又一个房间，直奔老太太的卧室。谁都拦不住它。幸好，老太太的房门始终紧锁，福斯塔夫也只能在门口哀号一阵，叫声之凄厉，仿佛鬼魅索命，直到有人跑来把他赶下去为止。而每当它如此“登门造访”，老太太总是吓得尖叫连连，仿佛已经被它咬了似的，甚至真的会因此病倒。她不止一次向公爵夫人提出自己的“最后通牒”，甚至一度脱口而出：“不是它走，就是我走！”但公爵夫人始终不肯放弃福斯塔夫。

公爵夫人向来不喜与人亲近，但除了自己的孩子，她最疼爱的就是福斯塔夫。这事儿说来还有段缘由。大约六年前的一天，公爵散步回来时，带回一只浑身脏兮兮、病恹恹的可怜小狗——这只纯种的斗牛犬。原来，公爵当时救了它一命。不过，这位新“房客”一来就表现得极其无礼、粗鲁、不合群，于是公爵夫人坚决要求把它赶去后院拴起来。公爵没辙，只好照办。那年夏天，全家去乡下避暑。小卡佳的弟弟萨沙不小心掉进了涅瓦河里。公爵夫人当即尖叫一声，想也不想就要跳下去救他，要不是被众人死死拉住，差点就跟着孩子一起送了命。而孩子早被急流卷得老远，只能偶尔看见衣服在水面一闪。岸边的人手忙脚乱解着船绳，可大伙儿心里都明白——怕是来不及了。就在这时，那只壮得像熊的斗牛犬“扑通”跳进河里，箭一般冲向孩子——一口叼住衣领，愣是把男孩平平安安拖上了岸。公爵夫人当场冲上去，抱住这只又脏又湿的狗狠狠亲了一通。那时候它还叫“弗里克萨”这个土里土气的名字。而这狗东西显然不喜欢亲昵，公爵夫人的亲吻只换来它狠狠一口——牙齿深深嵌进她肩膀，牙印深得一辈子都没消。可夫人对它的感激，那是打心眼里抹不掉的。弗里克萨于是被迎入了内宅，洗得干干净净，还戴上了精致的银项圈，被安置在公爵夫人书房的熊皮地毯上。

两年之后，夫人终于能摸它而不被咬了。但当她得知它竟叫“弗里克萨”时，顿时觉得实在太俗不可耐，必须给这位“家中宠臣”换个高贵些的名字。像“赫克托耳”啦、“刻耳柏洛斯”啦之类的名字都早被滥用，不够特别，于是公爵灵机一动，想到这狗异常贪吃，便建议取名为“福斯塔夫”①——这个名字立刻获得满堂喝彩，也从此成了它的正式身份。福斯塔夫渐渐显露出某种英伦式的体面：沉默阴郁，从不主动伤人，唯独坚持要每个经过熊皮地毯的人都必须对它保持充分的尊重。有时它会陷入莫名的忧郁，仿佛仍在惦记那个仍未受到惩罚的死对头——那个曾践踏它尊严的仇人。每当这种情绪涌上心头，它便悄悄溜向通往楼上的楼梯口——那扇永远紧闭的门前。随后蜷缩在阴影里，耐心等待有人疏忽大意，留下门未锁。有时候，它能在那儿守上三天。但家中早已下达了严格的命令——所有仆人都必须严密看守那扇门。就这样，整整两个月，福斯塔夫再也没能踏上楼梯一步。

“福斯塔夫、福斯塔夫！”卡佳推开楼梯间的门，一边呼唤，一边笑吟吟地朝它招手，语气亲切得仿佛是在邀请一位贵客。

此时，福斯塔夫早已察觉门将被打开，正全身绷紧，准备

①福斯塔夫为莎士比亚历史剧《亨利四世》中的人物，贪吃、贪喝、懒惰。

跨越那道不可逾越的界限。可卡佳这声呼唤太不寻常——里头竟透着讨好和欢迎，把福斯塔夫都给听愣了。福斯塔夫是条极有心计的狗，像猫一样狡猾。为了不暴露自己早已察觉门开这一事实，它故作镇定地走到窗前，将粗壮的爪子搭在窗台上，装模作样地欣赏对面楼房的漂亮外观——活像个偶然路过的陌生访客，碰巧被建筑吸引似的。然而，就在这“镇静外表”之下，它的心却激动得几乎要跳出胸膛。它在等待、在颤抖、在憧憬。于是，当那扇禁闭已久的门终于洞开，伴随着热切的呼唤与恳切的邀请——邀它踏上梦寐以求的阶梯，完成那“神圣复仇”的使命——福斯塔夫的反应堪称惊天动地！它欢呼一声，露出可怖的獠牙，整个身躯如离弦之箭般腾空跃起，以摧枯拉朽之势冲上楼梯，那气势仿佛要踏碎每一级台阶。

它的冲劲之猛，简直势不可挡。一路狂奔时碰倒了一把椅子，那椅子像被炮弹击中一般飞出一丈远，连翻两个筋斗才落地。福斯塔夫如同一颗脱膛的炮弹，疾驰如风。莱奥塔夫人被吓得惊叫一声，可福斯塔夫早已冲到了那扇“禁门”前——它猛地用前爪狠狠扑上去，却没能撞开，随即发出一声凄厉的哀号，如同受难的灵魂在嘶吼。门内立刻传来一阵歇斯底里的尖叫，是那位年迈的老公爵小姐的声音。但还没等福斯塔夫继续它的“复仇计划”，全宅子的人已从四面八方冲上楼来，仿佛整个家族瞬间调动了所有防御力量。怒火中烧的福斯塔夫最终被制服：一张结实的嘴套迅速罩住了它那张恐怖的嘴，一根根绳索将它四肢牢牢捆住。就这样，曾经威风凛凛、杀气腾腾的福斯塔夫，在众目睽睽下，被拴上绳子，狼狈不堪地从战场上“撤退”——无比屈辱地被拽下了楼。

这时，仆人奉命去请公爵夫人。

可这一次，公爵夫人明显没打算宽恕，更没有丝毫心软的迹象；但问题是——她要惩罚谁？她一进门目光一扫，就立刻锁定了卡佳。果不其然——卡佳脸色惨白，吓得浑身发抖。直到这一刻，这可怜的小姑娘才真正意识到她这场恶作剧可能带来的严重后果。毕竟，责任随时可能落到仆人或其他无辜者身上——而卡佳已经准备好坦白一切。

“是你干的？”公爵夫人严厉地问道。

我看到卡佳脸色苍白如纸，便上前一步，用尽全身的勇气、用坚定的语气说道：

“是我放福斯塔夫进的……我不是故意的。”但话音刚落，我的勇气就被公爵夫人那凌厉的目光击得粉碎。

“莱奥塔夫人，好好管教管教她！”公爵夫人冷冷地吩咐一句，便转身离开了房间。

我回头看向卡佳——她像根木头似的杵在那儿，两条胳膊软绵绵耷拉着，小脸煞白地低垂，眼珠子直勾勾盯着地板，仿佛整个人都被这场突如其来的打击击垮了。

公爵府管教孩子就一招：关空屋子。如果是自愿进去待两个小时，那没什么大不了的。但若是被强行押进去，伴随着“你被剥夺自由”的冰冷宣告，这惩罚就变得格外严厉了。平时，卡佳或者她弟弟通常只被关上两个小时。但这一次，因为我犯下了“特别严重的罪行”，我被判了整整四个小时。我几乎是满心喜悦地走进了“牢房”——心激动得快要化了。我满脑子想的都是卡佳，这回可算是我赢了。结果没想到，说好的四小时变成了整整一宿，直到凌晨四点我才被想起来。事情是这样发生的：

两小时后，也就是我被关进去不久，莱奥塔夫人突然接到信，她从莫斯科回来的女儿病倒了，急着想见她一面。她急匆匆赶去探望，把我忘得一干二净。而负责照顾我们的女仆以为我早被放出来了，也就没有再过问。卡佳则被叫下楼，在母亲身边一直待到晚上十一点。她回屋后，发现我不在床上，显得非常惊讶。女仆伺候她更衣上床，但卡佳却没有问我在哪儿——她心里打着小算盘呢。她躺在床上干等着，心想我顶多被关了四小时，应该很快就会被领回来。可我们的女仆纳斯佳早把我忘到脑后了——更别提我向来都是自己换衣服，从不麻烦别人。就这样，我被彻底遗忘，在那间“牢房”里孤零零地度过了整整一个夜晚。

凌晨四点，我被一阵猛烈的敲门声惊醒。那时我正蜷缩在冰冷的地板上，勉强睡着，猛然惊醒后我吓得尖叫起来。但很快我就听出了卡佳的声音，是她喊得最响亮。紧接着我听到了莱奥塔夫人的声音、慌张的女仆纳斯佳的声音，以及管钥匙的女仆的声音。终于，门总算开了。莱奥塔夫人一把抱住我，眼泪汪汪地求我原谅，说她太糊涂了，居然把我给忘在那儿。我泪流满面地扑进她怀里，浑身冻得直打哆嗦，骨头缝都疼——整夜睡在冰凉的地板上实在太难熬了。我四下寻找着卡佳，她却早已跑回我们的卧室，一头钻进被窝。

当我进去时，她已经“睡着了”，或者说——装睡。原来，她一整晚都在等我，等着等着就不小心睡着了，一直睡到了凌晨四点。醒来之后，她立刻大喊大叫，搅得天翻地覆，把刚从外面赶回来的莱奥塔夫人、保姆、女仆们全都惊动了，最终，她成功“解救”了我。

第二天一早，整座宅子里的人都知道了我这段“囚禁之夜”的经历，连一向严厉的公爵夫人也罕见地表示，这次对我实在太过严厉了。至于公爵本人，那天我是第一次见他发这么大火。上午十点他上楼时，脸都气白了。

“您这是干什么呀？”他一进门就冲着莱奥塔夫人激动地说，“您怎么能这样对待这个可怜的孩子？这简直是野蛮，是彻头彻尾的野蛮行径，斯基泰[①]式的残忍！一个体弱多病的孩子，一个如此多梦、敏感、胆小的小姑娘，一个充满幻想的小女孩，您竟然把她关进黑漆漆的房间整整一夜！这简直是在摧毁她！您难道不知道她的过去吗？这就是野蛮，这就是不人道，我跟您说，夫人！怎么会有这样的惩罚？是谁发明的？谁能想出这种惩罚方式？”

可怜的莱奥塔夫人眼泪汪汪，窘得满脸通红，结结巴巴地解释起来，说她确实把我给忘了——都怪她莫斯科来的闺女突然生病，急着要见她，她才慌里慌张离开的。但她坚持认为，这种惩罚本身如果时间不长，是有效的，是合理的——甚至让·雅克·卢梭[②]也在书中提到过类似的教育方式。

“让·雅克·卢梭？夫人！”公爵激动地打断她，“卢梭绝不可能说这种话！再说他算什么权威？一个连亲生孩子都抛弃的人，也配谈教育？夫人！卢梭是个坏人，夫人！”

①斯基泰是公元前8世纪—公元前3世纪位于中亚和南俄草原上的游牧民族，非常好战。

②法国18世纪启蒙思想家、哲学家。

“让·雅克·卢梭！卢梭是个坏人？公爵！公爵大人，您在说什么？”

莱奥塔尔夫人一下子涨红了脸，几乎是愤怒地叫出声来。

莱奥塔夫人本是极其温和的人，平时从不轻易动怒。但有一件事她决不容许——诋毁她心中所敬仰的伟人。要是你触碰了高乃依[①]、拉辛[②]的“古典之魂”，或者哪怕只是在言语上对伏尔泰[③]不敬，她都会感到难以接受。而现在，竟然有人敢当面称让·雅克·卢梭是个“坏人”或“野蛮人”，天哪！莱奥塔夫人的眼眶顿时湿润了，整个人都因情绪激动而微微颤抖。

“您太过分了，公爵大人！”她终于忍不住开口，语气中带着难以遏制的激愤。

公爵这才意识到自己失言了，立刻收敛神情。

“啊，请原谅我，原谅我，莱奥塔夫人！”公爵急切地说，“是的，我刚才太失态了！天哪，我居然说卢梭是个坏人。上帝啊！我根本没有资格说出那样的话。我们凭什么审判别人？我们自己又算得了什么？感谢您，让我幡然醒悟！请原谅我，原谅我……只是我太激动了，实在无法控制自己……请，把您的

①法国 17 世纪古典主义悲剧代表作家，代表作《熙德》。
②法国剧作家，与高乃依、莫里哀合称为 17 世纪法国最伟大的三位剧作家。代表作《昂朵马格》。
③法国 18 世纪启蒙思想家、文学家、哲学家。

手给我，莱奥塔夫人……您或许会忘记这件事，但我……我永远不会忘记……”

他用手掩住脸，转过身，走到我面前，眼含泪水地亲吻了我一下，然后带着深深的激动离开了房间。

“可怜的公爵！”莱奥塔夫人也被感动得红了眼眶，低声叹道。随后，我们便一起坐到了课桌前，开始上课。

可卡佳明显心不在焉，几乎无法专注学习。快到吃午饭的时候，她忽然满脸通红、嘴角带笑地走到我跟前，站在我面前，抓住我的肩膀，一边笑一边冲我喊：

“喂，昨天替我坐牢坐够了吧？吃完午饭后我们去大厅玩吧。”

这时正好有人从我们身边经过，卡佳立刻转开脸，若无其事地避开了我。

午饭后，天色微暗，我们俩手牵着手一起下楼，来到大客厅。卡佳仍处于某种激动情绪中，呼吸急促。而我呢，从未如此喜悦、如此幸福过。

“想玩球吗？我们来玩球吧。”她说，“站到这儿来！”

她拉着我到大厅角落站定。本该走远些再抛球给我，可她却只退了三步就站住了。她抬头看了我一眼，脸颊“唰”地飞红，一屁股跌进沙发，两手捂住脸。我刚向她走近一步，她便以为我要离开。

“别走，涅朵奇卡，”她轻声说道，“陪我待一会儿……我很快就会好的。”

她猛地从沙发上弹起来，小脸通红、眼泪哗哗的，一头扎进我怀里。脸蛋湿漉漉的，嘴唇肿得像熟透的樱桃，鬈发乱蓬蓬地散在肩头。她发疯似的亲我——亲脸蛋、亲眼睛、亲嘴巴、亲脖子、亲手，边亲边号啕大哭，活像着了魔似的。我死死搂住她，我俩就像失散多年的朋友，又像久别重逢的恋人，甜滋滋地抱作一团。卡佳的心跳得那么剧烈，我几乎能清晰地听见每一次跳动的声音。

正说着，隔壁屋突然传来喊声，有人叫卡佳去见公爵夫人。

“啊，涅朵奇卡！好啦！等我，等到晚上、等到夜里！你先上楼去，等我回来。”

她又轻轻地吻了我一次，那吻无声却深情，然后便应着纳斯佳的召唤，匆匆跑走了。我像是重获新生般冲上楼，一头栽进沙发，把脸埋进枕头里哭得直抽抽。我的心几乎要从胸腔里跳出来。那股喜悦是如此剧烈，我甚至都不记得自己是怎么熬到晚上的。好容易熬到十一点的钟声敲响，我才躺下。卡佳直到午夜才回来。她远远地朝我微笑了一下，却一句话也没说。纳斯佳开始替她脱衣，似乎故意磨磨蹭蹭地拖延着时间。

“快点，快点，纳斯佳！”卡佳低声催促着。

“公爵小姐，您是不是刚才跑上楼梯了？心跳得这么厉害……”纳斯佳一边问，一边解着她的衣扣。

“哎呀，天哪，纳斯佳！你真是太烦人了！快点，快点！”卡佳不耐烦地跺了跺脚。

“哎呀，小祖宗！”纳斯佳一边笑着，一边吻了吻卡佳那只刚脱下鞋的小脚。

终于，一切都收拾妥当。卡佳躺到了床上，纳斯佳也离开了房间。就在那一瞬间，卡佳立刻从床上跳起来，扑向我。我忍不住轻声惊叫，迎接她的到来。

“来我这里，来我床上！”她说着，把我从床上拉起来。片刻之后，我已经躺在了她的床上，我们紧紧相拥，贪婪地偎依在一起。卡佳几乎要把我吻成一团云朵似的。

“我还记得你夜里亲我的时候！”她红着脸说，脸红得像一朵罂粟花。

我哭了。

“涅朵奇卡！”卡佳带着眼泪低语道，“我的天使，我早就爱你了，真的很久很久了！你知道从什么时候开始吗？”

“什么时候？”

“就是那次……爸爸让我去向你道歉的时候，就在你为你爸爸辩护的那天，涅朵奇卡……我的小可怜！”她一边说，一边再次把吻雨点般落在我脸上。她哭着又笑着，像是要把心全都倾诉出来。

“啊，卡佳！”

“什么？怎么了？”

“你为什么那么久……那么久……”我说着哽咽起来，话没说完，我们便紧紧相拥，沉默了好几分钟。

“听着，你那时候……你是不是讨厌我？”卡佳问。

“天知道我有多想你，卡佳，白天黑夜都在想。”

“你晚上说梦话，我都听见了。”

“真……真的？”

“你还哭了好几次。”

“既然你都知道……那你干吗还这么倔？”

“我那时候傻啊，涅朵奇卡。一下子脑子就转不过弯来，就那么过去了。我总是在生你的气。”

“为什么？”

“因为我自己坏。起初，是因为你比我好；后来，又因为爸爸更疼你。可爸爸是个好人，涅朵奇卡，对吧？”

“啊，是的！”我含着泪回答，脑海里浮现出公爵的面容。

“他真的是个好人。”卡佳认真地说，“可我该怎么跟他相处呢？他总是那样……然后当我去跟你道歉时，我差点就哭出来了，就因为这个我又生气了。”

“我都看出来了，看出来你想哭。”

“别说啦，傻瓜，你自己就是个爱哭鬼！”卡佳一边喊，一边用手捂住我的嘴，“听着，我真的很想爱你，可有时候我就突然想讨厌你——讨厌得不得了，恨得牙痒痒！”

“那为什么呀？”

“我就是气你，连我也不知道为啥！后来我发现你离不开我，我就想：好，我就让她受罪去，折磨她！”

“啊，卡佳……”

“我的小亲亲！”卡佳一边吻我的手一边说，“后来我就再也不想跟你说话，怎么都不想。还记得我那次抚摸福斯塔夫吗？”

“你这大胆鬼！”

“其实我吓……坏……了。”她拉长了语调说，“你知道我为什么要去摸它吗？”

“为什么？”

“就因为你在看我。当我发现你在看……哎呀，管他呢，豁出去了，我就冲上去了。”她说着，声音里透着一股顽皮的得意，“我吓到你了吧？你是不是特别担心我？”

“吓死我了！”我大声说。

“我看出来了！不过福斯塔夫走开时我有多高兴你知道吗？天哪，我当时吓坏了！它一走，我简直腿都软了，那家伙，简直是个……怪物！”

她突然神经质地笑了起来，接着又猛地抬起她那炽热的小脑袋，紧紧盯着我看。泪珠像珍珠一样，挂在她长长的睫毛上，轻轻颤抖。

“说说看，你到底有什么魔力，让我这么爱你？你看看你，多苍白，一头淡金色的头发，傻乎乎的，还老是爱哭，一双淡蓝色的小眼睛……我可怜的小孤女呀！”

卡佳又一次俯身，无数次亲吻我。她的几滴泪珠落在了我的面颊上，她此刻分明被深深打动了。

“我原来那么爱你，却总是在心里说：‘不，不行，决不告诉她！’真是太倔了！我到底在怕什么呢？到底又在害羞什么呢？你看我们现在多好，多快乐！”

“卡佳……我好疼啊！”我激动得几乎痉挛，“整颗心都快裂开了！”

“是啊，涅朵奇卡！听我说……你听着，‘涅朵奇卡’这个名字，是谁给你起的？”

“妈妈。”

“你会把妈妈的事情全都告诉我吗？”

“会的，全都会告诉你！”我满怀热情地答道。

“你是不是跟那个叫拉连卡的小男孩说过？”

“你怎么知道的？”我惊讶地问。

“哼，我什么都知道，没什么是我不知道的！”卡佳噘起嘴，一副得意又责备的模样，“你把我的那两条带蕾丝花边的手帕藏哪儿了？还有那条丝带，你干吗拿走？啊？你这个小坏蛋！这些我可都知道哟！”

我忍不住笑了，脸红得几乎要掉下眼泪来。

“我心想：哼，就让她多等一会儿，让她受点儿苦。”卡佳接着说，“可有时候我又想，哎呀，我根本不喜欢她，我受不了她！而你呢，总是那么温顺，那么软软的，我的小绵羊！可你知道吗？我真的很怕你会觉得我笨！你是聪明的，对吧，涅朵奇卡？你真的很聪明，对吧？”

“哎呀，别这样说，卡佳！”我几乎有些委屈地回答她。

“不，你就是聪明，”卡佳一脸认真而坚定地说，“这一点我很清楚。有一回我一早醒来，突然特别特别爱你，简直受不了了！你整晚都在我梦里。那时候我还想去求妈妈，让我搬去她那边住。我心想：我不要再喜欢她了，我不要了！可是第二天晚上，我刚躺下，就开始想：要是她今天还能像昨晚那样偷偷来看我该多好。然后你真的来了！哎呀，我装睡装得可认真了……我们俩简直太没羞没臊了，涅朵奇卡！”

“那你为什么老是……不愿意喜欢我呢？”我轻声问道。

“是啊……哎呀，我都在说些什么呀！”卡佳忽然叫道，“我一直都喜欢你啊！一直都喜欢！后来实在忍不了了，我心想：迟早有一天我非把你亲个够，或者——干脆把你掐死算了！来吧，傻瓜一个！”

说着，她轻轻掐了我一下。

“还记得那次我帮你系鞋带吗？”

“记得。”我轻声答道。

“记得啊，那时候你是不是觉得特别好？”卡佳继续说道，“我看着你，心想：这孩子真可爱……不如让我来帮她系上鞋带吧，看看她会怎么想。可谁承想，连我自己都觉得这事儿美得很。真的，那会儿就特想亲你一口……可到底没敢。后来想起来，自己都觉得逗，逗得要命！散步时我老憋着笑，一见你就忍不住乐，真是……你都不晓得我有多开心你为我进了‘地牢’！”

那间空荡荡的房间被我们戏称为“地牢”。

“那次你害怕了吗？”

“吓死我了。”

“可让我高兴的不是你替我顶罪，而是你居然肯为我受罚！一想到你准在里头哭鼻子，我心里就特别特别爱你！我还想着：明天我要亲你个够，狠狠地亲！说真的，我一点儿都不心疼，真的，你被关我半点不后悔，虽然我也掉了点眼泪。”

“可我那会儿压根没哭，装的！心里美着呢！”

“你没哭？”卡佳大叫起来，整个人像是要融进我身上一样贴了上来，嘴唇不停地吻着我，“啊，你这个坏蛋！”

“卡佳、卡佳！我的天哪，你真是太可爱了！”

“真觉得可爱？那现在随你处置啦！要打要掐都行！来嘛，掐我一把，求你了，我的小宝贝，快掐我一把！”

“你个小淘气！”

“还有呢？”

“傻瓜……”

“还有呢？”

“那就……再亲我一下吧。”

我俩又亲又哭又笑的，嘴唇都亲肿了。

“涅朵奇卡！首先，以后你每天都得跟我一起睡。你喜欢亲亲吗？咱俩多亲会儿。再就是不许总耷拉着脸，一副闷闷不乐的样子。你以前为什么那么难过？能跟我说说吗？”

“我都会告诉你。不过现在我可一点都不难过了，我开心极了！”

“从今往后，你这小脸也得红润润的，跟我一样！哎呀，真恨不得明天立马就到！你困了吗，涅朵奇卡？”

“不困。”

“那我们就接着说话吧。”

我俩又叽叽咕咕聊了两个钟头，天晓得都扯了些啥。首先，卡佳向我倾诉了她对未来的全部计划，还有她眼下对身边一切的看法。就这样，我得知，她最爱的人是她爸爸，甚至差一点儿超过了我。接着，我们俩一致决定：莱奥塔夫人其实人特别好，压根不凶。然后，我们马上开始构思明天、后天以及未来整个二十年的生活计划。卡佳想出一个主意：我们要这样生活—— 第一天她发号施令，我全都照办；第二天换我发号施令，她无条件服从；再之后，我们两个轮流互相下命令。万一谁故意不听话，那我们就假装吵一架，然后很快就和好如初。总之，等待我们的是一段无尽的幸福时光。终于，我们聊累了，我的眼皮开始打架。卡佳笑话我是只贪睡的懒猫，可她自己倒先睡得呼呼的。第二天一睁眼，我俩几乎同时醒过来，慌里慌张亲了一口——听见有人要进来了——我哧溜就跳下床，一溜烟钻回了自己的被窝。

我们整整一天都高兴得不知道该拿彼此怎么办好。我们一直藏来藏去，东躲西藏，最害怕的就是被别人看见。终于，我开始向她讲述自己的故事。卡佳听得泪流满面，深受触动。

“你这个坏家伙！”她哭着说，“你为什么一开始就不告诉我这些？我要是早知道，一定会那么爱你！街上的男孩打你很疼吗？”

“很疼。我当时特别害怕他们。”

“哼，坏蛋们！”卡佳气得小脸涨红，眼睛里冒着火，“你知道吗，涅朵奇卡，我亲眼看见过一个男孩在街上打另一个。我明天去偷偷拿到福斯塔夫的皮鞭，如果碰见这种人，我就狠狠抽他一顿，非把他打个半死不可！”

她的小眼睛因愤怒而闪闪发亮。

我们每当听见有人进来都会吓一跳，生怕被撞见我们亲吻。可那天我们至少亲了彼此一百次。

就这样，我们度过了那幸福的两天。我几乎觉得自己会被幸福压得喘不过气来，简直幸福得快要死掉了。但这种幸福并没有持续太久……

莱奥塔夫人奉命向公爵夫人汇报卡佳的一举一动。她整整三天都在暗中观察我们，这三天里，她积累了不少可以报告的内容。最终，她走进公爵夫人的房间，把自己所看到的一切都一五一十地讲了出来——她说，我们俩好像陷入了一种狂热的状态，三天以来几乎片刻不离，总是腻在一起，时不时亲吻、哭泣、大笑，像两个疯丫头一样没完没了地说话，这种状态此前从未有过。她说，她无法判断这是出于什么原因，但她怀疑卡佳正处于某种病态的情绪危机中。最后，她建议我们最好少见面为妙。

“我早就这么想了，”公爵夫人回答道，“我早就知道这个奇怪的小孤女会给我们带来麻烦。人们告诉我关于她的过去——简直骇人听闻，真正的骇人听闻！她显然对卡佳有某种影响力。你说卡佳很喜欢她？”

“简直到了痴迷的地步。”

公爵夫人气得脸都红了。她已经开始嫉妒起自己的女儿对我产生的感情。

“这不自然，”她说，“她们以前彼此是那样疏远，说实话，我对这种疏远感到欣慰。无论这小孤女年纪有多小，我都无法对她有任何担保。您明白我的意思吗？她已经把她那种教养、习惯，甚至可能的道德观念，从婴儿时期就吸收进去了。我实在不明白公爵到底在她身上看中了什么。我曾一千次提出要把她送进寄宿学校。”

莱奥塔夫人本想为我辩护，但公爵夫人已经下定决心要让我们分开。卡佳当即被叫走，在楼下就被告知，直到下一个星期天——整整一个星期——她都不能再见到我。

我是在当天晚上才知道这一切的，当时我几乎被恐惧击垮。我不停地想着卡佳，觉得她一定无法忍受这场分离。我陷入极度的悲痛与绝望中，当晚便病倒了。第二天早上，公爵来看我，悄声叫我不要失去希望。他尽力为我奔走调停，但一切都徒劳无功：公爵夫人没有改变她的决定。我逐渐陷入绝望，悲伤得几乎喘不过气来。

第三天早上，纳斯佳给我带来卡佳的信。这封信只有短短几行，却满含急切的情感与压抑不住的思念。卡佳用铅笔写下的字迹歪歪扭扭，透露出她当时内心的焦灼与不安。信中写道：

我非常爱你。我和妈妈在一起时，一直想着怎么逃到你那里。但我一定会逃出来的——既然答应你了，所以你别哭，给我写封信说说你有多爱我。我整夜梦见抱着你，非常痛苦，涅朵奇卡。给你捎点糖。再见。

我也用类似的语气回了信。整整一天，我都抱着卡佳的字条哭泣。莱奥塔夫人过分温柔，差点让我喘不过气来。傍晚时分，我听说她去找公爵了，说要是再不让我见卡佳，我准得再次病倒。她还说后悔跟公爵夫人告状了。我又问纳斯佳卡佳咋样，她说卡佳倒没哭，但脸色苍白得吓人。

第二天早晨，纳斯佳悄悄对我说：

“去公爵阁下的书房。他在右边那条楼梯那儿。”

我的心中突然被一种强烈的预感点燃了。屏住呼吸，我飞快地跑下楼，推开了书房的门——她不在。突然，卡佳从背后抱住我，热烈地吻了我。我们笑着、流着泪……一瞬间，她从我怀里挣脱开，像只小松鼠一样蹿到她父亲身上，爬上了他的肩膀，但没能站稳，又从他肩上跳到沙发上。公爵也随即跌坐在沙发上。卡佳因激动而哭了起来。

“爸爸，你真是个好人，爸爸！”

“你们两个小淘气！到底是怎么回事？这算哪门子交情？这叫什么感情啊？”

“别说话，爸爸，你不懂我们的事。”

说完我们又紧紧地拥抱在一起。

我细细端详她。才三天光景，她就瘦了一圈。脸蛋上的红晕褪尽了，泛着病态的苍白。我心疼得直掉眼泪。

这时，纳斯佳敲了门——这是在催我们，说卡佳已经被发现不见了。卡佳顿时面色惨白。

“够了，孩子们。你们每天都会再见的。”公爵说，“再见吧，愿上帝保佑你们！”

他看着我们，十分动情，眼里都泛着泪光。

他这回可失算了。傍晚时分，从莫斯科传来急信，说小萨沙突然病重，眼看就要不行了。公爵夫人决定明天一早就启程。这一切来得太突然，我直到告别的那一刻才得知此事。还是公爵亲自坚持要安排一次告别，公爵夫人勉强同意了。卡佳像是遭了雷劈似的。我昏头昏脑地冲下楼，一头扎进她怀里。出发的马车已经停在门口。卡佳瞧见我，尖叫一声就昏死了过去。我跪着亲吻她，公爵夫人却冷静地给她施救。终于，她苏醒了，紧紧地抱住了我。

“再见了，涅朵奇卡！”她笑着对我说，脸上浮现出一种难以言喻的神情，“别这么瞅我；没事儿，我好着呢，一个月后我就会回来。那时候我们就再也不分开了。”

“够了，”公爵夫人冷静地说，“我们走吧。”

但卡佳又一次回过头来。她用力搂紧了我。

“我的生命！”她在拥抱中低声说道，“再见了！”

我们最后一次亲吻，然后她便消失了——消失了很久，很久。直到八年之后，我们才再次相见。

我之所以如此详尽地讲述了这个童年片段——卡佳第一次出现在我生命中的那个时刻——是有意为之的。因为我们的故事是不可分割的。她的传奇就是我的传奇。就像命里注定我会碰见她，也像命里注定她能找着我。而我自己也忍不住想再回味那些童年欢愉……从这里开始，我的故事会讲述得快一点。自那之后我的生活突然就蔫儿了，跟睡着了似的。等我再次“醒来”时，我已经十六岁了……

不过——接着往下说之前，我得简单交代几句：关于公爵一家离开后，我的处境如何。

公爵一家前往莫斯科后，只剩我和莱奥塔夫人两个人留在庄园。

两周后，有人专程赶来通知，说前往彼得堡的行程被无限期推迟了。由于莱奥塔夫人因家庭事务无法动身前往莫斯科，她在公爵家中的职责便就此中止。不过，她仍留在这个家族中，转而担任公爵夫人的长女——亚历山德拉·米哈伊洛芙娜的家庭教师。

我曾见过亚历山德拉·米哈伊洛芙娜一面，她是公爵夫人和前夫所生的女儿。公爵夫人再婚后，完全不知道怎么安排这个长女的人生。她无望嫁入贵族之家，也只有一笔中等的嫁妆。好在四年前，她终于嫁给了一位有钱有势的官老爷。从此，亚历山德拉·米哈伊洛芙娜进入了另一个社交圈，接触到了一个全然不同的世界。公爵夫人一年只探望她一两次，而她的继父——公爵——则每周都带着卡佳前往探视她。但最近公爵夫人开始不愿让卡佳再去姐姐家了，于是，公爵就偷偷带她过去。卡佳非常敬爱这位姐姐，尽管两人性格截然不同。亚历山德拉·米哈伊洛芙娜二十二岁左右，性情温柔安静，充满爱心。她的面容总是带着一丝压抑的忧伤和痛苦，这为她美丽的脸庞增添了几分忧郁。

这种庄重严肃的气质与她天使般纯净的容貌并不相称，就像丧服不适合孩子穿一样。只要看她一眼，就会不由自主地产生深深的怜惜——她清澈的面容完全展现了她高贵的灵魂。我第一次见到她时，她脸色苍白，据说体弱多病，患有肺疾。她过着近乎隐居的生活，既不举办宴会，也不外出交际——活像一位修道院的隐士。她膝下无子。

我清楚记得，她来探望莱奥塔夫人时，走到我跟前，动情地亲吻了我。随行的有位身形消瘦、年岁稍长的男子。他注视着我，眼中泛起泪光。是那位小提琴家，名叫B。亚历山德拉·米哈伊洛芙娜将我拥入怀中，轻声询问是否愿意去她家做她的女儿。凝视她的面容时，我猛然认出这正是卡佳的姐姐，胸口顿时如遭重击般疼痛难忍……就像又一次听见那句："小孤女！"这时，她取出一封公爵的亲笔信递给我。信中特意为我写了几行字，我强忍啜泣读完。公爵在信中为我祝福，祈愿我一生平安喜乐，并恳请我好好爱护他的另一个女儿。卡佳还为我写了几行诗。她写道，她现在没有办法离开母亲。

就这样，那天傍晚，我走进了另一个家庭、另一个住所。面对一群陌生人，又一次把心从早已当成亲人的地方硬生生扯开。带着满身疲惫，带着被忧伤啃噬得千疮百孔的心……新的故事，就此开场。

第三部分

秘 密

一

我的新生活平静而安宁，就仿佛我搬到了隐士的世界中……我在养父母家中整整住了八年。在这段时间里，养父母几乎不曾举办过招待宾客的晚会、宴席，或是亲戚朋友的聚会，仅有极少数例外。除了两三位偶尔造访的客人，只有那位频繁登门的音乐家B——他是这个家庭的挚友，以及偶尔为事务来访的亚历山德拉·米哈伊洛芙娜丈夫的客人。除此之外，几乎再没有其他人踏足这个家。

亚历山德拉·米哈伊洛芙娜的丈夫总是忙于公务与政务，即便偶尔有些空闲时间，也得在家庭与社交之间平均分配。他那显赫的地位像一道无形的枷锁，迫使他不得不周旋于上流社会的旋涡中。坊间流传着关于他野心的传闻，但世人依旧对他青眼有加——他那过人的才干、严谨的作风，以及似乎与生俱来的好运，都让人不得不对他另眼相待。然而这份世人的青睐，却从未惠及他的妻子。亚历山德拉·米哈伊洛芙娜几乎过着完全独处的生活，但她仿佛并不排斥这样的孤独，她那温柔恬静的性情，仿佛天生就该属于这样避世的生活。

她全心全意地爱我，如同爱自己的亲生孩子一般；而我，这个仍带着与卡佳分别时未干泪痕的女孩，这颗被思念啃噬得千疮百孔的心，立刻就像迷途的羔羊般扑进了她温暖的怀抱。从那一刻起，我对她的爱就化作了永不熄灭的火焰。她既是我的母亲，又是我的姐姐，更是我在这世上唯一的知己，填补了我生命中所有亲情的空缺。但渐渐地，某种敏锐的直觉让我察觉到，她那看似平静的生活下暗藏着汹涌的暗流。她脸上时常浮现的恬静微笑，她周身散发出的安宁气息，都像一层薄纱，遮掩着某种说不清道不明的隐痛。随着我一天天长大，我逐渐理解了她命运中的点点滴滴，领悟到了那些用心才能体会、令人隐隐作痛的无声呐喊；而这种认识越深，我对她的依恋也就愈发深切、坚定。

亚历山德拉·米哈伊洛芙娜的丈夫，从我第一次见到他起，就给我留下了一种阴郁的印象。这种印象从我年幼时便根植于心，并且一直未曾消散。他身材高大而消瘦，似乎故意藏起目光，总是戴着一副绿色大眼镜。他寡言少语，性情冷漠，哪怕与妻子独处时，似乎也找不到话题。他显然不喜欢与人打交道，对我则几乎完全不加理会。然而，每当我们三人一同坐在客厅里喝茶时，他的在场都会让我极度不安。我常偷偷望向亚历山德拉·米哈伊洛芙娜，忧虑地发现，她似乎也在他面前战战兢兢，仿佛每一个举动都要反复斟酌；一旦发现丈夫的脸色愈发阴沉，她的脸就会变得更加苍白；有时又会突然脸红，仿佛从他的某个词语中听出了什么暗示或猜测到了什么含义。我能感到，她要么在与他的相处中承受着极大的压力，要么就是对他无法割舍，一刻也不能分离。她对他表现出一种异乎寻常的关注，关注他的每一个字、每一个动作，就像拼命想取悦他，又仿佛始终无法如愿。她仿佛在苦苦乞求他的认可，只要他脸上露出一丝笑意，说出哪怕半句话的柔声细语，她就会欣喜若狂，仿佛这是初恋中羞怯而无望的片刻温柔。她照顾他如同照顾一位难伺候的病人。

当他离开，前往书房前，会握住她的手——在我看来，是带着一种令她难以承受的怜悯目光看着她——而她整个人立刻变得截然不同，动作、谈吐都轻松愉快了许多。但即使这样，每次会面之后，她仍会长时间地陷入迷惘。她会立即回忆起他说的每一句话，反复掂量其中的含义，时不时向我确认：“他说的是这样吗？我有没有听错？”——她仿佛在试图从中解读出另一个意思。直到许久之后，她才会彻底安心，仿佛终于确信丈夫是满意的，自己白担心了一场。这时，她会突然变得温柔、欢快而愉悦，亲吻我，和我说笑，或者坐到钢琴前，即兴弹奏两个小时。但她的快乐也常常戛然而止。她会突然落泪，而当我满脸困惑、紧张、惊恐地看着她时，她就会立刻低声安慰我，仿佛怕被人听见似的，说这没什么，她只是开心得掉泪，让我别替她担心。

有时候，在丈夫外出时，她会突然变得焦躁不安，四处打听他的去向，询问他现在在做什么，从女仆那里打听他吩咐备车是要去哪里，担心他是否生病了、心情是否愉快、都说了些什么，等等。对于他的事务，她似乎从不敢亲口询问。每当他对她提意见或有所请求时，她总是那么顺从、那么自卑，就像是一个奴仆在聆听主人的命令。她极其在意丈夫是否夸奖她的某件物品、一幅刺绣、一首曲子或某本书。只要丈夫称赞她的品位、画技、钢琴演奏或选择的兴趣，她便如获至宝。然而最能让她喜出望外的，是丈夫偶尔对两个小孩表现出一丝温情——这在家中极为罕见。

那一刻，她整张脸都焕发出幸福的光芒，甚至会过度地沉浸在喜悦中。她有时竟会鼓起勇气，虽然仍是颤抖着声音，主动向丈夫提出请求：让他听听新到的乐谱，或对一本书发表意见，甚至请他听她朗读一段那天令她格外动情的作品。偶尔，丈夫会宽容地答应她的这些请求，甚至对她报以一种慈爱而居高临下的微笑——就像对待一个孩子那样，不愿立即拒绝她的小小愿望，以免太早打破她天真的心情。但我不知道为什么，这种微笑、这种高高在上的宽容、这种他们之间明显的不对等，总让我心头不快。我常常沉默地观察他们，带着一种超越年龄的敏锐与沉重。有时会突然捕捉到这样的瞬间——他的动作毫无预兆地停顿一下，像是被猛地提醒了什么，像是强迫自己回忆起某段痛苦、沉重、不可逃避的往事。那一瞬间，他脸上的宽容笑意会骤然消失，当他转向惊惶不安的妻子时，眼中流露出的那种怜悯简直令人毛骨悚然——那不是温暖的同情，而是一种近乎绝望的悲悯。

我意识到，如果这种眼神落在我身上，我也会因它而痛苦不堪。与此同时，亚历山德拉·米哈伊洛芙娜脸上的喜悦也会立即消失。音乐或朗读被打断，她变得苍白，却强忍着，沉默不语。这段令人窒息的沉默往往会持续很久很久。最后，丈夫才会开口。他仿佛在竭力压抑内心的愤怒与激动，在房间里沉默地踱了几圈步，然后握住妻子的手，深深叹了一口气，神情中带着一种明显的困窘与不安，支支吾吾地说出几句零散的话，似乎是在试图安慰她，接着便走出了房间。而亚历山德拉·米哈伊洛芙娜则会泪流满面，或者陷入长久的悲伤中。有时，晚上临别时，他会在她额头上画个十字，为她赐福；而她则像个孩子般泪眼盈盈、满怀敬意地接受这一祝福。在他们家生活的这八年间，有那么两三个夜晚，我至今难以忘怀。那时的亚历山德拉·米哈伊洛芙娜仿佛变了一个人——她一贯的温顺与敬畏消失无踪，取而代之的是压抑不住的愤怒与不满。家里的整个氛围像是在酝酿一场风暴。她的丈夫变得更加沉默、冷峻而阴郁，而她的内心终于再也无法承受重压，开始以断断续续的言语开口说话，语气中夹杂着暗示、怨怼与难以明说的责备。

然后，就像再也无法压抑心中的痛苦似的，她忽然泪如雨下，继而放声痛哭，接着爆发出愤怒的控诉、悲苦的倾诉与绝望的呐喊——仿佛陷入了一场病态的情绪崩溃。此时，你必须亲眼看到她丈夫是如何默默承受这一切的——他以极大的耐心劝她平静下来，亲吻她的手，甚至在最后，也会忍不住与她一同流泪；而她仿佛猛地清醒过来，像是被良心当头棒喝，突然意识到自己的“过错”。丈夫的泪水震撼了她，她便开始痛哭流涕，跪倒在他脚下，带着几近痉挛的哭泣哀求他的原谅，而他也总是立刻原谅她。

可即便如此，她的良心依然久久不得安宁，忏悔与眼泪仍会持续很久，之后她会变得更加胆怯、更加惶恐，仿佛整个心灵都更虔诚地伏在他面前，一连数月不敢违拗。我始终无法弄清这些责备的真正缘由，而每当他俩情绪爆发之际，我总会被匆忙地赶出房间，场面令人尴尬。但他们终究瞒不住一切。我暗中观察、留意、猜测——从一开始，心中就涌起一种隐隐的不安：仿佛这一切背后藏着某种无法言说的秘密。那些突如其来的情绪崩溃，绝不只是单纯的神经脆弱；那位丈夫常年阴沉的神情，绝不只是性格所致；他对可怜妻子的怜悯中，似乎带着一种让人不安的意味；而她面对他时的胆怯与战栗，以及那种既卑微又奇异的爱——甚至连表达的勇气都没有——这一切绝非偶然。再加上她近乎隐居般的生活、修道似的孤寂、脸上时而泛起的红晕与忽然消失的血色……这一切，都太不寻常了。

不过，由于她与丈夫之间的争执极为罕见，而他们之间那份显而易见的神秘感也无从验证、难以解释，我们的生活一成不变，我又早已对周围的一切熟稔无比；再加上我正处于迅速成长的年纪，内心悄然萌生出许多模糊而新鲜的感受，这些感受逐渐分散了我对周遭观察的注意力——于是，我渐渐习惯了这样的生活，习惯了这些人、这些反复出现的日常、这些我所熟悉的性格和命运轨迹。当然，望着亚历山德拉·米哈伊洛芙娜，我常常陷入沉思，但我深深地爱着她，也敬重她内心的忧伤，因此始终不敢以自己的好奇心去惊扰她那敏感而脆弱的心灵。她明白我的心意，常常因我这份小心翼翼的体贴而几乎要向我道谢。

有时，她察觉到我对她的关切，便常常含泪微笑，自己也忍不住打趣说，怎么又哭了；有时又会忽然向我倾诉，说她其实感到十分满足、十分幸福，说大家对她都很好，说她所认识的人一直都真心爱她，说让她难过的，反而是彼得·亚历山德罗维奇总为她忧心——为她的病，为她的心情——而她，其实是那样幸福，那样幸福……说到这儿时，她会深情地抱住我，脸上洋溢着温柔与爱意，那光芒如此真挚，使我心中仿佛也被一种说不清的同情悄然刺痛。

她的面容深深地印在我的记忆里。她的五官端正而匀称，苍白的脸色反而更突显出她古典的美感。浓密的黑发整齐地梳向耳后，在脸颊两侧投下阴影，却让那双温柔的大眼睛更加引人注目——那双如孩童般清澈的蓝眼睛，配上她羞涩的微笑和整个柔和而苍白的脸庞，格外打动人心。那张脸上，时而会浮现出一种纯真、胆怯、毫无防备的神情，仿佛她对待每一份感受、每一次心动都小心翼翼——不论是短暂的欢乐，还是那频繁造访的温柔忧伤。但有时，在那些安宁无忧的时刻，她的目光清澈透亮，仿佛能穿透人心，眼中映出如阳光般的明朗与宁静，那是一种无比纯净的神情。这双如天空般湛蓝的眼睛闪耀着温柔的爱意，她看人时眼神那样温和，总是流露出对一切高尚之事、对一切渴望爱与怜悯的灵魂的深切同情——让人不由自主地被她吸引，向她靠近，仿佛从她那里也获得了那份明澈、那份安宁，还有那种宽容而深沉的爱。她时常会陷入沉思，就像凝望晴空时那样出神。在这样的时刻，你会觉得思绪变得轻盈，心灵被洗涤得纯净而温暖，整个人仿佛平静的湖面，倒映着庄严的天空。而当她情绪激动时——这常常发生——她的脸颊会泛起红晕，胸口微微起伏。这时她的眼睛会突然明亮起来，像闪电般迸发出光芒。那一刻，她守护在心底的纯净火焰似乎全部倾注在了她的目光中，整个人如同受到神启一般。最动人的是，即便在这种激情迸发的时刻，她依然保持着某种孩子般的天真与迅捷。她的情感能从温柔的羞怯瞬间升华到庄严崇高的境界，却始终带着不容置疑的纯真信念。这样的神采如此珍贵，恐怕连最杰出的艺术家都愿意穷尽半生时光，只为将这一刻的灵韵永远定格在画布上。

从踏进这个家门的第一天起，我就感受到她对我这个孤独孩子的珍视。那时她刚成为母亲不久，自己的孩子才满周岁。但她待我如同己出，从不将我与她的亲生骨肉区别对待。她怀着满腔热忱开始教导我，那份投入的劲头让莱奥塔夫人见了都忍俊不禁。说实话，最初我们的教学简直一团糟。她迫不及待地想教会我所有东西，一股脑儿塞给我太多知识——这更多是出于满腔的爱意与焦虑，而非真正有效的教学方法。她常为自己笨拙的教学方式感到懊恼，但我们总能相视一笑，然后重新开始。尽管初次尝试不尽如人意，她还是坚决反对莱奥塔夫人那套刻板的教学方法。她们常常笑着争论，而我的新老师始终坚持：我们不该拘泥于任何“系统”，而要在实践中慢慢摸索出最适合我们的方式。她认为，不该用枯燥的知识填鸭式地教育我，而应该理解我的天性，激发我内在的学习热情——事实证明她是对的，因为她最终完全赢得了我的信任与爱戴。我们的师生关系很快就消融在真挚的友谊中。学习时，我们更像是两个探索知识的朋友，有时甚至像是我在引导她——却从未察觉她暗中对我的巧妙指引。热烈的讨论常常在我们之间展开，我总会激动地阐述自己的见解，而她则用温柔的问题不着痕迹地修正我的方向。

当真理终于在我们面前豁然开朗时，我总会突然明白，在她那些看似随意的提问背后藏着多少良苦用心。意识到她为了我默默付出的那些时间与精力，我总会情不自禁地扑进她怀里，在每一堂课结束后紧紧抱住她。我的敏感和丰富的情感常常让她既惊讶又感动。出于关切，她时常询问我的过往，想亲耳听我讲述那些经历。而每次听完我的故事后，她看我的眼神都会变得更加温柔，同时也多了一份庄重——这份庄重不仅包含同情，还包含着一种特别的敬意。每当我倾诉完心事，我们就会展开长谈。她总是巧妙地引导我重新审视过去的经历，帮助我从那些记忆碎片中梳理出更深层的意义。在她的陪伴下，我仿佛重新经历了一遍那些童年时光，并从中学到更多。莱奥塔夫人常常皱着眉头旁听我们的谈话，特别是当我情不自禁落泪时，她总会摇头表示这样的对话对一个孩子来说太过沉重。但我却完全不以为然。因为在这样的“课程”之后，我的内心总会感到前所未有的轻松与甜美，仿佛所有的阴霾都被一扫而空。在亚历山德拉·米哈伊洛芙娜的理解与开导下，那些曾经的伤痛竟变得如此遥远，让我恍惚觉得自己的生命从未经历过任何不幸。事实上，我对亚历山德拉·米哈伊洛芙娜的感激之情与日俱增。每一天，她都以新的方式让我更加爱她。莱奥塔夫人不明白，正是通过这样的心灵对话，我那颗因童年创伤而伤痕累累的心才得以慢慢愈合。那些过早成熟却扭曲的情感，那些深埋心底的痛苦，那些莫名的愤怒与泪水——都在她温柔而智慧的引导下，如冰雪般渐渐消融。

我们的每一天，都是从儿童房开始的。我们一起叫醒她的小宝贝，给他穿衣服、梳洗打扮、喂早餐，陪他玩耍、教他牙牙学语。直到安顿好孩子后，我们才开始一天的学习。我们的学习方式很特别——没有固定的课表，也没有严格的体系。有时我们沉浸在书本里，读到动情处就放下书热烈讨论；有时又突然跑去弹钢琴，让音乐代替言语表达感受。就这样，常常一不留神，几个小时就在这种自由的学习中悄悄溜走了。夜幕降临时，B先生常常来访——他是亚历山德拉·米哈伊洛芙娜的挚友，莱奥塔夫人也会加入我们。热烈的讨论往往就此展开，话题从艺术到人生（虽然我们对真实生活的了解大多来自道听途说），从现实到理想，从往昔到未来，常常持续到深夜。那时我会全神贯注地听，和大家一起激动、一起欢笑，有时甚至感动得落泪。

正是在这种气氛中，我才一点点弄清了关于父亲和自己童年往事的全部真相。我逐渐长大了，开始有了专门的老师。但说实话，若不是亚历山德拉·米哈伊洛芙娜在一旁引导，我几乎从那些课程中学不到什么。地理老师只会让我在地图上机械地寻找城市与河流，枯燥得让人昏昏欲睡。而和她在一起时，我们仿佛真的踏上了旅程——穿越一个个国度，见识无数奇观，经历种种令人心驰神往的冒险。我们的求知热情如此高涨，她书房里的上百本书很快就被我们翻遍了，不得不四处搜罗新书。很快，我在地理课上甚至能反过来指导老师了——虽然必须承认，在“某城位于北纬多少度”或“该城人口精确到个位数”这类“重要”知识上，他始终保持着对我的绝对优势，仿佛世上真有人能如此精确地统计人口似的。至于历史老师，虽说他也是按时拿薪水，但每当他离开后，我们就用自己的方式学历史——翻开普鲁塔克[①]，读得废寝忘食。有时她为我朗读，同时充当着“审查官”的角色。那些古希腊、古罗马英雄的故事让我们如痴如醉，常常读得忘记时间。我们为书中人物的命运或喜或悲，有时甚至热泪盈眶，仿佛我们自己正亲身经历那些荡气回肠的历史时刻。当然，真正打动我们的，往往是文字背后流淌的情感。亚历山德拉·米哈伊洛芙娜讲述历史时，总带着身临其境的感染力，仿佛亲眼见证过那些古老的传奇。她的阅读品位确实独特——能背诵整本普鲁塔克的《希腊罗马名人传》，虽然读的是法文译本。也许有人会觉得可笑：一个孩子和一个饱经沧桑的女人，就这样整夜整夜地沉浸在古籍中。但我懂得，唯有在我身边时，她才能获得片刻的喘息与慰藉。我记得，我常常出神地望着她，陷入沉思——尚未真正踏入人生的我，却从她身上隐约窥见了许多人生的真相。

时光悄然流逝，转眼我已十三岁。与此同时，亚历山德拉·米哈伊洛芙娜的身体却每况愈下。她的情绪变得愈发敏感脆弱，那些沉重的忧郁发作得也越来越频繁。她的丈夫开始常来探望，

①罗马帝国时期的希腊作家、哲学家、历史学家。

停留的时间也越来越久——虽然一如既往地沉默寡言，带着那副令人窒息的阴郁神情。我看着她日渐憔悴的身影，内心涌起无数复杂的感受。随着年岁增长，我积累了许多新的体验和观察，也培养出敏锐的直觉。这个家庭隐藏的秘密越来越让我感到困扰。有些时候，我仿佛觉得自己已经触摸到了其中的某些真相；但另一些时候，我却陷入困惑与烦躁——因为始终找不到确切的答案，我时而执着追寻，时而又想干脆放弃这无解的谜题。我越来越感到一种奇异的冲动：想独自一人待着，反复思考。眼前的生活让我想起在父母身边的日子。那时，在真正走近父亲之前，我整整一年像个隐形人般观察着周遭，独自思索，在角落里构筑着幻想的世界，几乎变得孤僻古怪。不同的是，如今，我的心更加躁动不安，充满模糊而强烈的冲动，渴望着变化，渴望着触动，再也不能像从前那样，长时间专注在单一的事物上了。

与此同时，亚历山德拉·米哈伊洛芙娜似乎也在有意无意地与我保持距离。我不再是她的那个可以无话不谈的“小朋友”了。随着年岁增长，我的问题越问越多，有时甚至用一种令她无法回避的目光直视她，逼得她不得不移开视线。那些时刻多么令人心碎啊！我受不了看她落泪，常常光是望着她，自己的眼泪就夺眶而出。我会突然扑进她怀里，紧紧抱住她。但她能说什么呢？我分明感觉到，自己已经成了她的负担。然而，在那些最为阴郁、痛苦的时刻，她却又会突然紧紧抱住我，仿佛我是她唯一的救赎。她的拥抱如此用力，似乎想要驱散那蚀骨的孤独，似乎认定我已经能够理解她的痛苦，似乎我们正在共同承担某种无法言说的苦难。但即便如此，那个无形的谜团依然横亘在我们之间——这一点我们都心知肚明。正是这种若即若离的距离感，让我也开始不自觉地疏远她。看着她挣扎的样子，我的心像被一只无形的手攥住般疼痛。如今，唯有音乐还能维系我们之间的联系。但医生也开始禁止她再弹琴。至于读书？那就更加困难了。我们甚至无法完整地读完一页书，也许刚翻开第一页，我们就会陷入停滞——因为每一个字都可能引发联想；每一句平淡无奇的句子，都可能变成一道刺眼的谜题。至于从前那些推心置腹的长谈，我们都在刻意回避，仿佛那是一片布满荆棘的禁地。

就在这个时候，命运突然、出乎意料地以一种极其奇特的方式改变了我的人生方向。我的注意力、我的感情、我的心灵和思想——全都一下子被强烈地吸引过去，甚至达到了近乎狂热的地步——投向了一种全然出乎意料的行动。我自己都没有察觉，便已完全沉浸进了一个全新的世界。那时我根本无暇回头、无暇停下思考，也顾不上反省。说实话，我甚至预感到自己可能会因此沉沦——但这份诱惑比恐惧更强烈，于是我闭着眼睛纵身跃入其中。就这样，我被这个新世界深深吸引，长时间地与那个曾让我备感沉重的现实隔绝开来。那现实曾让我苦苦挣扎，却始终找不到出路。这段经历究竟是什么，又是如何发生的——现在，我就要开始讲述。

餐厅里有三扇门：一扇通往客厅，第二扇连接着我的卧室和儿童房，第三扇则通向图书室。图书室另有一条过道，与我的房间仅一墙之隔——中间只隔着彼得·亚历山德罗维奇的书房。这间书房平时是彼得·亚历山德罗维奇的助手办公的地方，他兼任抄写员、助手、秘书和管家。图书室和柜子的钥匙也由他保管。

有一天午饭后，他不在家，我在地板上捡到了那把钥匙。我的好奇心一下子被点燃，便带着这“战利品”悄悄溜进了图书室。那是一间相当宽敞、光线充足的屋子，四周整整齐齐地摆放着八个大书柜，里面满是书——成千上万册，大部分是彼得·亚历山德罗维奇从遗产中继承的，另一部分则是亚历山德拉·米哈伊洛芙娜自己不断购买的。过去，我阅读的书籍总是被人严格筛选，所以我早就意识到有许多书是“禁书”，许多内容对我而言是“秘密”。正因如此，当我打开第一个书柜、抽出第一本书的那一刻，我的心情难以言喻——既恐惧，又兴奋，还有一种莫名的、无法解释的预感，仿佛这一刻将成为我生命中一个重大转折点。我带着书回到房间，锁上门，翻开小说——但我并没有立刻开始阅读。我更迫切要做的，是给自己“占好地盘”——我要找到一个能随时出入图书室、自由取阅任何书籍而无人知晓的稳妥方式。于是我强忍着阅读的冲动，把书放回原处，却悄悄藏起了钥匙。这是我生平第一次做出不光彩的事。我怀着忐忑等待后果的降临——但事情竟出人意料地顺利：那位秘书举着蜡烛找了一整晚，第二天早上不得不请来锁匠，用备用钥匙重新配了一把。就此，钥匙的“失踪案”不了了之。再也没人提起这事，而我谨慎地蛰伏了一周，直到确信不会引起任何怀疑，才再次踏入图书室。起初，我总挑秘书不在的时候进入图书室。后来，我干脆改从餐厅那边绕路进去——因为彼得·亚历山德罗维奇的秘书只随身带着钥匙，却从不真正动那些书，对书房更是从不踏足。

我开始如饥似渴地阅读，渐渐地，书本将我完全吸引。那些刚刚苏醒的渴望，青春期里在我灵魂中躁动不安、挣扎叛逆的冲动，那些因早熟而急剧滋长的向往，忽然间都沉静下来，仿佛找到了一个出口，一个新的归宿。我的心灵和思想很快便被深深迷住；幻想如潮水般汹涌而来，我仿佛遗忘了那个曾围绕着我的世界。那一刻，我仿佛站在新生活的门槛上——那正是我朝思暮想的生活。命运在引领我踏上未知旅途前，先让我登高远眺，将未来的风景尽收眼底：那如魔法般迷人的全景，那光彩夺目的前景。我似乎注定要先在书页间体验自己的人生，让梦想、希望与激情的浪潮，连同青春心灵的悸动，提前预演我全部的生命历程。起初，我毫无章法地随手抓起书就读。但命运眷顾着我——那些书页如此纯净高尚，以至于后来当我偶然翻到某些狡黠污秽的内容时，总会本能地厌恶地合上书本。是我的童真、早熟的心智和过往经历保护了我。虽然才十三岁，我却已经用心灵生活得太久，用头脑思考得太深——尽管当时我并未完全意识到这一点。

如今回想起来，那时的我仿佛突然参透了过往的一切——所有经历都在意识深处被重新照亮，如同珍藏的箴言，为未来指明了方向。命运曾多次将我从深渊边缘拉回，此刻它似乎在低语：要永远守护内心的纯净，怀抱不灭的信念与希望。说来奇妙，书中的每一页我都似曾相识——那些澎湃的情感、跌宕的命运，在字里行间铺展开来时，带着不可思议的熟悉感。仿佛那些情节与画面，我早已在生命的某个隐秘角落亲历过。比如，我早早失去了亲人，没有血缘至亲的陪伴，那种孤独深深扎根于我心底。虽然命运赐予我替代亲人的恩人，给了我毫无保留的爱，却也让我过早尝尽世态炎凉。寄人篱下的生活在我心上刻下了难以磨灭的印记。正因如此，当读到沃尔特·司各特[①]笔下那些将家庭情感升华至文明传承高度的篇章时，我的灵魂为之震颤。那些诗意的家庭图景——壁炉边的团聚、血脉相连的温情——在我内心产生了强烈的共鸣，仿佛它们正诉说着我自己的回忆与哀愁。其次，是对未来的渴望。我的命运早已饱受偶然与无常的摆布，因此，我对未来怀有一种格外炽烈的幻想与期待。我迫切地想知道，命运还为我预备了什么，它最终会将我引向何方。那些书页中一个个扣人心弦的故事，如此鲜明地在我眼前展开，宛如现实，我怎能不被吸引？怎能不为之沉醉？我几乎到了忘却现实，甚至渐渐与现实疏远的地步。每一本书中，仿佛都蕴藏着一套命运的法则，那些法则悄然引领着人的一生。它们的背后，似乎隐藏着一种主宰人生的核心规律——是通往拯救、庇护与幸福的前提，是支撑一切故事发展的无形之手。

而这样一种生活，一种沉浸在幻想中的生活，一种与周围世界完全割裂的生活，竟然持续了整整三年！

这样的生活，对我而言，是一个秘密。整整三年过去，我依然不确定，自己是否该害怕这个秘密有朝一日会被揭穿。在那三年的时光里，我所经历的一切，都太贴近我的本心，太私

① 18 世纪末、19 世纪初的英国小说家、诗人，是英语历史文学的鼻祖，代表作为《艾凡赫》。

密。在那些幻想中，我把自己投射得太深，以至于后来，哪怕只是有人不经意地朝我内心投来一瞥，我也会情不自禁地感到羞怯，甚至惊慌失措——无论那目光来自谁。再加上我们整个家庭一直过着一种与世隔绝的生活，像隐居修道院般寂静，每个人都不可避免地渐渐封闭自我，养成了一种向内沉潜、自我隔离的习性与需要。我也不例外。

在这三年里，我周围的一切都没有改变，一切如故。那种压抑、单调、令人窒息的氛围——现在回想起来，如果不是我沉溺于那秘密而隐秘的生活，恐怕早已被摧毁心灵、扼杀本能，被推向一种未知而狂乱的逃逸状态，也许甚至是走向彻底毁灭的命运。莱奥塔夫人老了，几乎整日不出房门。孩子们还太小。B先生过于单调。亚历山德拉·米哈伊洛芙娜的丈夫依旧那样严峻、难以接近，把自己封闭在孤立的世界里。他们夫妻间那种讳莫如深的关系，在我眼中逐渐显露出令人窒息的本质。特别是当我注视着亚历山德拉·米哈伊洛芙娜时，仿佛能看见她生命的烛火正在我眼前慢慢变暗淡——暗淡无光，毫无希望。她日益衰弱，仿佛某种深重的忧郁吞噬了她的灵魂，一种无解的悲痛愈发猛烈地啃噬着她的心。我总觉得，她仿佛被某种连她自己也无法言明的东西压得透不过气来，那是一种模糊而可怕的命运，一种说不出口却又无法抗拒的惩罚——就像她早已默默接受的一座十字架。她的心似乎在这种无声的煎熬中逐渐变得冷硬，她的思维也一点点滑入某种幽深、哀伤的轨道。她整个人的性情仿佛脱离了原有的轨迹，进入了一种病态的、不自然的状态。我特别留意到一点：随着我年岁渐长，她似乎愈发疏远我，对我内心的隐秘情绪表现出一种几近不耐的冷漠。有时，我甚至觉得她不再爱我，甚至有些排斥我。

于是，我开始刻意回避她。而一旦回避，仿佛也沾染了她那种神秘、封闭的气质。也正因为如此，我在这三年中所经历的一切，我灵魂中的构想、幻想、理解、希望与激情，全都被深埋心底。我们的疏远像一堵透明的墙，即便我每日都在墙这边更爱她一分，却再也无法真正靠近。如今回想起她对我的感情，泪水总会模糊我的视线。她曾那样依恋我，她曾那样深切地依恋我，在心中默默许下沉重的誓言——要把全部的爱都倾注给我，直到生命的终点，成为我的母亲。只是，她的痛苦常常将她拉离我身边，她仿佛将我遗忘了，而我也有意不去提醒她我的存在。就这样，我不知不觉地走到了十六岁，仿佛无人察觉。但偶尔，当她意识清明、目光重新回到现实时，便会忽然开始为我焦虑。她焦躁地把我从书桌旁、从学习中唤来，一连串地向我提问，仿佛想重新了解我，试探我，整整几个星期都不肯离开我片刻。她努力揣测我的一切愿望与动机，显然是在关切我此刻的年纪与未来，并以一种无尽的爱意，带着几近虔敬的心情，为我筹谋，准备给予我支持与引导。然而，她早已不再习惯与我亲近，于是她的一些举动显得笨拙而稚嫩——我很容易就察觉了。比如，就在我十六岁那年，她忽然打断了我的阅读，认真询问我在看什么；当发现我还在读适合十二岁孩子的作品时，她仿佛吓了一跳。

我立刻猜到了她的用意，便开始默默留心她的反应。整整两个星期，她仿佛在悄悄为某种决定做准备，一点点试探我是否已足够成熟，我真正需要的，又是什么。终于，她做出了决定——我们的书桌上摆上了《艾凡赫》，沃尔特·司各特的小说。而这本书，我早已读过，至少八到十遍。起初，她小心翼翼地观察着我的反应，仿佛在权衡、评估，甚至担忧。后来，这份刻意的拘谨终于慢慢褪去，我们俩都被情节点燃。我无比高兴，因为终于不必在她面前掩饰自己了。我们读完小说时，她因我对内容的理解与感受而欣喜不已，热泪盈眶地将我拥入怀中，满怀骄傲。

我的每一条评论都恰到好处，每一个体会都准确无误。在她眼中，我仿佛成长得太快，这令她惊讶又感动。她为我感到由衷的喜悦，重新燃起了教育我的热情——她不再愿意与我分离了。但命运并未容许我们重归亲密。只要她再一次病发，沉溺于她一贯的痛苦中，一切又会回到从前：疏远、沉默、秘密、不信任，甚至可能还有隐隐的怨恨……

当然，孤独与隔绝常常让我感到痛苦。许多时候，那些突如其来的、炽热的激情与深切的感受仿佛要将我的心灵撕裂。我渴望有一颗可以相知的心，能让我倾诉这份汹涌的情感与爱意。但我害怕靠近亚历山德拉·米哈伊洛芙娜，怕打扰她的平静——她的心需要安宁。然而，有时情感的激流却不容我控制。一段阅读、几句心有灵犀的交谈、一段音乐，就足以让我们忘情倾诉，敞开心扉，甚至不自觉地说得太多，情绪过于汹涌。而当激情褪去，我们便陷入某种羞怯与沉重之中。回过神来，彼此凝视，就像惊恐的孩子，眼神中满是试探与不安。我们似乎各自都有一道界限，那是彼此最深情感所能抵达的边界。即便内心渴望跨越，却始终不敢迈出那一步。

一天傍晚，暮色尚未完全降临，我心不在焉地坐在亚历山德拉·米哈伊洛芙娜的书房里翻阅书本。她坐在钢琴前，似乎很随性，即兴弹奏着一段她最钟爱的意大利旋律。当她终于弹到那纯净的咏叹调旋律时，我被那音乐深深打动，不由得低声哼唱起这个旋律。起初只是轻声自语般地哼着，渐渐地，我完全沉浸其中，站起身走到了她的钢琴前。亚历山德拉·米哈伊洛芙娜仿佛察觉到我的靠近，旋即将演奏转入伴奏，用充满爱意的神情注视着我唱出每一个音符。她似乎被我声音的丰富音色震撼了。此前我从未在她面前唱过歌，也并不清楚自己是否拥有任何演唱的天赋。此刻，我们两人仿佛都被一种突如其来的激情点燃。我越唱越放开，声音愈发高昂；我的内心被一种热情激荡，而亚历山德拉·米哈伊洛芙娜的喜悦与惊讶更令我激情倍增——我从她每一个伴奏的节拍中都能感受到她的情绪与赞赏。终于，当这首歌在我满怀激情的吟唱中画上句号时，她兴奋地抓住我的双手，眼中闪着激动的光芒，满怀喜悦地望着我。

“涅朵奇卡！你的嗓音简直像被天使吻过！”她说道，“上帝啊，我怎么会以前没有发现？”

“我自己也是刚刚才发现的！”我欣喜若狂地回答道。

“愿上帝保佑你，我亲爱的、无价之宝！他赐予你的这份天赋……谁知道呢……谁知道呢……哦，亲爱的上帝啊！”她的声音中满是激动、祝福与某种难以言说的渴望。

她被这突如其来的惊喜深深打动，几乎因喜悦而恍惚。她一时不知该如何表达那份激荡心头的爱与祝福，只是默默地将我紧紧搂入怀中。这是我们之间一次久违的心灵交融、感情共鸣的时刻。不到一小时，整个屋子都因为这份喜悦而明亮起来。我们马上派人去请 B 先生过来。在等他来的时间里，我们随手翻出另一首我熟悉的乐谱，开始弹奏并演唱新的咏叹调。这次我紧张得手都在发抖，生怕唱不好。但当我开口后，那熟悉的美妙声音再次出现，给了我莫大的信心——第二次演唱打消了所有的顾虑。亚历山德拉·米哈伊洛芙娜喜悦得几乎无法控制，连耳背的莱奥塔夫人也被她叫来，孩子们和保姆一个不落地被召集过来。最后，她冲动地跑去敲丈夫书房的门——要知道，换作平时，她是决不敢这么做的。

彼得·亚历山德罗维奇平静地听完这个消息，向我表示祝贺，并第一个提出应该让我接受专业训练。亚历山德拉·米哈伊洛芙娜激动得哭了出来，像是得到了天大的恩赐，不停地亲吻他的双手。B 先生终于到了。老人听我唱了两三段之后，感动得几乎落泪。他一直很疼爱我，此刻又想起了我的父亲和往昔的岁月。他以一种严肃、凝重甚至有些神秘的口吻宣布：这是真正的天赋，而且可能非常杰出，如果不培养就是一种罪过。但他话刚说完，又像是忽然意识到什么，和亚历山德拉·米哈伊洛芙娜私下里交换了眼神，悄悄达成共识：不能太夸我，以免让我骄傲。我注意到了他们偷偷打的配合，也发现他们的“阴谋”太拙劣、太可爱，整晚我都在心里偷偷发笑。演唱完之后，他们试图克制自己，甚至故意指出我的小缺点，但他们坚持不了多久。最先“破防”的是B先生，他又一次激动得流泪。我从未想到他会如此深爱我。那一晚的谈话温暖而亲密。B先生给我们讲起许多著名歌手和艺术家的生平，用满怀敬意与激情的语气娓娓道来。

话题转向了我父亲和我的童年，然后谈到了公爵与他的家族——这些事自我离开他家后就几乎没听说过了。亚历山德拉·米哈伊洛芙娜对他们也知之甚少，B先生知道得更多，因为他曾多次去过莫斯科。但谈到公爵的部分却变得含糊神秘，有些细节让我一头雾水。他们还提到了卡佳，但B先生好像有意避而不谈，我感到她像是成了一个不能随便提起的人物，这让我惊讶极了。我不仅未曾遗忘卡佳，对她的爱反而始终未减。对我来说，她一直是我梦中的伴侣，在我所有幻想的冒险与小说中，我们始终携手同行。每当我把自己想象成小说中的女主角，我总会安排卡佳与我并肩而行，仿佛我们共同经历着一切。于是我在脑中把整个沃尔特·司各特的小说都“改写”成了双主角版本，一部分当然出自原作，另一部分则是我自己添加的幻想。我喜欢在那样精巧奇异的框架里，低声对自己倾诉所有热烈、任性又温柔的梦想。最终，在一次家庭会议上，大家决定为我请一位声乐老师。B先生推荐了一位声誉卓著、技艺出众的意大利教师。第二天，D先生如约而至。听完我的演唱后，他毫不迟疑地赞同了B的评价。但他随即提出，我最好前往他的课堂，与其他女学生一同学习。那样的环境中，有竞争，有模仿，有系统的训练与丰富的资源，对我的嗓音成长将更为有利。亚历山德拉·米哈伊洛芙娜欣然同意。从那天起，我开始了新的生活：每周三次，在清晨八点，伴着微凉的晨风，在女仆的陪同下前往音乐学院。

现在，我要讲述一段奇特的经历——这件事彻底改变了我，就像一道突然出现的分界线，标志着我生命中一个新阶段的开始。那时，我刚满十六岁，心里却突然变得冰冷麻木。一种说不清的、让人喘不过气来的寂静笼罩着我，连我自己都搞不懂是怎么回事。曾经那些天马行空的幻想、那些炽热的感情，全都消失得无影无踪。就连我最引以为傲、让所有人都惊叹的音乐天赋，现在也提不起我半点兴趣。我对什么都无动于衷，甚至对亚历山德拉·米哈伊洛芙娜也感到疏远，这让我自责不已，却又控制不了自己的这种感受。有时候，这种麻木会被突如其来的悲伤打断，有时还伴随着莫名的泪水。我只想一个人待着。就在这段奇怪的日子里，发生了一件更奇怪的事，像一块石头砸进死水，在我心里掀起惊涛骇浪。我的心被深深刺痛了……事情是这样的。

二

我走进图书馆（那一刻将永远铭刻在我记忆中），指尖触碰到那本尚未读过的《圣罗南之泉》，一股莫名的悲伤猛然攥紧了我的心，我疼得几乎要哭出来。房间明亮得异乎寻常，落日最后几缕余晖透过高高的窗户倾泻而下，在光洁如镜的地板上洒下一大片金灿灿的辉光。

四周静悄悄的，连邻近的房间也空无一人，没有丝毫声响。彼得·亚历山德罗维奇那天不在家，而亚历山德拉·米哈伊洛芙娜因病卧床，正静静躺着。我的泪水不受控制地滑落，滴在《圣罗南之泉》第二卷泛黄的书页上。我的手指漫无目的地拨动纸页，让眼前的文字在泪光中化作模糊的墨痕。我像个占卜的吉卜赛人般胡乱翻书，渴望某个句子突然发光——也许是第三段那个未完的祈使句，也许是第五章末尾那个突兀的破折号后，藏着命运写给我的私语。这几近迷信的念头让我自己都觉得好笑，但当时我却魔怔般地相信：这本偶然抽出的旧书里，一定藏着一根能刺破我内心迷雾的银针。有时，人全部的精神与情感会在某一瞬间突然聚焦，烈焰般点燃意识之火，让灵魂颤抖。在那样的时刻，一种预言般的幻象仿佛从心底浮现，一种对未来的隐隐预感，一种既痛苦又渴望的心灵直觉，仿佛命运的气息已先一步扑面而来。那一刻，你整个人都在呐喊着“我要活着”—— 一种全身心的、几乎不可遏制的生命渴望。你的内心被最炽烈、最盲目的希望点燃，仿佛在召唤那个未知的未来——哪怕它是风暴与雷霆——只要它是真实的“生命”。那一刻，我正处于这样的状态。

我记得很清楚，我是先合上了书，打算以“占卜”的方式随手翻开一页，默默想着自己的未来，并去读那一页上“命中注定”的文字。但当我重新翻开书时，看到的却不是印刷的文字，而是一页写满字的信纸，折成四折，压得扁平、紧实，仿佛已经静静地夹在书中多年，被人遗忘了。我立刻怀着极大的好奇，仔细打量这份意外的发现。这是一封没有地址的信，署名仅有两个大写字母“C. O.”。我的注意力顿时高度集中。我小心翼翼地展开那几乎黏合在一起的信纸——因长年夹在书中，信纸早已在书页上留下了一道清晰的浅色印痕。那折痕磨损严重，显然这封信曾被人反复翻阅、视若珍宝地珍藏着。墨迹已经褪色，泛出深蓝的痕迹——显然这是很久以前写下的信。几行字偶然映入眼帘，我的心猛地一跳，一种强烈的预感在胸口炸裂——仿佛命运就在这纸页之间等我揭晓。

我慌乱地翻转着信纸，像在本能地拖延那个注定改变一切的瞬间。无意中，我将信举到光下——是的，纸上赫然可见干涸的泪痕，某些句子模糊不清，甚至整行整行的字迹被泪水冲淡，乃至漫漶不清。是谁的泪水？我几乎屏住呼吸，带着即将窒息的激动，读完了第一页的一半——下一秒，一声压抑不住的惊叫冲口而出。我慌忙将书塞回原处，锁上书柜，把信紧紧裹在围巾里，一路跑回房间，锁上门，颤抖着展开信纸。可心跳得如此剧烈，那些字母在眼前跳动、扭曲，怎么也拼不成完整的句子。那封信是一封情书，一个秘密的开端。它像闪电般击中我——因为我立刻明白这是写给谁的。虽然理智告诉我继续读下去是种罪过，但冲动战胜了一切：这封信，是写给亚历山德拉·米哈伊洛芙娜的。

以下是这封信的原文，我将在这里一字一句地引用它。当时我只隐约明白信中内容的含义，但那些未解的疑问和沉重的思绪，带给我的震撼与沉思却久久不散。从那一刻起，我的人生仿佛发生了某种转折。那封信深深震撼并搅动了我的内心，几乎是一种永久的动荡——因为它唤起了太多情绪、太多思绪。它不仅揭露了一个秘密，更引发了一系列深远的影响。而当时我对未来的预感，竟在后来一一应验。

那是一封诀别信，最后的、令人战栗的信。当我读完它时，心仿佛被一只无形的手猛然攥紧，剧烈收缩，几乎无法呼吸。我感到如同自己也失去了一切，连幻想和希望都被连根拔起，只剩下空洞地“活着”。是谁写下了这封信？他后来怎样了？字里行间满是蛛丝马迹，却又迷雾重重。我几乎分毫不差地认出了写信人。那些独特的措辞、语句间情绪的起伏、字里行间的痛苦，都清晰地勾勒出那段关系的真相：两颗心在破碎过程中经历的绝望挣扎。他将自己赤裸的思想与情感完全倾注在纸上，那种行文风格如此鲜明，正如我所说，让人一眼就能心领神会。现在，我将这封信一字不差地誊录如下：

你说你不会忘记我——我相信你。从今往后，我的整个人生就寄托在你这句话里。我们该分开了，时间到了！我早知道这天会来，我忧郁的爱人，但现在才真正明白。我们相爱时，我的心一直隐隐作痛。你信吗？现在我反而轻松了。我早知道结局只能这样，这是命运，在我们认识前就注定了。听我说，亚历山德拉：我们本就不是一类人，我一直知道。我配不上你，这段幸福的代价该由我一个人来承担。你说说看，在认识你之前，我是个什么样的人。上帝啊，已经过去整整两年，而我到现在还像被雷击般迷惘，至今不敢相信你竟然爱上了我！我想不通，我们之间究竟是如何开始的，又如何会发展到那一步。你还记得吗？和你相比，我当时是个什么样的人？我配得上你吗？我有什么值得你爱？我曾是一个粗鄙而迟钝的人，沉闷、阴郁。我不曾向往另一种生活，也不曾梦想或呼唤它。我的一切仿佛都被压抑着，除了那日复一日的工作，我心中再无别念。我唯一的忧虑是明天该怎么过——可就连明天，我也无所谓。以前，我曾经做过一些梦，也曾像傻瓜一样幻想过。但那一切都已过去，时光流逝，我变得孤僻、严厉、冷静，甚至感觉不到那份早已冰封我内心的寒意。

我的心早已沉睡。我曾清楚地知道并接受：我的人生中，不会再升起第二轮太阳。我相信这一点，从不怨恨任何人，因为我明白，这一切本该如此。你从我身边经过时，我甚至不敢抬眼望你。我在你面前就像个奴隶。我的心在你面前没有颤抖，没有痛楚，没有任何预兆——它一片宁静。我的灵魂未能认出你的灵魂，尽管它在这位“美丽的姐妹”身边感到温暖。我知道这一点，那是一种模糊的感知。我能感知这一点，是因为哪怕是最卑微的小草，也会沐浴在上帝清晨的阳光中，也会被温暖、被抚慰，就像它身旁那朵绚丽的花朵一样。但当我终于明白了一切——你还记得那个夜晚吗？记得那几句话吗？它们彻底震撼了我的灵魂。那一刻，我仿佛被雷霆击中，整个人陷入迷乱和恍惚。你知道吗？我太震惊了、太难以置信了，以至于根本无法真正理解你。我不曾告诉过你这些事。你也并不知道我曾是什么样的人，在你遇见我之前。如果我当时能开口，如果我有勇气说出来，我早就该把一切都告诉你。但我始终保持沉默，而现在，我要说出全部。我要你知道——如今你即将离开的人，是一个怎样的我。

你知道我最初是如何看待你的吗？那种炽热的激情，如火焰一般将我吞噬，如毒药一般渗入我的血液，搅乱了我所有的思绪和感情。我像醉酒一般，仿佛陷入浓雾之中。在那样的迷乱里，对于你那纯洁而充满怜爱的爱，回应它的不是一个与你平等的人，也不是一个真正配得上你之人所能给予的回响。当时的我，既没有意识，也没有心——我根本没有认出真正的你。我回应你的方式，就像你是一个自甘堕落到我身边的人，而不是那个试图把我提升到你所在高度的人。你可知道我当时对你有多么错误的理解？“堕落到我这儿”——对我而言，这句话意味着一种屈辱的恩赐，一种我难以承受的错觉。但不，我不会用我的忏悔来玷污你，不会以此来羞辱你的感情。我只想告诉你：你在我身上看走眼太多回了，你给的那些指望和信任，被我辜负了。我永远、永远都无法配得上你。我只能遥望你，用我那不可企及的、无限深沉的爱凝视你——当我终于真正认识你的时候。

可即使如此，我心中的罪责仍无法被洗清。那份被你唤醒的激情，其实并不是爱——因为我害怕爱。我不敢去爱你，真的不敢。因为爱意味着对等，意味着回应，而这些，我不配拥有……我至今仍不明白当时发生了什么。该怎么向你解释这一切？最初我甚至不敢相信……你还记得吗？当我的情绪终于平复，眼前的世界重新变得清晰，只剩下最纯粹的情感时，我突然感到一阵强烈的羞愧与恐惧。你还记得吗？我跪倒在你面前痛哭失声。你惊慌失措地流着泪问我：“怎么了？”我无言以对——但我的心正在分崩离析。这份幸福太沉重，压得我喘不过气来。每次哭泣时，我都在问自己：我这样的人，凭什么配得上这一切？——亲爱的，你永远不会知道，我曾多少次偷偷亲吻你睡袍的衣角，像做贼一样，只因为我知道自己配不上你。

那一刻，我整个人仿佛都被神圣的敬畏笼罩，心跳变得又慢又沉，仿佛随时都会停止跳动。当我每次牵你手时，我都会面色煞白、浑身发抖——你的灵魂太纯净，让我自惭形秽。我不知该如何开口，不知怎样才能把积压心底多年的话说出来。你可知道，你那温柔体贴的怜爱，有时对我而言，反而是一种难以承受的折磨？记得你唯一吻我的那次吗？——仅此一次，那一刻我永生难忘——我的双眼顿时一片模糊，整个灵魂像被抽空。那一刻……我真该当场死在你脚下。这是我第一次给你写信，虽然你早就让我写。你能明白吗？我要坦白一切：是的，你爱过我，像姐姐爱弟弟那样；你爱我，像爱一个自己亲手塑造的生命——是你唤醒了我沉睡的心灵，点燃了我的理智，给了我美好的希望。而我……却始终不敢回应。我从未叫你“姐姐”，因为我不配做你的弟弟，因为我们本就不是平等的存在，因为你对我，完全看错了！

你看，我写的全是我自己——甚至在这种时刻，我仍只想着自己，尽管我知道你在为我受苦。哦，亲爱的，请不要再为我痛苦了！你可知道，我现在在自己眼中有多么卑微？流言已经传开，他们会因为我而抛弃你，用轻蔑的眼神刺穿你。因为在他们眼中，我是那样低贱！哦，我有罪，我不配拥有你！如果我在他们眼中有些地位、有些分量，他们或许还能原谅你的选择。可我太渺小太可笑，而在他们看来，世上没有比“可笑”更低贱的特质了。你听见过那些刺耳的讥笑吗？正是那些笑声彻底击垮了我——我从来就是个懦夫。猜猜我现在在做什么？我居然在跟着他们嘲笑自己，觉得他们骂得对！我厌恶自己的长相、讨厌笨拙的肢体，恨透自己所有粗鄙的习气。这些厌恶早就刻在骨子里了！原谅这些歇斯底里的坦白吧，是你教会我对你毫无保留。我毁了你的名誉，让毒箭般的嘲笑射向你——因为从最初开始，我就没资格站在你身旁。

这个念头不断折磨着我，它不停地在我脑海中敲打，刺痛着我的心，让我心如刀割。我总觉得，你所爱的，并不是你以为能在我身上找到的那个人，而是你想象中那个根本不存在的幻影。这个认知让我痛不欲生，它正在摧毁我，终有一天会要了我的命，或是把我逼疯！

再见吧，再见！如今一切都已曝光，他们的指责与流言我都听到了！而我在自己眼中变得如此渺小、如此可笑，可笑到甚至为你、为你的选择感到羞耻。我诅咒我自己。我诅咒自己。现在，我必须离开，必须彻底从你的生活中消失，只为换来你一点点的平静。这是众人的要求，也是命中注定。你将再也见不到我——永远，永远不会！这是命运，是注定！命运曾错误地赐予我太多，如今它正在纠正，正在收回一切。我们曾相遇相知，如今却要分离——直到某个未知的重逢之日！那会在哪里？何时到来？

告诉我，亲爱的，我们会在何处重逢？我要怎样才能认出你，你又是否还能认出我？我的灵魂里全是你。为什么？为什么我们要承受这些？为什么必须分离？教教我——因为我实在不懂，永远无法理解——该怎么把人生劈成两半，怎么把心剜出来，又该怎么靠半颗心活下去！只要想到再也见不到你——永远，永远……

上帝啊，他们的叫嚷声多么刺耳！我此刻满心都在为你担忧！我刚刚遇见了你的丈夫：我们两人都比不上他，尽管我们在他面前都是清白的。他全都知道。他看见了，他早就明白了一切，对他来说一切都清清楚楚。他为你挺身而出，如此英勇；他会拯救你；他会用他的身躯为你挡住那些流言蜚语；他深爱着你，敬重着你；他是你的守护者，而我却在仓皇逃窜！……我冲向他，想跪下来亲吻他的手……他却让我立刻离开。就这样决定了！听说他为了你和他们激烈争执；所有人都站在你的对立面！他们指责他软弱、纵容。上帝啊！他们还在背后说你什么！他们不懂，他们永远无法理解！原谅他们吧，我可怜的爱人，就像我已经原谅他们一样；他们从我这里夺走的，远比从你那里夺走的更多！

我都不认得自己了，也不知自己现在在写些什么。昨天和你告别时，我对你说了什么？我全都忘了。我当时已经神志不清，而你在哭……原谅我，让你流泪！我太软弱、太懦弱了！

我还有好多话想对你说……唉！如果我还能再一次用泪水沾湿你的双手，就像我现在用眼泪浸湿这封信一样；如果还能再一次伏在你的膝前……如果他们知道你的情感是多么纯洁美好就好了！但他们是盲目的，他们的心是骄傲而冷漠的，他们从未看见，也永远不会看见这一切。他们根本没有眼睛能看见！他们不会相信你是清白的——即使天地万物都为你做证，他们也不会相信。

你说，第一块石头会从谁手里掷来？谁会第一个举起石头？他们不会犹豫的——千万只手会同时举起，千万张嘴里喊着同样的判词！他们当然敢这么做，他们太清楚该怎么做了。他们一面投石一面还要宣称自己清白，甚至会说："这罪我们愿意承担！"要是他们真明白自己在做什么该多好！要是能把真相摊开在他们眼前，让他们亲耳听见、亲眼看见、真心明白……可他们毕竟不是恶魔啊……也许是我太绝望了，也许我冤枉了他们，也许我只是被自己的恐惧吓到了。别害怕，亲爱的，千万别怕他们！他们终究会明白你的。至少已经有一个人明白了你：请相信——那就是你的丈夫！

再见吧，再见！我不会向你道谢。再见，永别了！

——C. O.

我完全蒙了，久久不能理解发生了什么。整个人仿佛被击垮，只剩下恐惧。三年来飘在云端的美梦突然被现实撕碎，我措手不及。直到此刻才惊恐地发现——原来我攥着个足以勒死自己的秘密，它早已无声无息地绞住了我的命运……怎么绞住的？连我自己也说不清。我感觉，从这一刻起，我的人生似乎拐进了陌生的岔路。我突然成了那些曾构成我整个世界的人命运中的一员——这个念头让我不寒而栗。我算什么人？竟擅自闯入他们的生活？我不过是不请自来的旁观者，一个局外人而已。我能带去什么？又会引来怎样的结局？那些无形的锁链究竟是什么时候悄悄将我与他人的秘密绑缚在一起的？我又该如何挣脱？天晓得！也许，我的出现只会带来更多的痛苦。可我无法沉默，无法逃避，不能将所知的一切紧锁在心底，让它成为囚禁我的牢笼。但接下来会怎样？我该怎么办？我究竟明白了什么？无数模糊不清、令人不安的问题在脑海中翻涌，压得我几乎无法呼吸。我就像一个在浓雾中迷失的旅人，跌跌撞撞，四顾茫然，找不到出路。

直到几天后，我才稍微恢复清醒，开始看清自己究竟站在怎样的处境里。这段时间里，我和亚历山德拉·米哈伊洛芙娜几乎完全与世隔绝地生活在一起。彼得·亚历山德罗维奇去了莫斯科处理一些事务，整整三个星期没有回彼得堡。尽管这只是一次短暂的离别，亚历山德拉·米哈伊洛芙娜却陷入了可怕的忧郁之中。偶尔她会显得平静一些，但更多的时候，她将自己封闭在房间里，连我也似乎成了她不愿面对的负担。而我自己，也同样在逃避与他人的接触。我的脑子像是陷入一种痛苦的过度紧绷状态，仿佛笼罩在一片昏沉中。时常，我会陷入一种挥之不去、令人窒息的沉思之中，仿佛有人在背后悄悄讥笑我，又仿佛有什么说不清的东西悄然潜入我的心底，扰乱我每一个念头，令我无法安宁。我摆脱不了那些不断浮现在眼前、令我不安的画面。它们一次又一次在我心中重演，让我彻夜难眠。我眼前总是浮现出一种漫长而无解的痛苦——那是某种无怨却注定无望的牺牲。我仿佛看见那个为爱奉献一切的人，正被人轻蔑地嘲弄、冷漠地拒斥。我仿佛看到一个罪人宽恕了一位圣徒的罪过，这一刻，我的心仿佛被撕裂开来！同时，我又拼命想从这种怀疑中挣脱出来。我咒骂自己的多疑，恨自己总是凭直觉判断，而不是基于确凿的事实。我甚至无法向自己解释这些纷乱的感受，只能在内心一遍又一遍地挣扎、拷问，不断怀疑，又不断否定。

后来，我不断在脑海中回想那封信的语句，那绝望的诀别之声。我努力想象那个写信的人——那个“门不当户不对”的人，试图体会这六个字中所包藏的全部痛苦与挣扎。而那句“如此可笑，可笑到甚至为你、为你的选择感到羞耻”更是深深刺痛了我——这是怎样一种绝望的离别？又是怎样一种刻骨的绝望与自卑，才会在离别之际说出这样的话？这些人究竟是谁？他们所痛苦的、哀伤的、失去的，到底是什么？我逼迫自己一遍又一遍地重读那封信。信中那种真切、几乎令人灵魂震颤的绝望情绪是如此鲜明，但那些句子的形式与其背后的意义却又那样奇异、复杂，让我始终无法彻底领悟。我一边读，信一边在手中颤抖，最后常常不由自主地滑落。我感到内心深处有某种激烈的动荡在迅速膨胀、吞噬我……但这一切终究必须有一个结局，可我却看不到出路——或者说，是我在下意识地害怕抵达那条路的尽头。

当时我几乎病得下不了床。就在这时，彼得·亚历山德罗维奇从莫斯科归来了，马车轰鸣着驶入院子，打破了屋内连日的沉寂。亚历山德拉·米哈伊洛芙娜兴奋地喊着，奔向门口迎接丈夫，而我却像被钉在地上一样，动弹不得。那一刻，我清楚地记得，自己竟被体内突如其来的情绪吓了一跳。那股强烈的、难以言说的动荡太突然、太剧烈，几乎让我无法承受。我慌乱地逃进房间，紧紧关上门。我不知道自己到底在怕什么，但我知道，那种无名的恐惧本身，就足以令人不寒而栗。过了大约十五分钟，有人叫我出去，并递给我一封来自公爵的信。在客厅，我撞见一个陌生面孔。这人是跟着彼得·亚历山德罗维奇从莫斯科回来的，三言两语间就听出他要长住。原来是公爵派来的特使，专门接手彼得·亚历山德罗维奇经年打理的贵族事务。他将公爵的信递给我，并补充说，卡佳原本也想写信给我——她直到最后一刻都在坚持说一定要写，但最终还是空手放他离开了。

她让使者转告我：她实在写不出什么，她写了整整五页，最后全都撕得粉碎。她说，必须重新成为朋友，她才能再写信给我。同时，她也托他转告我，我们很快会见面。我急切地追问这个“很快见面”的消息是否属实，那位先生回答说确实如此——整个公爵家族即将回到彼得堡。听到这个消息，我喜不自胜，冲回房间，反锁房门，泪水已经模糊了视线。公爵在信里承诺很快会安排我和卡佳见面，热情祝贺我取得的成就，还说要亲自为我规划前程。可读着读着，喜悦的泪水中突然混进了撕心裂肺的痛楚。我害怕起自己来——仿佛整个世界在脚下塌陷，某种尖锐的疼痛刺穿心脏，让我突然怀疑过往全是幻影。可奇怪的是，即使现在，哪怕已经过了这么多年，我回想起当时的那一刻，依然说不清当时发生了什么。那是一种怎样的状态？那种神经性的焦虑、精神上的动荡、心头骤然压下的疼痛，像暴风骤雨一样突如其来，至今我都无法完全理解。也许……是我听见了“新生活”逼近的脚步声？当崭新的人生阶段来临时，本能却在发出警告：这新生活的开始，竟是如此沉重、如此令人悲伤。

几天过去了。隔壁房间住进了那位新来的先生——那里原本是彼得·亚历山德罗维奇书记员的住处。现在他每天早晨都会在那里工作，晚上也常常熬夜到深更半夜。他时常和彼得·亚历山德罗维奇一起关在书房里，两人并肩伏案，神情专注。那天下午茶时间，亚历山德拉·米哈伊洛芙娜让我去书房问她丈夫要不要一起喝茶。我推开门发现屋里没人，以为他很快就会回来，便站在里面等候。书房的墙上挂着他的肖像画。我清楚地记得，当我抬头看到那幅画像时，心头突然一紧，一种莫名的激动涌上来。我不由自主地盯着那幅画看了起来。画像挂得很高，屋子里光线又不太亮，我搬过一把椅子站上去，想看得更清楚一些。那一刻，我好像正在寻找某种东西，仿佛希望从这幅画像里找到我心中疑问的答案。我记得最先让我震撼的，是画像上的眼睛。我猛然意识到——我从未真正见过这个人的眼睛：他总是戴着眼镜，把它们藏得很好。

我从小就不喜欢他那种眼神，这种厌恶源于某种说不清道不明的直觉。而现在，我仿佛找到了这种直觉的佐证。我的想象被彻底点燃了。画像中的眼睛似乎在躲避我的注视，像是出于羞愧而移开视线，又像在隐藏什么不可告人的秘密。我感到自己发现了什么，这种直觉带来一种难以言说的隐秘快感。我不由轻呼出声。就在这时，身后传来轻微的响动。我回头一看：彼得·亚历山德罗维奇正站在我身后，目不转睛地看着我。我似乎看到他脸上泛起红晕，自己也顿时涨红了脸，慌忙从椅子上跳了下来。

“你在这儿做什么？”他用严厉的语气问道，“谁让你进来的？”

我一时语塞。稍稍平复后，才结结巴巴转达了亚历山德拉·米哈伊洛芙娜的邀请。至于他是如何回应的，我是怎样离开书房的，这些记忆都变得模糊不清。但当我回到亚历山德拉·米哈伊洛芙娜那里时，我竟完全忘了她期待的确切答复，只是含糊地说：“他说会来。”

“你怎么了，涅朵奇卡？”她问，“你的脸怎么这么红？发生什么事了？”

“没什么……可能是走得太急了……”我支吾着回答。

“彼得·亚历山德罗维奇对你说了什么？”她追问道，声音里透着隐隐的不安。

我沉默着没有回答。这时，走廊上响起了彼得·亚历山德罗维奇的脚步声，我立刻快步离开了房间。接下来的两个小时里，我坐立难安地等待着。终于，仆人唤我去见亚历山德拉·米哈伊洛芙娜。她静默地坐在那里，眉宇间笼罩着愁云。我刚一进门，她就飞快地抬眼瞥了我一下，随即又垂下眼帘。我分明看见她脸上闪过一丝不安。很快我就发现，她整个人都显得无精打采，几乎一言不发，甚至刻意避开与我的目光接触。当 B 先生关切地问她是否不适时，她只是低声说有些头疼。而彼得·亚历山德罗维奇却一反常态地健谈，只是他的谈话对象始终只有 B 先生一人。

亚历山德拉·米哈伊洛芙娜心不在焉地走到钢琴前。

“唱点什么给我们听吧。”B 先生对我说道。

“是啊，涅朵奇卡，唱你那首新咏叹调吧。”亚历山德拉·米哈伊洛芙娜接着说，语气中仿佛带着一丝如释重负的轻松，像是找到了一个顺理成章的借口。

我看了她一眼——她正带着不安的神情期待地望着我。

但我无法克服自己内心的动荡。我没有走向钢琴，哪怕随便唱上一段来应付过去，而是变得局促不安、语无伦次，不知如何推辞；最后，心头的不快压倒了一切，我干脆坚决地拒绝了。

“你为什么不想唱呢？”亚历山德拉·米哈伊洛芙娜说着，意味深长地看了我一眼，又迅速扫了她丈夫一眼。

那两个眼神彻底击溃了我。我猛地从座位上站起来，极度慌乱，再也掩饰不住内心的慌张。我浑身颤抖，心中充满一种焦躁与委屈，声音发颤地重复着："我不想唱，我不能唱，我不舒服。"说这话时，我强迫自己直视每个人的眼睛。可天知道，我多想立刻冲回房间，把自己锁起来，远离所有人的目光和猜疑，躲进一个没有人能看见我心思的地方。

B 先生一脸错愕，亚历山德拉・米哈伊洛芙娜则忧郁地沉默着。这时，彼得・亚历山德罗维奇突然起身，说起自己忘了一件要事，显然因错过了处理这件事的最佳时机而感到懊恼。他匆匆告辞，临走时敷衍地说了句"也许待会儿回来"，又礼节性地和 B 先生握了握手，算是先做了告别。

"你到底怎么了？"B 先生问我，"脸色这么难看……是不是真的生病了？"

"是的，我确实不舒服，非常不舒服。"我生硬地答道。

"上帝啊，你脸都白了，刚才还红扑扑的呢。"亚历山德拉・米哈伊洛芙娜说着，突然收住话头。

"别说了！"我走到她面前，直直望进她的眼睛。她承受不住我的目光，像个犯错的孩子般低下头，苍白的脸颊突然泛起红晕。我捧起她的手轻轻一吻。亚历山德拉・米哈伊洛芙娜抬起眼帘，眼中闪烁着纯真无邪的喜悦。"请原谅我今天这么任性，”我真诚地说，“但我真的不舒服。别生我的气，让我回房休息吧……”

“我们都是孩子。”她带着一丝羞怯的笑容说，“我比你还不懂事，真的比你更像个孩子。”她又凑近我耳边悄声补了一句，“照顾好自己。求你别生我的气。”

“生气？为什么？”我惊讶于她突如其来的坦白。

“为什么……”她慌乱地重复着，似乎被自己的话吓到了，“为什么？你看，我就是这样的人，涅朵奇卡。我又说了傻话对不对？你比我聪明多了……我简直比孩子还要幼稚。”

“好了，别这样。”我心疼地说，不知该如何安慰她。再次轻吻她的手后，我匆匆离开了房间。

我懊恼极了，既气自己鲁莽，又感到深深的羞愧。觉得自己不够谨慎，不会处事，还有一种难以启齿的羞耻感，几乎让我落泪。带着深深的忧郁，我沉沉睡去。第二天醒来，我突然觉得昨晚的一切仿佛只是一场幻觉。我们不过是在误解彼此，把小事看得太重。也许仅仅是因为我们都还太年轻，不懂得如何处理这些微妙的情感。我意识到，是那封信扰乱了我的心绪，于是决定干脆不再去想它。就这样，我轻而易举地为自己的烦恼画上了一个句号，仿佛只要下定决心就能说忘就忘。想通之后，我心情平静多了，甚至愉快起来，便准备去上声乐课。清晨的空气让我的头脑彻底清醒。九点钟左右，城市开始苏醒，生活井然地铺展开来。我穿过最热闹的街道，而我恰恰喜欢这种喧嚣的氛围——它成了我艺术生涯的背景。那些琐碎却鲜活的日常，与不远处那栋居民楼三层里等待我的“艺术”形成鲜明的对比。那是一栋住满人的大楼，而在我眼中，那些居民对艺术毫无兴趣，也毫不在意。

我夹着乐谱走在人群中，周围是表情严肃、脚步匆匆的路人。娜塔莉娅老太太照例陪我去上课，她每次都会问那个连她自己也回答不了的问题：“你说，我这辈子想得最多的是什么？”我的老师是个意法混血的怪人，有时会突然变得激情澎湃、充满灵感，但更多时候他像个古板的学究，而最常见的，是表现得像个地道的吝啬鬼。这些形形色色的人和事，无论是让我发笑还是陷入沉思，都给我带来了莫大的乐趣。再加上我对艺术虽然胆怯却充满热情，常常沉浸在梦幻般的想象中，为自己勾勒出最美好的未来。课后回家的路上，我时常被这些幻想点燃，整个人都焕发着光彩。总之，在那些清晨的时光里，我几乎是幸福的。

那天上午十点，我刚上完声乐课回来，心情格外愉快，完全沉浸在美好的幻想中。但就在我走上楼梯的那一瞬间，一道声音猛然从头顶传来，吓得我如遭雷击——是彼得·亚历山德罗维奇的脚步声。他正好从楼上下来。这个意外的相遇让我心头一震，昨晚的不愉快回忆立刻涌上心头。我勉强向他点了点头，但我脸上的表情一定很难看。他停下脚步，惊讶地看着我。我感到一阵脸红，赶紧加快脚步上楼。他在我身后低声说了些什么，然后继续下楼去了。

我懊恼得几乎要哭出来，完全不明白自己为何会变成这样。整个上午我都心不在焉，思绪混乱，只想赶紧把这一切了结了事。我一遍遍地对自己说要冷静理智，可每次都会被对未来的恐惧压倒。我清楚地意识到自己开始憎恶亚历山德拉·米哈伊洛芙娜的丈夫，同时又为此感到绝望。这种持续的情绪波动终于让我真的病倒了。我浑身无力，对所有人心生怨怼，整天把自己关在房间里，连去见亚历山德拉·米哈伊洛芙娜的力气都没有。最后是她主动来看我——见到我的瞬间她几乎惊叫出声。我的脸色惨白得吓人，连照镜子时我自己都感到震惊。亚历山德拉·米哈伊洛芙娜在我床边坐了一个小时，像照顾生病的孩子那样轻声细语地安慰我，无微不至地照料着我。

可她的关怀反而让我更加难过，那份温柔压得我喘不过气来。我甚至不敢直视她的眼睛，最后只好请求她让我独自静一静。她忧心忡忡地离开了房间。直到傍晚，郁积的情绪终于在一场痛哭中爆发出来，我的心情这才稍稍轻松了些……

我之所以感到些许轻松，是因为终于下定决心——我要去找她。我要跪在她面前，把那封丢失的信还给她，告诉她一切：我的痛苦、我的怀疑。我要拥抱她，表达我对她——这个受苦的女人——深沉而热烈的爱。我要告诉她，我是她的孩子、她的朋友，我的心完全向她敞开，让她看看里面燃烧着多么坚定的感情。

我知道，也许我是世界上最不适合听她倾诉的人。但正因如此，我的安慰才最真诚有力。虽然事情还不完全清楚，但我能感受到她的痛苦。想到她在我面前感到羞愧、像接受审判一样低下头，我就感到愤怒和不平。可怜的人啊，我亲爱的，可你真的就是那个“罪人”吗？我一定要跪在你脚下，这样哭着对你说。我的正义感被完全激发，情绪非常激动。我不知道自己会做什么，但我已经迈出了第一步——直到一个突如其来的事件制止了我，也救了我，更救了她，使我们都免于毁灭。我突然害怕起来：如果让她饱受折磨的心重新燃起希望，这“希望”会不会反而害了她？我仿佛意识到——只要我说出来，那句话就可能要了她的命。

事情是这样的：就在我走到离她书房只差两个房间的地方时，彼得·亚历山德罗维奇突然从侧门走了出来。他没有看见我，径直朝她的方向走去——显然也是去找她的。我顿时僵在原地，仿佛被钉住了似的。在这样关键的时刻，他是我最不愿见到的人。我本能地想转身离开，却被一股突如其来的好奇心定住了脚步。

他在穿衣镜前停了一下，整理了一下头发——令我震惊的是，我竟听见他轻声哼起了一支小调。就在这一瞬间，我脑海中突然浮现出一个尘封已久的童年记忆。为了让您理解我当时的感受，我必须先讲述这段往事。那是我刚到这个家不久时发生的一件事，它一直深深烙印在我的记忆里。直到今天，直到刚才那一刻，我才真正明白那件事的意义，也终于理解了我对这个男人由来已久的、难以解释的反感从何而来。正如我之前所说，每次与他共处一室，我都会感到一种莫名的压抑。他那张永远阴郁的脸总让我喘不过气来。

每当我和亚历山德拉·米哈伊洛芙娜喝茶时，他总是在场，那些时刻让我感到说不出的压抑。最痛苦的是，我曾目睹过一两次他们之间那种阴沉压抑的争执——那种场面让我心碎。当时的情形和现在如出一辙——同样的房间，同样的时间，他和我一样正要去找亚历山德拉·米哈伊洛芙娜。那时我还是个孩子，出于本能的恐惧，我躲在角落里一动不动，祈祷他不要发现我。就像现在这样，他在镜子前停下了脚步。而我突然被一种模糊却绝非孩子该有的感觉击中——我仿佛看见他在“切换”自己的面孔。

我清楚地记得，在走向镜子前，他脸上带着一种我从未见过的笑容。这让我震惊，因为他从不在亚历山德拉·米哈伊洛芙娜面前笑！可就在照镜子的瞬间，那笑容突然消失了，像是被谁下令抹去一般。取而代之的，是一种像从内心挣扎出来、压抑不住的苦涩表情，一种根本藏不住的痛苦瞬间扭曲了他的嘴角，一种痉挛般的神情攫住了他的额头和眉头。他的目光迅速躲到了眼镜后面。转眼间，他就训练有素地变成了完全不同的另一个人。我记得当时还是个孩子的我不禁打了个寒战，仿佛害怕自己看懂了不该懂的东西。从那一刻起，那种深刻而无法解释的厌恶就深深烙印在我心里。他在镜子前稍作停留，然后低下头、弓起背——那正是他面对亚历山德拉·米哈伊洛芙娜时惯常的姿态——踮着脚悄悄走进了她的书房。而这个记忆，此刻突然清晰地浮现在我眼前。

就在那一刻，他像多年前一样，以为四下无人，又停在了那面镜子前。而我，也和小时候一样，带着本能的厌恶出现在他身旁。但当我听到他开始哼歌（是的，他竟然在哼歌，这简直难以置信），我震惊得呆立在原地。这荒唐的场景让我想起童年时几乎一模一样的情形——这种相似令人毛骨悚然。突然，一阵尖锐的刺痛穿透我的心。我的神经像被撕裂般颤抖起来，我控制不住地爆发出一阵大笑——疯狂、失控、歇斯底里的大笑。可怜的彼得·亚历山德罗维奇被这突如其来的笑声吓得惊叫一声，连退两步，脸色“唰”地变得苍白，像个当场被揭穿的骗子。他呆呆地望着我，眼中充满惊恐、错愕和愤怒。他的表情刺痛了我，但我仍大笑着从他身边走过，直接进了亚历山德拉·米哈伊洛芙娜的房间。

我还在笑，我知道他站在门帘后面，犹豫着要不要进来。我敢打赌他不敢——如果有人下注，我一定赢。他直到一个小时后才进来。亚历山德拉·米哈伊洛芙娜看着我，满脸惊愕，久久说不出话来。她不停地追问我发生了什么，可我笑得喘不过气来，根本回答不了。我终于意识到自己正在经历一场神经崩溃。她担忧地望着我，寸步不离地守在我身边。当我稍微平静下来后，我抓住她的手，泪流满面地亲吻着。就在这一刻，我才明白——如果不是这次意外的相遇，我可能真的会做出无法挽回的事，可能会毁了她。我看着她，就像看着一个死而复生的人。

一个小时后，彼得·亚历山德罗维奇走了进来。

我只匆匆扫了他一眼——他表现得若无其事，依旧保持着惯常的冷漠阴沉。但我从他苍白的脸色和微微颤抖的嘴角看出，他正竭力压抑着内心的波动。他冷冷地向亚历山德拉·米哈伊洛芙娜打了个招呼，然后沉默地坐下。当他端起茶杯时，我注意到他的手在轻微发抖。空气中弥漫着令人窒息的紧张感。我预感到一场风暴即将来临，恐惧攫住了我的心脏。我想逃离，却又不能丢下亚历山德拉·米哈伊洛芙娜独自面对——她的脸色也变得苍白，望向丈夫的眼神充满警觉与不安。显然，她也感受到了这不祥的气氛。

在一片令人窒息的沉默中，我不经意抬起头，恰好撞上了彼得·亚历山德罗维奇透过镜片投来的锐利目光。这突如其来的对视让我浑身一颤，险些惊叫出声，我慌忙低下头去。亚历山德拉·米哈伊洛芙娜立刻注意到了我的异常反应。

“你怎么了？脸怎么这么红？”彼得·亚历山德罗维奇突然用一种尖锐且粗暴的语气问道。

我死死咬住嘴唇，心跳声大得自己都能听见。

“她为什么脸红？她为什么总是脸红？”他转向亚历山德拉·米哈伊洛芙娜，毫不掩饰地朝我一指，语气中满是嘲讽。

愤怒让我几乎窒息。我投去哀求的目光，亚历山德拉·米哈伊洛芙娜立刻会意，原本苍白的脸颊倏然染上一抹羞愤的红色。

“涅朵奇卡，”她用一种我从未听她用过的坚定语气对我说，“先回房间去，我待会儿去找你……今晚我们在一起。”

“我在问你话！”彼得·亚历山德罗维奇猛地打断她，声音陡然拔高，似乎完全无视了妻子的话，“为什么一见到我就脸红？回答我！”

“因为是你让她脸红，也让我脸红。”亚历山德拉·米哈伊洛芙娜的声音因激动而轻颤，却异常坚决。

我震惊地望着她。这突如其来的强硬态度让我一时反应不过来。

“我？让你脸红？”彼得·亚历山德罗维奇咬牙切齿地重复着，那个“我”字被他咬得格外重，“我让你为我脸红？难道该脸红的是我而不是你吗？你到底在想什么？”

这句话对我来说再清楚不过了，那语气中夹杂着刻薄的嘲讽、愤恨与怨毒，如利刃般直刺人心。我惊恐地叫出声，扑向亚历山德拉·米哈伊洛芙娜。她脸色惨白，仿佛瞬间被抽去了血色，她的眼神里交织着震惊、痛苦、责备和一种说不出口的惊骇。我双手合十，满含哀求地望向彼得·亚历山德罗维奇。他也怔住了，似乎意识到自己说漏了嘴。那句狠话所带来的怒火尚未完全熄灭，仍在他眼中燃烧。然而，当他看到我无声的恳求——那双眼睛里所写明的一切——他终于慌了。我的举动清楚地表明：我已经知晓他们之间那段原本隐藏的往事，而且我完全听懂了他话中的真正含义。

“涅朵奇卡，请你回房去。”亚历山德拉·米哈伊洛芙娜站起身来，用微弱却坚定的声音重复了一遍，“我必须和彼得·亚历山德罗维奇谈一谈……”

她看起来很平静；可正是这份平静，比任何情绪激烈的反应都更让我不安。我像没听见她的话似的，木然地站在原地，拼命想从她脸上找出真实的情绪。但我觉得，她根本没明白我刚才的手势和惊叫意味着什么。

我的上帝啊！我从未见过如此绝望的表情——那种刻在她苍白麻木的脸上、彻底崩溃的神情。他拽着我往外走。我最后回头看了一眼：亚历山德拉·米哈伊洛芙娜站在壁炉前，双手抱头，整个人都透着难以承受的痛苦。这时，有什么滚烫的东西灼痛了我的手。我低头一看，震惊地发现——彼得·亚历山德罗维奇脸上正淌着两行泪。他整张脸都扭曲着痛苦。我不由自主地紧紧握住他的手，用力地、真诚地握住它。

“看在上帝的分上！求求您！”我声音颤抖，几乎哽咽地说道，“请可怜可怜她吧！”

“别怕，别怕，”他低声对我说，几乎像耳语，“没事的，只是情绪发作。走吧，快走。”

我回到自己的房间，一头栽进沙发，双手死死捂住脸。那一刻仿佛持续了三个世纪，我像被钉在痛苦的十字架上，只能无声地承受煎熬。终于，我再也撑不住，派人去问我是否可以去见亚历山德拉·米哈伊洛芙娜。回来的是莱奥塔夫人。她转述彼得·亚历山德罗维奇的话：发作已经平息，没有危险，但夫人需要静养。那一夜我在房间里来回踱步到凌晨三点，思绪纷乱如麻。虽然我的处境变得比以往任何时候都更加扑朔迷离，但奇怪的是，我的心却比先前平静——也许正是因为我感到自己比谁都罪孽深重。彼得·亚历山德罗维奇脸上的泪痕在我脑中挥之不去。最后我筋疲力尽地躺下，带着忐忑与期待等待天明。

然而第二天，我痛苦地发现亚历山德拉·米哈伊洛芙娜对我流露出一种难以名状的疏远。起初我以为，是因为昨天她与丈夫争执时我在场，让这颗敏感而高贵的心灵感到难堪。她就像个做错事的孩子，因为那场难堪的冲突伤害到我而感到羞愧，甚至想向我道歉。但很快我就意识到事情并非如此。她的态度中透露出一种完全不同的焦躁与不安，而且表现得极其别扭。她时而对我冷淡疏离，言语生硬；时而说出些意味深长的话，仿佛每句都暗藏玄机；时而又突然变得异常温柔，像是为刚才的冷漠感到懊悔——可这些温柔的话语，在我听来却像是带着无声的谴责。我终于忍不住直接问她："你怎么了？是不是有什么话想对我说？"她先是微微一怔，随后抬起那双平静而深邃的眼睛，带着温柔的微笑对我说：

"没什么，涅朵奇卡。只是你问得太突然，我一时没反应过来。真的，就只是这样……我向你保证。不过，听我说，孩子，你要诚实地告诉我：你自己心里是不是也藏着什么秘密？如果我像你刚才那样突然问你，你会不会也慌乱得脸红呢？"

"不会。"我回答道，目光坦然地望着她的眼睛。

"那就好！"她长舒一口气，眼中泛起泪光，"你不知道我有多感激你这样真诚的回答。我决不是怀疑你做了什么错事——绝对没有！哪怕动过一丝这样的念头，我都不会原谅自己。”她轻轻抚摸我的头发，“但你要明白，当初接你来时你还是个孩子，如今你已经十六岁了。你也看到了，我身体这么差，自己都像个需要被照顾的孩子。我始终没能真正代替你的母亲，尽管我心里对你的爱完全足够。如果现在我为某些事担忧，那绝不是你的错，而是我的责任。原谅我刚才那个问题吧，也原谅我……也许我无意中辜负了当年对公爵的承诺。这些年，这个念头一直折磨着我。”

我的心像被撕裂般疼痛，泪水决堤而出，我扑进她怀里紧紧抱住了她。

“哦，感谢你，感谢你所做的一切！”我一边哭一边紧紧握着她的手，“请不要再那样说，不要把我的心撕碎。你对我来说早已不仅仅是母亲；愿上帝保佑你，为你和公爵所给予我的一切……你们给予了我这个孤苦无依的孩子全部的温暖！亲爱的，我可怜的、亲爱的你！”

“好了，涅朵奇卡，别说了，别说了！”她轻声说，“抱紧我，再紧一些……你知道吗？天知道为什么，我总觉得这也许是你最后一次这样抱我。”

“不，不会的！”我像个孩子似的放声大哭，“不会的，这不可能！你一定会幸福的……我们还有很长的路要走。相信我，我们会幸福的。”

“谢谢你，谢谢你这么爱我。现在愿意陪在我身边的人已经不多了……他们都离开我了。”

“谁离开了你？他们是谁？”

“从前，我身边也有别的人，你不认识的，涅朵奇卡。他们全都离开了，一个个就像幻影一样，从我眼前消失了。而我却一直等着他们，一辈子都在等……算了，让他们随风去吧！你看，涅朵奇卡，看——深秋了，秋意这么浓。很快就要下雪了。等到第一场雪落下时，我就会死去——是的，但我并不悲伤。就这样吧，再见了。”

我的胸口随着抽泣起伏。她的脸苍白消瘦，双颊泛着不自然的红晕，干裂的嘴唇微微颤抖，仿佛体内有团火在燃烧。

她走到钢琴前，随手弹了几个和弦。突然，一根琴弦“铮”地断裂，发出刺耳、颤抖、久久不散的哀鸣……

“听见了吗，涅朵奇卡，听见了吗？”她突然用一种近乎神谕般的语气说，手指向钢琴，“那根弦绷得太紧太紧了……它承受不住，就断了，死了。你听，它死得多悲伤！”

她说话十分吃力，像是在强忍着哽咽。脸上浮现出一种深沉、内敛的痛苦，眼中渐渐涌起泪水。

“好了，不说这些了，涅朵奇卡，亲爱的，够了。把孩子们带来吧。”

我把孩子们带了进来。看到他们时，她似乎稍稍平静了些。一小时后，她让孩子们离开了。

“我死后，你不会丢下他们吧，涅朵奇卡？会吗？”她低声问我，像是生怕有人偷听似的。

“别说了，别说了！您要这样说下去我真的会受不了的！”我哽咽着回答她。

“我只是开个玩笑。”她停顿片刻，脸上突然露出天真的微笑，“你还当真了？有时候连我自己都不知道在说什么。现在的我就像个孩子，应该被原谅一切。”

她略显迟疑地看了我一眼，好像有什么话不敢说。我感觉她正在酝酿什么重要的话。

“听着……别吓到他，”她终于垂下眼睛，脸颊泛起红晕，声音轻得几乎听不见，“我是说……我丈夫。你不会……偷偷把一切都告诉他吧？”

“为什么要告诉他？为什么？”我惊讶地反问道，困惑越来越深。

“嗯……也许你不会告诉他，谁知道呢。”她说着，故意做出调皮的表情，狡黠地朝我眨眨眼，但那张脸上依然挂着天真的笑容，只是脸颊越来越红，“好了，不说这个了，我只是开个玩笑。”

我的心越听越揪痛。

“你答应我一件事：我死后，你会像爱亲生孩子那样，爱他们，对吧？”她的声音突然变得异常郑重，带着某种神秘的意味，“你要记得，我一直把你当成亲人，从来没把你当外人。”

“会的，我一定会的……”我的声音哽咽得几乎听不清，泪水模糊了视线。

还没等我反应过来，她突然抓住我的手，在上面印下一个滚烫的吻。这个突如其来的举动让我震惊得说不出话来。

“她到底怎么了？她在想什么？昨天他们之间究竟发生了什么？”这些问题在我脑海中疯狂盘旋。

过了一会儿，她说自己有些疲惫。

“我已经病很久了，只是一直不想吓着你们。”她说道，“你们是爱我的，对吗？再见，涅朵奇卡，现在让我一个人待会儿。晚上一定要来看我，好吗？”

我答应了她，但说实话，我迫切想要离开。我真的已经撑到极限了。

可怜的人啊，可怜的人！你究竟怀着怎样的疑虑走向死亡？我含泪低呼：又是什么样的痛苦在啃噬你的心，使你甚至不敢完整地诉说一句话？我的上帝！这漫长的折磨我再熟悉不过——这无望的生命，这怯懦的爱，这从不敢索求回报的感情……哪怕在这近乎生命尽头的时刻，当你的心已经在痛苦中碎裂，你却依旧像个有罪之人般战战兢兢，连最轻微的怨言都不敢吐露。你甚至凭空想象、亲手编织出一个新的苦难，然后默默低头，将它藏进心底，甘愿与它和解……仿佛命运注定你只能承受一切，甚至临死之时也不配反抗，也不该哭泣。

傍晚时分，暮色沉沉。我趁着从莫斯科来的奥夫罗夫先生不在，悄悄走进图书室，打开书柜，开始翻找书籍。我想挑一本轻松愉快的书，为亚历山德拉·米哈伊洛芙娜朗读，希望她能稍稍从那些黑暗的思绪中抽身。然而，我翻了许久，始终心不在焉。夜色渐浓，一种难以言喻的情绪悄然浮上心头——仿佛甜蜜又令人窒息的忧伤。

忽然，像是一星火光点燃了我的意识，记忆豁然开朗，我的心脏猛地一颤。仿佛只是一道轻轻的挥手，我眼前瞬间展开了一幅完整的过去的画卷。记忆如潮水般涌来——我想起与卡佳分离后的童年，那段在修道院和这座宅邸中度过的漫长时光；

想起如今正濒临死亡的她……想起那个初次拥抱我、颤声唤我“女儿”的瞬间；想起我求学的岁月里，她那如泉水般的慈爱润泽着我饥渴的心灵；还想起那些微不足道却被深深铭记的片刻，在这些画面中，她高贵的身影一次又一次地浮现，她纯洁的灵魂自然而然地在细节中显现。我几乎记得她说过的每一句话，记得我们共同读过的每一本书，记得她讲故事时那温柔质朴的语气——她总是如此亲切，有时甚至像个孩子般纯真，用爱轻易地跨越我们之间的年龄与经历。

接着，我回想起那段孤独却充满激情的岁月——那时我的心智仿佛远远超出了自己的年纪，怀着一种狂热般的渴望，急切地想要投入生活的洪流。我望着眼前这一排排书，它们几乎全都曾被我翻阅过，而每一本都唤起不同的记忆：那些宝贵的时光，那些心灵闪耀的瞬间，那些交织着希望与幸福的旧日……最终，我的目光落在一本已被我翻开的书上——它恰好停在那一页，那页上依稀可辨的压痕，正是来自那封我始终贴身保留的信。那封信，携带着一个秘密。从我读到它的那一刻起，我的人生就已被它一分为二。那一刻，命运像被刀锋斩断，生命的下一章随即开启。它迎面扑来，带着冰冷、神秘、不可预测的威胁，仿佛遥远又强大且无可抗拒，如今它仍在远方暗暗逼近，阴影未散，压得我几乎无法呼吸。

我陷入长久的回忆，思绪越沉重，心中就越发感到悲伤而肃穆。那个曾经让我感到温暖和自由的角落，如今正变得空空荡荡。那个守护我青春的纯洁明亮的灵魂，正在悄悄离我而去。我不停地问自己：前方会是什么？我强忍着快要涌出的泪水仿佛陷入一种恍惚的状态，伫立在那段如今对我来说如此珍贵的往昔面前，试图以满含泪水却带着胆怯和希望的双眼，望穿那未知而阴霾的未来……我至今仍记得那一刻，仿佛它正在此时此地重新上演——它深深铭刻在我的记忆之中，永远无法抹去。

我手里攥着信纸，书页还摊开着，脸上泪痕未干。突然，头顶传来熟悉的声音，吓得我浑身一颤。还没等我反应过来，信就被猛地抽走了。我尖叫着转身——是彼得·亚历山德罗维奇。他站在我面前，紧紧抓住我的手，不让我动弹；另一只手则把那封信举到灯下，眯着眼辨认开头几行字。我再次尖叫出声——我宁愿立刻死去，也不愿让他看见那封信的内容。但看着他脸上渐渐浮现的得意笑容，我知道他已经认出了开头的字迹。我的大脑顿时一片空白……

在失去理智的瞬间，我猛地扑向他，一把将信抢了回来。这一切发生得太快，连我自己都没反应过来信是怎么回到我手里的。但当我看到他还要上前抢夺时，我立即把信塞进衣襟，迅速后退了三步。

我们就这样对视了将近半分钟，谁都没有开口。我仍因惊吓而浑身发抖，而他——脸色惨白，嘴唇因愤怒而发紫颤抖——终于打破了沉默。

“够了！”他用激动得发抖的声音说，“如果不想让我用强硬手段，那就自己把信交出来。”

这时我才清醒过来，一阵被羞辱的愤怒和耻辱感涌上心头。对他粗暴行为的愤慨让我几乎窒息。滚烫的泪水顺着我发烫的脸颊流下，我浑身颤抖，一时说不出话。

“你听见没有？”他又逼近两步，咄咄逼人地重复道。

“请你走开，放我走！”我终于喊了出来，同时往后退，“你的行为太卑鄙、太无耻了！你太过分了……让开！”

“什么？你说什么？”他大叫起来，“你竟敢这样对我说话……在你做了那些事之后……把信交出来，我命令你！”他又朝我跨出一步，但当他看见我眼中毫不动摇的坚定神色时，突然停下了脚步，仿佛陷入了短暂的犹豫。

“好！”他终于冷冷开口，像是下定了某种决心，却仍在强压怒火，“这事我们稍后再谈。首先……”

他环顾了一下四周："谁允许你进图书室的？这柜子为什么开着？钥匙是从哪儿来的？"

"我不会回答你，"我直视着他，我拒绝继续这场谈话，"请你让开，我要走了。"

我径直朝门口走去。

"等等，"他伸手拦住我，"你还没回答我的问题。还是说，你不打算回答了，是吗？"

我没有说话，只是从他手中挣脱开来，再次朝门外走去。

"很好。"他低声道，"但我决不能纵容你和情人秘密通信。所以……"

我惊恐地尖叫出声，茫然地看向他。

"所以……"

"住口！看在上帝的分上，请住口！"我喊了出来，"你怎么能？你怎么能对我说出这种话？……我的上帝！天哪！"

我哑口无言。

"怎么？怎么？你还敢威胁我吗？"他紧接着反问。

但我只是死死地盯着他，脸色惨白，绝望得几乎窒息。这场对峙已经激烈到难以理解的地步。我用眼神哀求他停下——只要他此刻收手，我甚至愿意原谅他先前的侮辱——只要他此刻愿意就此停住。他目不转睛地盯着我，脸上的神情显然在犹豫，内心正激烈斗争着。

“别逼我……”我颤抖着低声恳求。

“不，这事必须有个了结！”他终于开口，声音冰冷而决绝，“我承认，你刚才的眼神确实让我犹豫了。”他露出一个古怪的笑容，“但很不幸，事实胜于雄辩。我已经看到信的开头——这是封情书。你休想狡辩！你是无法让我相信别的了！不，别再妄想否认！即便我刚才有过动摇，那也只能证明你除了有‘美德’，还精通撒谎这门技艺。所以我要再说一次……”

他的面容在说话间愈发扭曲，惨白的脸色中透出狰狞，嘴唇因愤恨而不住颤抖，最后几个字几乎是从牙缝里挤出来的。天色渐暗，我心中开始涌上一股莫名的恐惧。我孤身一人，毫无防备地站在这样一个可以公然羞辱女人的男人面前。所有“证据”都对我不利；我羞愧得头晕目眩，完全不明白他为何对我怀有如此恶意。

突然，一个可怕的幻象攫住了我——我看见亚历山德拉·米哈伊洛芙娜就站在我面前，泪流满面，脆弱不堪，在这同样的目光下瑟缩，仿佛她的一生都被冷酷的猜疑笼罩。这一刻，我如梦初醒般看清了她的命运，所有往日的疑问突然串联成完整的真相。我的灵魂因这个发现而战栗。我没有回答他，恐惧驱使我失魂落魄地冲出房间。等我回过神时，发现自己已经站在亚历山德拉·米哈伊洛芙娜的书房门口——是本能带我逃到这里。此刻，我确信他的愤怒并非真心，甚至不相信他真的认为我有罪。我强烈地感觉到：这一切不过是个借口，这里面一定还有更可怕的原因！这种不祥的感觉更让我毛骨悚然。就在这时，我听见他逼近的脚步声。就在我要推门而入的瞬间，我突然像被雷击中一般怔在了原地……

“她怎么办？”这个念头在我脑海中一闪而过，“那封信！……不，世上再没有比让她承受这最后一击更残忍的事了。”我转身想逃——但为时已晚：他已经站在我身旁。

“要去哪里都行，就是别在这里……千万别在这里！”我死死抓住他的手臂，声音颤抖着哀求，“求您可怜可怜她！我这就回图书室，或者……您指定的任何地方！千万别让她知道——您会杀了她的！”

“是你会杀了她！”他甩开我，冷冷回道。

我的心瞬间沉到谷底。我清楚地意识到，他真正想要的，就是让亚历山德拉·米哈伊洛芙娜目睹这一切。

“看在上帝的分上！求求您了！”我拼命阻拦他。但就在这一刻——门帘突然掀开，亚历山德拉·米哈伊洛芙娜出现在门口。她惊愕地望着我们，脸色比平时更苍白，整个人摇摇欲坠。显然是我们激烈的争吵声惊动了她，而她则靠着极大的意志力走到了我们的面前。

“这是……怎么回事？你们在说什么？”她惊讶地望着我们，声音中透着疲惫和不可置信。

死寂般的几秒钟过去，她的脸色瞬间惨白如纸。我冲上前紧紧抱住她，几乎是半扶半抱地将她带回卧室。彼得·亚历山德罗维奇阴沉着脸跟了进来。我把脸埋在她胸前，双臂越收越紧，就像要把她整个人护进自己的身体里。而我的心跳仿佛停止了跳动，只剩下一种悬在深渊边缘的恐惧，仿佛下一秒整个世界就会分崩离析。

“出什么事了？你们到底怎么了？”亚历山德拉·米哈伊洛芙娜焦急地问道。

“问她吧。昨天你还那么护着她。”彼得·亚历山德罗维奇重重跌坐在扶手椅里，语气里带着嘲讽和疲惫。

我一动不动地搂着她，愈发用力地把她抱紧，仿佛单凭这副血肉之躯就能为她筑起抵挡一切伤害的城墙。

“上帝啊，这究竟是怎么回事？”她惊恐地说道，“你这副样子怒气冲冲，她却吓坏了，眼泪直流。涅朵奇卡，告诉我——把你们之间发生的一切都告诉我！”

“等等，让我先说。”彼得·亚历山德罗维奇突然上前，一把抓住我的手腕，粗暴地将我从她身边拽开，“站在这儿，”他指着房间中央，声音冰冷，“我要当着她的面——这个代替你母亲的人——好好审判你。”

“上帝啊，这究竟是怎么回事？”她惊恐地睁大眼睛，“你怒气冲冲，而她吓得直哭。涅朵奇卡，快告诉我——把发生的一切都告诉我！”

“天啊，事情怎么会变成这样？”亚历山德拉·米哈伊洛芙娜又低声说道，语气中满是深深的绝望。她的目光在我和她丈夫之间来回游移，像是在努力寻找希望的缝隙，而又几近放弃。我捏紧双手，几乎将指节攥得发白。这一刻，我清晰地感觉到命运的齿轮正在无情地转动，某种不可挽回的结局即将降临。望着彼得·亚历山德罗维奇冰冷的面容，我知道从他那里已经不可能得到任何怜悯了。

“总之，”彼得·亚历山德罗维奇继续说道，“我希望您能和我一起评判这件事。您总是——我也不知道为什么，这简直是您某种荒谬的幻想——就像昨天，您还在那样想、那样说……我甚至不知该如何表达；光是想到您的那些假设，就让我羞愧难当。

“总之，您一直为她辩护，指责我太过严厉；您还暗示我有其他感情，说正是这种感情让我表现出这种不合时宜的严厉；但是……但我真不明白，一想到您的这些猜测，我就控制不住地感到羞耻和局促，连在她面前坦率地说出这些话都做不到……总之，您……”

他的声音开始发抖，原本想要做出的严厉指控，此刻却变成了一场自我暴露的混乱独白。每一个字都像在剥开他自己都不愿面对的隐秘心思，让这场审判变得越来越难堪。

“不！您不能这样说！”亚历山德拉·米哈伊洛芙娜突然激动地打断他，整张脸因羞愧而涨得通红。她快步上前，声音颤抖着：“求您放过她吧！这一切都是我的错，是我胡思乱想。我现在对她没有任何怀疑。原谅我，原谅我这个病人的猜忌。但无论如何，别再对她说那些话，千万别！”她快步走到我跟前，一把抓住我的手：“涅朵奇卡，快走，立刻离开这里！他……他只是在开玩笑，都是我的错……这不过是个不合时宜的玩笑罢了。”

“说到底，你就是在嫉妒她。”彼得·亚历山德罗维奇毫不留情地抛出这句话，像一把利刃刺向妻子充满哀伤的目光。她惊叫一声，脸色瞬间惨白如纸，扶住椅背，几乎站立不稳。

“愿主宽恕你！”她终于用微弱的声音说出这句话，“涅朵奇卡，请你、请你替我原谅他，都是我的错。我是个病人，我……”

“这是暴行！无耻！卑鄙！”我歇斯底里地喊了出来，我终于看穿了他要在妻子面前审判我的真正用意，“你简直……简直卑鄙至极！”

“涅朵奇卡！”亚历山德拉·米哈伊洛芙娜惊叫一声，吓得赶紧抓住了我的手。

“闹剧！这就是一场闹剧！”彼得·亚历山德罗维奇失控地怒吼着逼近我们，“我告诉你，这都是在演戏！”他死死盯着妻子，嘴角扯出一个扭曲的冷笑，“而唯一被蒙在鼓里的，只有你。”他指着我，喘着粗气说，“我们早就不像那些单纯的人，一听到这种事就脸红耳热、羞于启齿。抱歉说得这么直白，但必须说清楚——夫人，您当真相信这位……小姐，一直保持着纯洁无瑕吗？”

“天啊！你疯了吗？你太可怕了！”亚历山德拉·米哈伊洛芙娜惊恐万分，脸色惨白，几乎说不出话来。

“别在我面前演戏！”彼得·亚历山德罗维奇冷冷地打断她，“我最厌恶这种装模作样的把戏。事情明摆着，简单到可笑，庸俗到极点。我问的是她的品行，你知不知道……”

他还没说完，我就猛地抓住他的手，把他拉到一旁。再迟一秒，一切就无法挽回了。

“别提那封信！”我急切地低声说，“你会当场要了她的命！你责备我，她也会受伤，她承受不了。她不能评判我——因为我知道真相……你明白吗？我全都知道！”

他像触电般盯着我，眼中闪烁着疯狂而震惊的光。他慌了，脸“唰”地涨得通红。

“我全都知道，一清二楚！”我又一次低声重复。

他还在犹豫，嘴唇微微颤动，似乎想问什么。但我抢先一步，按住他的冲动。

“事情是这样的。”我开口，语速飞快，声音却冷静清晰。我是对亚历山德拉·米哈伊洛芙娜说的，她满脸惊疑与悲伤，怯生生地看着我们。“错在我，从头到尾。我从四年前起就骗了您。我偷走了图书室的钥匙，悄悄地，一直在那里看书。今天，彼得·亚历山德罗维奇撞见我正在看一本……我根本不该碰、不该读的书。他出于对我的担心，把这件事在您面前夸大了。”我一边说，一边瞥见他嘴角泛起讥讽的笑意，便立刻补充道，“我不是在为自己开脱。不是的，我的确有错，错得彻底。我明知道那是禁忌之物，却还想去看。犯错之后，我又羞于承认，一直把它藏在心底。这就是全部——几乎就是我们之间发生的全部。”

彼得·亚历山德罗维奇站在我身旁，冷冷地低声嘲讽了一句。

亚历山德拉·米哈伊洛芙娜从头到尾都静静地听着我的讲述，但她脸上的神情却渐渐变得迟疑，甚至有些不安。她的目光在我和她丈夫之间来回游移，眼中满是困惑和不确定。空气仿佛凝固了，我们谁也没有开口。我紧张得几乎无法呼吸。她低下头，把手扶在额前，像是在用尽全力思考，努力斟酌我说出的每一个字。片刻后，她终于抬起头，目光定定地看着我。

“涅朵奇卡，好孩子，我知道你不会说谎，”她轻声说道，“那么……你刚才说的，就是全部了吗？你真的已经将全部真相告诉我了吗？”

“是的，全部。”我回答。

“真的是全部？”她又转向丈夫问。

“是的，全部。”他用力回答。

我长长地松了一口气。

“你向我保证，涅朵奇卡？”

“我保证。”我毫不犹豫地答道。

可我还是没忍住，偷偷瞥了彼得·亚历山德罗维奇一眼。他正看着我，嘴角带着一抹冷笑，仿佛在嘲讽我方才的承诺。我脸一下子烧得通红，心中掀起一阵慌乱。而这一切，并没有逃过可怜的亚历山德拉·米哈伊洛芙娜的眼睛。她看着我，脸上浮现出一种难以言喻的痛楚和哀伤——那是一种沉重的、压抑的、让人几乎无法呼吸的忧郁。

“够了。”亚历山德拉·米哈伊洛芙娜悲伤地说道，“我相信你。我不能不相信你。”

“我想这样的坦白已经足够了。”彼得·亚历山德罗维奇紧跟着说，“你也听见了，不是吗？你还要我怎么想？”

亚历山德拉·米哈伊洛芙娜没有回应，沉默着。空气愈发凝重，场面压抑得令人窒息。

“明天我就要把所有的书都彻查一遍，”彼得·亚历山德罗维奇又说道，“我不知道她还读过什么，但……”

“她看的那本书是哪一本？”亚历山德拉·米哈伊洛芙娜突然问道。

“哪一本？”他反问了一句，随即把视线转向我，“你来说吧，你总比我更擅长‘解释’这些事。”他语气中带着隐隐的讥讽。

我一下子慌了神，一个字也说不出来。亚历山德拉·米哈伊洛芙娜脸上泛起红晕，随即低下了头。屋里陷入了一阵漫长而压抑的沉默。彼得·亚历山德罗维奇满脸不耐，眉头紧锁，在屋子里来回踱步。

我感到羞愧，一句话都说不出。亚历山德拉·米哈伊洛芙娜终于开口了，她小心翼翼地一个字一个字地说着：“我不知道你们之间到底发生了什么。”她低声说道，似乎在努力斟酌每个词的重量。但她的声音逐渐变得不安，因为她感觉到了丈夫那如影随形、冷峻坚定的目光——尽管她始终没有抬眼看他。“可是如果……我只是说如果，那件事真的发生了……我真的不明白，我们为什么要因此感到绝望，为什么要这么悲痛。最该受责备的是我，是我没有尽到教导的责任。她应该原谅我，而我没有资格也没有立场去指责她。可是，再说一次，我们到底在悲伤什么呢？危险已经过去了。”她的情绪越来越激动，眼神终于望向了丈夫，带着恳切：“你看看她，看看她现在的样子，难道她那一时的轻率，真的留下了什么不可挽回的后果吗？难道我还不了解她？她是我一手抚养长大的孩子，是我亲爱的女儿！我难道不知道，她的心是多么纯洁而高贵？”她一边说一边把我搂进怀里，轻轻抚摸着我，“她那颗可爱的脑袋里，装着的是清晰透亮的思想，还有不容欺骗的良知……够了，我的亲人们！我们别再纠缠在这无尽的痛苦里了。也许，我们的忧伤背后，还有别的缘由；也许只是某种短暂的不安，在我们心里投下了一道阴影。但我们可以驱散它——靠爱，靠理解，靠我们之间的坦诚。可能，我们之间真的还有太多话没说清。我承认，是我先隐瞒了你们。许多疑虑，都是从我心中生出来的，是我这颗不安的脑子，想得太多了。但……既然我们已经坦白了一部分，那你们就原谅我吧。”她顿了一下，轻轻地说出最后一句话，“因为，说到底，我那些怀疑……也不是什么不可原谅的罪过啊……”

她说着说着，脸颊泛起红晕，怯生生地抬眼望向丈夫，忐忑不安地等待他的回应。随着她的倾诉，他嘴角浮现出一丝讥讽的笑意。他停下踱步的脚步，在她面前站定，双手背在身后，像在欣赏她窘迫的模样般细细打量她。他的目光如刀般锐利，让她越发局促不安，声音渐渐低弱下去，最终陷入沉默。他仍不言语，仿佛在期待她继续辩解。她的羞怯愈发明显，空气凝固得令人窒息。终于，他打破了这段令人难堪的沉默，低低地笑了起来——那笑声缓慢而阴冷，满含嘲讽。

“我怜悯你，可怜的女人！”他终于开口了，语气苦涩而严肃，不再笑了，“你非要扮演这个不适合你的角色。你到底想要什么？逼我表态？挑起新的猜疑？还是——更准确地说——重提那个你根本掩饰不住的旧念头？你的意思是：她没错，她很好，即便看了那些下流的书——顺便说，这些书的‘道德教育’似乎还真见效了；然后你说你愿意替她担责。是这样吗？好，我们就把话说开。可你在话里话外又在暗示别的——你觉得我的猜疑和‘迫害’是出于某种特殊感情。你昨天甚至直接对我说——别打断，我一向有话直说——你说有些人（我记得你用了‘冷静、严厉、正直、聪明、坚强’这些大词来形容）对待‘爱情’只会用严厉、激烈、粗暴、充满怀疑和打压的方式。你真这么想？我记不清你昨天原话是怎么说的了……别打断我，我知道你那位学生，她什么都能听，什么都可以知道。我已经跟你说过一百遍了——什么都可以。你被误导了。但我实在不明白，你为什么非要坚持把我描绘成那样的人？你为什么非要给我套上这么件可笑的外衣？拜托，我这个年纪还会爱那个丫头？夫人，请相信我知道自己的本分。错就是错，罪就是罪——它就是羞耻，就是肮脏，任你怎么用高尚的名义粉饰！够了！够了！我不想再听这些丢人的事情了！”

亚历山德拉·米哈伊洛芙娜哭了。

“好，那就让我一个人承担这一切吧！”她终于哭喊出声，紧紧抱住我，“就算我的怀疑是可耻的，就算你要这样残忍地嘲笑我……可她呢？我可怜的孩子为什么要受这种羞辱？她做错了什么？而我却连为她辩解都做不到！上帝啊……我不能再沉默了，先生！我受不了……你的所作所为简直丧心病狂！”

“别说了，求您别说了……”我轻声劝她，试图安抚她的情绪，生怕她那些激烈的指责会激怒他。我依旧在为她而发抖，心中满是惶恐。

“你这个瞎了眼的女人！”他突然喊道，“你什么都不知道……什么都看不见……”

他猛地停了下来，沉默了片刻。

“放开她！”他厉声喝道，粗暴地将我的手从亚历山德拉·米哈伊洛芙娜手中拽开，“我不许你再碰我的妻子！你的存在就是对她的玷污，是对她的侮辱！但我为什么还要保持沉默？明明应该说出来，非说不可！”他大声喊叫，重重地跺了一下脚，“听着！我要把一切都说出来！不管你知道什么，也不管你想威胁我什么——”他转向亚历山德拉·米哈伊洛芙娜，声音越来越激烈：“你听着，我现在要把一切说出来！”

“住口！”我喊道，冲上前去，“别说，一个字也不要说！”

“你听我说……”

“闭嘴！看在上帝的分上，闭嘴！”

“看在什么的分上？”他迅速打断我，目光如刀般刺入我的眼睛，“看在什么的分上？你想知道吗？我亲手从她那里夺下了一封情书！就在这个家里！就在你眼皮底下！”我胸口一阵剧痛，忍不住发出一声压抑的呻吟。

我的双腿发软，几乎站立不住。亚历山德拉·米哈伊洛芙娜的脸色瞬间变得惨白如纸。

“这不可能……”她微弱地喃喃道。

“我亲眼所见，夫人，”他冷酷地说，“信本来就在我手里。我读了开头几行——那确实是一封情书。她把信抢了回去，现在就在她身上。如果你还不信，就看看她的样子吧，然后再试着相信还有哪怕一丝可能是误会？”

“涅朵奇卡！”亚历山德拉·米哈伊洛芙娜突然喊道，扑向我，“不，什么都别说，不要解释！我不明白这到底是怎么回事……这一切到底怎么发生的……我的天啊，我的天啊……”

她双手捂住脸，失声痛哭。

“不，不可能！这绝不可能！”她猛地抬头，用坚定的目光直视我，“我了解你……你骗不了我的！把真相说出来，全部说出来。他一定是看错了，对不对？一定是误会了，是不是？”她的声音渐渐哽咽，“为什么我不能把心里话说出来呢？涅朵奇卡，我的孩子，我亲爱的孩子……”她颤抖着伸手想要触碰我，却又在半空中停住了。

“回答我！”彼得·亚历山德罗维奇的声音如炸雷般在我头顶炸响，“回答我——我是不是亲眼看见那封信在你手里？”

“……是的！”我艰难地挤出这两个字，胸口剧烈起伏。

“那是你情人的信？”

“……是！”我的声音细若蚊蝇。

“你现在还和他有联系？”

“是！是！是！”我歇斯底里地喊着，机械地重复着这个字眼，只求这残酷的审判能快些结束。

“现在你亲耳听到了。”他转向亚历山德拉·米哈伊洛芙娜，语气平静而冷酷，“那么你还有什么可说的？请你相信我——你这颗善良轻信的心。”他说着握住妻子的手，“相信我，别再被你那病态的想象欺骗了。现在你总算看清这个……这个女孩的真面目。我只是想让你看到，你的怀疑并非没有根据，而事实远比你想象的更糟。我早就注意到这些，很高兴能在你面前揭穿她。她待在你身边、被你抱在怀里、与我们同桌吃饭，甚至生活在我的家中——这一切让我感到厌恶。你的盲目令我愤怒。这就是为什么我要监视她，而你却因此产生荒谬的猜测，自以为看透一切，实则大错特错。但现在，一切都清楚了，所有的疑虑都已经解开。”他顿了顿，转向我，语气冷硬，“而你，小姐，明天就必须离开这个家！”

“够了！”亚历山德拉·米哈伊洛芙娜突然站起身，声音坚定而清晰，“我不相信这场闹剧。别用那种可怕的眼神看着我，也别嘲笑我。现在，我要让你们面对我内心的审判。涅朵奇卡，我的孩子，到我这里来，把你的手给我……对，就是这样。”她的目光柔和地落在丈夫身上，带着前所未有的谦卑：“我们每个人都曾犯错。谁又有资格拒绝另一个人的手？来，涅朵奇卡，我亲爱的孩子。我不比你更高贵，也不比你更纯洁。你的存在不可能是对我的冒犯，因为我也是个……罪人啊。”

“夫人！”彼得·亚历山德罗维奇惊呼道，“夫人！请您克制些！别忘了——”

“我什么都没有忘。”亚历山德拉·米哈伊洛芙娜打断他，“请不要打断我，让我把话说完。你确实看到那封信，也读了几行。她承认那是写给爱人的信。但这就足以定罪吗？这就给了你权利在她面前——是的，在你妻子面前——这样羞辱她吗？你真的公正地审视过这件事吗？你确定自己了解全部真相吗？”

“难道要我无视一切，去向她请求原谅？这就是你想要的吗？”彼得·亚历山德罗维奇突然爆发，声音震得房间嗡嗡作响，“我受够你了！你好好想想自己在说什么！你知道自己在为谁辩护、在袒护什么吗？可我全都看得清清楚楚……我什么都明白……”

“被愤怒和骄傲蒙蔽双眼的人是你！”亚历山德拉·米哈伊洛芙娜的声音突然变得异常清晰，“你根本不明白我在为谁辩护。我不是在为罪恶开脱——但你想过没有，如果她只是个无知的孩子呢？是的，我不是在为堕落辩护。若这能让你舒服些，我现在就澄清——如果她是一个妻子，是一个母亲，却忘记了自己的责任，那么我会和你站在一起……你看，我自己都承认了，你记住这一点，不要再责怪我！但如果她收到那封信时，根本不懂这些事？如果她只是被纯真的感情吸引，却没人引导她？如果这都是我的错——因为我没有守护好她的心灵？如果那是她人生中第一封情书？而你却用肮脏的猜疑玷污了这份纯洁！你看不见她脸上那种天使般的羞怯吗？就在她回答你那些残忍的问题时，那种困惑、痛苦、不知所措——我都看在眼里！是的，是的！这太残忍了。我不认识这样的你了。我永远不会原谅你今天所做的一切！永远不会！”

“求您别这样对我！”我哭喊着扑向她，双臂紧紧环抱住她颤抖的身躯，“求您相信我，别赶我走……”

我跪倒在她面前。

她几乎喘不过气来，声音颤抖地继续说：

“如果我当时不在她身边，如果你的那些话吓坏了她，如果她真的开始相信自己有罪……如果你搅乱了她的良心，摧毁了她的心灵和平静……天哪！你还打算把她赶出家门！你知道你若赶走她，就是连我也一起赶了出去吗？你听清楚了吗，先生？”

她的眼中闪着泪光，胸膛剧烈起伏，整个人的情绪已经逼近崩溃的边缘。

“够了，我已经听够了，夫人！”彼得·亚历山德罗维奇终于怒吼道，“到此为止！我知道，世界上确实存在什么‘柏拉图式的感情’——我知道，知道得太清楚了，甚至是以我自己的毁灭为代价，你听见了吗，夫人？是以我自己的毁灭为代价！可我不能与披着金色外衣的堕落共处一屋！我无法理解那种所谓的‘美化了的罪恶’。把这些虚饰都丢开！如果你感到自己有罪，如果你心里确实藏着什么，如果你真的已经起了要离开我家的念头……那么我只能提醒你一句：你错过了该走的时机。如果你已经忘了，那我现在就提醒你——那是在好几年以前，你早该走的。”

“求求你！看在上帝的分上，放过她吧！”我哭喊着跪倒在彼得·亚历山德罗维奇面前，完全忘记了自己先前的决心。但为时已晚——随着我的哭喊，亚历山德拉·米哈伊洛芙娜发出一声微弱的呻吟，接着，她像断线的木偶一样失去了知觉，倒在了地板上。

“都是你害的！是你害了她！”我喊道，“快叫人，快叫人救她！我会在您书房等着，我会把一切都告诉您。”

“什么？你要说什么？”他厉声质问。

“待会儿您就知道了！”

整整两个小时，宅邸里一片混乱。大家都围在她的床前忙乱不已，医生则满脸忧色，不停摇头叹息。两个小时后，当我终于走进彼得·亚历山德罗维奇的书房时。他刚从妻子那儿回来，正在焦躁地踱步，嘴唇咬得发白，指甲缝里渗着血丝——我从未见过他如此失态的模样。

“你到底要说什么？”他声音嘶哑地问，“你不是说，有话要告诉我吗？”

我从怀中取出那封泛黄的信笺：“这就是您从我手里抢走的那封信。您……还认得它吗？”

“认得。”

“那你拿去看吧。”

他接过信，走到灯下。我一动不动地注视着他。几分钟后，他突然迅速翻到信的最后一页，看了看署名。我清楚地看到，他脸色骤变，满脸涨红，血气直冲上头顶。

“这……这是怎么回事？”他满脸震惊地望着我问道。

“三年前，我在一本书里偶然发现了这封信。它像是被遗忘在那里，读完我就明白了一切。从那时起，这封信一直由我保管——我不知道该交给谁。不能给她。而你呢？你不可能不知道信的内容，那里面记录着整个悲剧的始末。可你为什么要假装不知情？我至今都想不通。我始终没能看透你那晦暗的内心。你执意要在她心中维持至高无上的形象——你确实做到了。但为了什么？就为了在一个垂死之人的幻想面前证明自己更高尚？——而你也确实做到了。但为了什么？只是为了在她的幻影面前、在一个病弱灵魂的混乱想象面前取胜？只是为了向她证明，她错了，你比她更纯洁、更高尚？你如愿以偿了。因为她的那个怀疑，那执念般萦绕不去的想法——也许正是一个垂死之人对世间不公发出的最后的控诉，你却站在了世俗审判的那边。爱上我又有什么错呢？——这正是她想对你说的，她想让你明白。可你的虚荣心，太残忍了。再见吧！不需要任何解释了。但请你记住，我已经把你看透了——彻彻底底地看透了。这一点，你永远都不要忘记！”

我跌跌撞撞地回到房间，整个人如同梦游，完全不知道自己是怎么回来的。就在门口，彼得·亚历山德罗维奇的助手奥夫罗夫拦住了我。

“我希望能和您谈谈。”他彬彬有礼地鞠了一躬说道。

我呆滞地看着他，几乎听不懂他说了什么。

“改天吧……请原谅，我现在身体不舒服。”我终于开口，擦身而过。

“那就明天。”他告别时说道，脸上带着一丝意味不明的微笑。

不过，也许只是我的错觉吧。一切都像场噩梦，在我眼前支离破碎地闪过。